MARIA DRIES

SCHATTEN IN DER GIRONDE

atb aufbau taschenbuch

MARIA DRIES wurde in Erlangen geboren. Seit sie mit siebzehn Jahren das erste Mal an der Côte d'Azur war, damals noch mit einem alten Käfer Cabrio, kehrt sie immer wieder nach Frankreich zurück. Jedes Jahr verbringt sie dort längere Zeit, um für ihre Kriminalromane zu recherchieren, die französische Küche auszukosten und das unvergleichliche Lebensgefühl zu genießen. Sie lebt mit ihrer Familie in der Fränkischen Schweiz.

Auf seiner Pilgerreise trifft der erfahrene Wanderer Raymond eines Abends nicht in seiner Herberge ein. Eine intensive Suchaktion bleibt ohne Ergebnis, und die Arbeit der Polizei wird von der Presse zerrissen, denn Raymonds Verschwinden gilt als Paradebeispiel für die drastisch angestiegene Zahl an Verbrechen auf dem Pilgerweg. Also übernimmt das Sonderermittlungsteam um Pauline Castelot den Fall. Inmitten der zauberhaften Landschaft beginnen die Kommissare ihre Suche, und schließlich kann Raymonds Leichnam aus einer Schlucht geborgen werden. Noch bevor das Team eine richtige Spur hat, verschwindet auch eine junge Pilgerin, und Paulines Team muss alles daransetzen, einen weiteren Todesfall zu verhindern.

MARIA DRIES

SCHATTEN IN DER GIRONDE

BORDEAUX
KRIMI

aufbau taschenbuch

MIX
Papier | Fördert
gute Waldnutzung
FSC® C083411
FSC
www.fsc.org

ISBN 978-3-7466-3885-0

Aufbau Taschenbuch ist eine Marke
der Aufbau Verlage GmbH & Co. KG

1. Auflage 2022

Umschlaggestaltung © U1berlin, Patrizia Di Stefano
unter Verwendung eines Bildes von
© Horizon Images/Motion/Alamy Stock Foto
Satz Greiner & Reichel, Köln
Druck und Binden CPI books GmbH, Leck, Germany
Printed in Germany

www.aufbau-verlage.de

Für Elise

Rochefort
Saintes
Royan
Angoulême
Brantôme en Périgord
Périgueux
Libourne
BORDEAUX
Mérignac
Pessac
Bergerac
Arcachon
Villeneuve-sur-Lot
Agen
Mont-de-Marsan
Dax
Auch
Biarritz
Bayonne
Saint-Jean-de-Luz
Hondarribia
Pau
Tarbes
IRUÑA / PAMPLONA
Erriberri / Olite
ANDORRA LA
N 10
E 603
E 602
D 137
D 730
E 606
D 939
D 6089
E 5
A 10
A 89
E 70
N 21
D 933
E 72
A 62
E 5 E 70
D 813
A 65
A 63
N 124
D 817
E 80
A 64
N 134
E 7

moges
D 941
Mozac
Riom
Clermont-Ferrand
A 89
E 70
A 72
A 20
D 2089
Issoire
Uzerche
D 1089
E 11
Brioude
Tulle
Brive-la-Gaillarde
A 75
N 102
Beaulieu-sur-Dordogne
Saint-Flour
Le Puy-en-Velay
Aurillac
Rocamadour
N 122
N 88
D 820
Conques-en-Rouergue
Figeac
N 102
Mende
Cahors
D 840
Rodez
N 106
Cordes-sur-Ciel
Millau
Alès
Montauban
ALBI
A 68
TOULOUSE
Castres
MONTPE
Pézenas
A 9
Sète
Béziers
E 15 E 80
CARCASSONNE
A 61
Narbonne
Foix
E 15
D 117
Perpignan
N 116
Camillo
Encamp

LE CHEMIN DE SAINT-JACQUES

Die Via Podiensis gehört zu den vier historischen Jakobswegen in Frankreich. Sie führt von Le Puy-en-Velay durch wildromantische Landschaften und vorbei an bedeutenden Abteien, Reliquien und Hospizen bis zum Fuß der Pyrenäen. Dort vereint sie sich mit anderen Pilgerwegen zum spanischen Jakobsweg nach Santiago de Compostela.

Ein beliebtes Etappenziel ist der Wallfahrtsort Rocamadour, dessen mittelalterliche Häuser sich an die steilen Abhänge über der Schlucht des Flusses Alzou schmiegen. Dort wird die schwarze Madonna, *La Vierge Noire*, als Schutzpatronin der Pilger verehrt.

Bedauerlicherweise hat der Jakobsweg auch eine dunkle Seite. Dort treiben sich zwielichtige Gestalten herum, die ihn zu ihrem Jagdrevier auserkoren haben.

PROLOG

2. APRIL

Die Sonne stieg als vanillegelber Ball hinter einer Hügelkette empor und tauchte die kleine Gemeinde Sousceyrac in sanftes Licht. Die Turmuhr der Kirche Saint-Martin schlug siebenmal.

Der Tierarzt Raymond Aubrac schnürte seine Wanderstiefel, schulterte den Rucksack, trat vor die Pilgerherberge Saint-Jacques und atmete tief die frische, kühle Luft ein. Der groß gewachsene, breitschultrige Mann mit den grauen Haaren, den pastellblauen Augen und den muskulösen Beinen freute sich auf den neunten Tag seiner Pilgerreise, der ihn von Sousceyrac nach Alvignac führen sollte. Er hatte sich in Puy-en-Velay auf den Weg gemacht und jeden Tag etwa zwanzig Kilometer auf der Via Podiensis zurückgelegt. Bergauf und bergab war er über steinige Pfade gewandert, vorbei an Feldern, Wiesen und

Mischwäldern. Es hatte sonnige, verregnete und nebelige Tage gegeben. Die meiste Zeit war er allein unterwegs gewesen. Er hätte sich durchaus Pilgergruppen oder anderen Wanderern anschließen können, doch er bevorzugte die Einsamkeit und die Stille. Während er kraftvoll durch die Landschaft schritt, lauschte er dem Rauschen des Windes, der durch die Gräser fegte, dem Glucksen von Wasserläufen und dem Gesang der Vögel. Einmal hatte er einen Steinadler beobachtet, der majestätisch am Himmel seine Kreise zog und nach Beute Ausschau hielt.

Gut gelaunt und voller Tatendrang machte er sich auf den Weg vorbei am Château de Grugnac und dem Marktplatz, wo die Bauern gerade ihre Stände aufbauten und sich lautstark unterhielten. Die Route führte ihn durch einen Buchenwald, in dem es nach feuchtem Moos und Harz roch. Ein Specht suchte an einem dicken Stamm nach Würmern, und das stetige Klopfen hallte durch den Forst. Dann folgte Aubrac einem schmalen Weg, der in Serpentinen den Hügel emporkroch. Als der Pfad sich gabelte, wies ihm die gelbe Muschel auf königsblauem Grund, die auf einen Felsbrocken gemalt war, die Richtung.

Gegen ein Uhr stand die Sonne im Zenit, und er suchte sich einen schönen Platz, um seinen Mittagsimbiss zu genießen. Er fand eine sonnige Stelle am Waldrand mit einem umgestürzten Baumstamm, auf dem er sich niederließ. Vor ihm erstreckte sich eine Wiese, auf der Schlüsselblumen und Wiesenschaumkraut wuchsen. Aubrac hatte in der Herberge eine Tüte mit Proviant gekauft, die er jetzt auspackte. Es gab ein halbes mit Schinken und Käse belegtes Baguette, einen Apfel, Tomaten und eine Flasche Wasser. Während er langsam seine Brotzeit aß, bewunderte er die Aussicht. Eine wellige grüne und braune Landschaft breitete sich vor ihm aus. Weit und breit waren keine Einödhöfe oder Ansiedlungen zu sehen. Dann bemerkte er, dass immer mehr aufziehende Wolken die Frühlingssonne verdeckten und dass der Wind auffrischte. Er beschloss, aufzubrechen, schließlich lagen noch ungefähr zehn Kilometer zwischen ihm und der nächsten Pilgerunterkunft. Als er losmarschierte, fröstelte es ihn, und er zog den Reißverschluss seiner Jacke zu.

Kurz vor dem Ort Lavergne kam er an eine Kreuzung und suchte vergeblich nach der wegweisenden gelben Muschel. Er holte seine Wanderkarte aus dem Rucksack und faltete sie auseinander. Der Wind riss sie ihm fast aus der Hand, und die Schatten der sich immer weiter auftürmenden Wolkengebirge erschwerten ihm das Lesen. Nach einer Weile kam er zu dem Schluss, dass der linke Weg der richtige sein musste. Entschlossen stapfte er weiter.

Es begann zu regnen, in feinen, kaum spürbaren Tröpfchen. Nach zwei Kilometern fing er an, sich zu wundern, dass der steile Aufstieg kein Ende nahm. Soweit er wusste, lag Lavergne in einer Talsenke. Auf seiner Stirn bildeten sich Schweißperlen, die ihm brennend in die Augen liefen. Weit und breit war kein Mensch in Sicht, den er nach dem Weg fragen könnte. Auch gab es keine Gehöfte, nur einen Geräteschuppen am Wegrand mit schiefen Fensterläden, die von Windböen an die Holzfassade geschlagen wurden. Daneben stand ein schwarzer Renault mit einem verbeulten Kotflügel. Durch einen Blick ins Wageninnere vergewisserte er sich, dass niemand in dem Fahrzeug saß.

Er beschloss, weiterzugehen. Irgendwann musste er doch zurück in die Zivilisation kommen. Langsam zog die Dämmerung auf, und die Bäume und Sträucher verwandelten sich in graue Schemen. Der Anstieg nahm kein Ende, auf dem Waldboden stapelte sich mit Flechten überzogenes Feldgestein. Als ein schauerlicher Schrei aus dem Wald drang, fuhr er erschrocken zusammen. Was war das? Ein wildes

Tier? Dem Veterinär fiel kein Tier ein, das solche Klagelaute von sich gab. Etwa ein Mensch? Das erschien ihm höchst unwahrscheinlich. Wer sollte sich bei diesem Wetter schon hier aufhalten? Er war allein. Erschöpft ließ er sich auf einem Stein nieder und verschnaufte. Was sollte er jetzt tun? Er hatte nicht die leiseste Ahnung, wo er sich befand. Ein Blick auf sein Handy zeigte ihm, dass der Akku leer war. Er hatte vergessen, es in der Herberge Saint-Jacques aufzuladen. Auf einmal öffnete der tiefschwarze Himmel seine Pforten, und es begann zu schütten. Gelbe Blitze zuckten zwischen den Wolken hin und her, Donner krachte gewaltig.

Aubrac musste sich eingestehen, dass er sich verlaufen hatte. Kurz zog er in Erwägung umzukehren, verwarf den Gedanken jedoch sofort wieder. Vernünftiger wäre es, sich einen geschützten Platz zu suchen, an dem er sein Zelt aufbauen konnte, bevor die Dunkelheit endgültig hereinbrach. Mit suchendem Blick ging er in den Wald hinein, bis er zu einer Stelle kam, die von den Zweigen einer dicht belaubten Eiche überdacht und von einer halbmondförmigen Mauer aus Kalkstein umgeben war. Dort würde er sein Lager errichten und die Nacht verbringen. Im Zelt würde er im Trockenen liegen und in der

Proviantttüte befanden sich noch ein Schokoriegel und ein wenig Wasser. Für ihn war das keine große Sache. Er hatte schon unzählige schlaflose Nächte in eisigen Ställen verbracht, wenn Kühe kalbten oder wenn er Pferden half, ihren Nachwuchs auf die Welt zu bringen.

Als er auf seine Armbanduhr sah, war es kurz vor Mitternacht. Aubrac konnte nicht einschlafen, er fror erbärmlich, und eine innere Unruhe hatte ihn erfasst. Kopfschmerzen kündigten sich an. Sein Mund war ausgetrocknet, sein Magen fühlte sich hohl an. Der Regen hatte aufgehört. Wasser tropfte von den Blättern. Er beschloss, ein paar Schritte zu gehen. Umständlich kroch er aus dem klammen Zelt und atmete die frische Nachtluft ein. Hinter den rasch dahinziehenden Wolken blitzten hin und wieder Sterne auf, die wie Diamanten funkelten. Der weiße Sichelmond saß auf einem dunkelgrauen Wolkenkissen. Als sein Blick auf den oberen Abschluss der Mauer fiel, traute er seinen Augen nicht. Dort stand ein Wolf mit braunweißem Pelz, angestrahlt vom Mond, reglos und stolz, und sah ihn forschend an. Nach einigen Sekunden drehte er sich langsam um und sprang von der Naturmauer in den Wald. Ein leises Rascheln war zu hören, dann trat Stille ein. Aubrac umrundete mit einem Lächeln die Naturmauer und zündete sich am Waldrand eine Zigarette an. Was für ein schönes Tier. Er hatte noch nie einen Wolf in freier Wildbahn gesehen. Bestimmt ein Einzelgänger.

Als er mit dem Stiefel die Kippe ausdrückte, hörte er Geräusche, die schnell näher kamen. Äste knackten, Kiesel klackerten, Laub raschelte. Ein Nachttier flatterte aufgeschreckt davon. Kam der Wolf zurück und wollte ihn nun doch angreifen? Das war unwahrscheinlich. So verhielten sich diese scheuen Tiere nicht. Er meinte, menschliche Stimmen zu vernehmen, die irgendetwas flüsterten. Jetzt waren sie noch näher, auf der anderen Seite der Mauer. Im Reiseführer hatte er davon gelesen, dass allein reisende Pilger manchmal überfallen und ausgeraubt wurden. Hatten irgendwelche Verbrecher ihn beobachtet, als er im Wald verschwunden war? Der verlassene schwarze Renault fiel ihm ein. Aubrac bekam es mit der Angst zu tun. Seine Hände wurden feucht. Er hatte keine Waffe, sein Taschenmesser lag im Zelt. Die aufsteigende Panik lähmte ihn, er konnte keinen klaren Gedanken mehr fassen. Was, wenn sie ihn töten wollten? Er riss sich zusammen und beschloss, das Messer zu holen, als er Schritte hörte und unmittelbar hinter ihm ein Ast brach. Er wurde von einem übermächtigen Fluchtinstinkt erfasst, drehte sich um, weg von den Geräuschen, und rannte, so schnell er konnte, davon. Dabei rutschte er auf nassen Blättern aus und konnte sich gerade noch fangen, bevor er zu Boden stürzte. Er blieb an einem Ast hängen und riss sich den Jackenärmel auf. Nebelschwaden versperrten ihm die Sicht. Er rannte, so schnell er konnte, und begann zu keuchen. Mittlerweile hatte er jede Orientierung verloren. Kamen die Schritte näher? Plötzlich stolperte er über Gestrüpp, blieb mit dem Fuß an einer Schlingpflanze hängen, taumelte und fiel, direkt auf einen Abhang zu, der sich steinig und beinahe senkrecht in die Tiefe neigte. Der Abgrund tat sich wie ein hungriger Schlund vor ihm auf, und das braunschwarze Felsgestein kam immer näher. Er riss entsetzt die Augen auf, spürte einen brutalen Aufprall und stieß einen schmerzerfüllten Schrei aus. Dann verließen ihn seine Sinne.

Drei Wochen später

23. APRIL

Kommissarin Mélanie Leroy erwachte vom Geräusch der Regentropfen, die gegen ihr Schlafzimmerfenster trommelten, und rieb sich verschlafen die Augen. Sie warf einen Blick auf den Wecker. Es war kurz vor sieben. Sie schaltete ihn aus und gähnte.

Mélanie lebte in einer Altbauwohnung mit Stuckdecken, Stäbchenparkett und Zierbalkonen vor den bodentiefen Fenstern, im Stadtteil Saint-Genès im Südwesten von Bordeaux am linken Garonne-Ufer. Normalerweise hätte sie sich eine Wohnung in dieser Lage von ihrem Beamtengehalt niemals leisten können, aber ihre Vermieterin, eine verwitwete ältere Dame, hatte sie ihr zu einem günstigen Preis überlassen, weil sie, wie einst deren Ehemann, bei der Polizei war.

Neben Mélanie lag ihr Freund Claude, eingerollt in die Bettdecke und leise schnarchend. Sie richtete sich auf und betrachtete sein attraktives Gesicht mit den weichen Zügen und den Bartstoppeln. Liebevoll strich sie ihm eine widerspenstige Locke aus der Stirn und küsste ihn sanft auf die Wange. Gestern Abend waren sie am Port de la Lune in einem neu eröffneten, angesagten Restaurant gewesen, das direkt am Fluss lag. Der *dîner* schmeckte köstlich, und auch die Verabredung war harmonisch verlaufen, sie hatten sich gut unterhalten und viel gelacht. Sonst stritten sie sich hin und wieder, wenn er ihr vorwarf, durch ihren Ehrgeiz und ihre engagierte Ermittlungsarbeit zu wenig Zeit für ihr gemeinsames Privatleben zu haben. Claude selbst war ambitionierter Staatsanwalt am Geschworenengericht von Bordeaux und hatte ebenfalls wenig Freizeit. Deshalb verstand sie nicht, warum er ihr umgekehrt Vorwürfe machte.

Mélanie stieg leise aus dem Bett, schlüpfte in ein altes rot-weiß kariertes Flanellhemd von Claude und tapste barfuß in die Küche. Dort setzte sie Kaffee auf und trank ein Glas Orangensaft. Mit dem dampfenden *bol* in der Hand trat sie auf ihren kleinen Balkon, der auf den Innenhof hinausging, und atmete die frische kühle Luft ein. Vorsichtig trank sie den ersten Schluck und lächelte über den Anblick, der sie hier jeden Morgen erfreute. In bunt glasierten Tontöpfen wuchsen Kräuter: Basilikum, Petersilie, Koriander, Schnittlauch und Zitronenthymian. Auf dem von ihr froschgrün lackierten Bistrotisch stand eine Vase mit weißen und gelben Rosen. Ein Traumfänger drehte sich im Wind und hielt zuverlässig Alpträume von ihr fern. Die Dächer und Kirchtürme der Stadt lagen im Dunst, und der Himmel war wolkenverhangen. Auf einem Baum saß reglos eine Elster. Als die Kälte des Morgens ihr die Beine hochkroch, machte sie sich auf den Weg ins Badezimmer. Im Spiegel über dem Waschbecken musterte sie kritisch ihr Gesicht. War da ein Fältchen unter dem rechten Auge, das es gestern noch nicht gegeben hatte? Begann die Haut, um die Kinnpartie schlaffer zu werden? Die ebenholzschwarzen Haare, die sie zu einem Pagenkopf geschnitten trug, standen in alle Richtungen vom Kopf ab, und ihre veilchenblauen Augen guckten noch etwas verschlafen. Energisch griff sie nach der Zahnbürste und putzte sich die Zähne, anschließend stieg sie unter die Dusche, drehte das Wasser auf und genoss den heißen Strahl, der über ihren müden Körper strömte. Plötzlich öffnete sich die Glastür. Claude stellte sich dicht neben sie und gab ihr einen Kuss auf die Wange. »Guten Morgen, *chérie*.«

»Guten Morgen, mein Liebster.«

»Hast du gut geschlafen?«

»Ja, und du?«

»Sehr gut. Ich habe Lust, dich einzuseifen.«

Er griff nach der Lavendelseife, und gleich darauf erfüllte ein wunderbarer Duft die Kabine. Zärtlich streichelte er sie und drängte sie sanft gegen die Fliesen. Sie küsste ihn und erwiderte seine Liebkosungen, bis er leise aufstöhnte. Schließlich liebten sie sich voller Leidenschaft, während das Wasser auf sie niederprasselte.

Während Mélanie sich die Haare in Form föhnte, bereitete Claude das Frühstück vor. Am Küchentisch setzten sie sich einander gegenüber und aufmerksam, wie er war, goss er ihr Kaffee in den halb leeren *bol.*

»Es gibt frische Croissants?«, freute sie sich.

»Ja, ich war schnell unten beim Bäcker. Die Zeitung habe ich auch mitgebracht. Du liest die *Sud Ouest* doch so gerne beim Frühstück.«

Sie lächelte und warf ihm eine Kusshand zu. »*Merci*, du bist ein Schatz!«

Er grinste über das ganze Gesicht, seine blauen Augen leuchteten. »*De rien*. Hast du heute viel zu tun?«

»Es geht. Wir haben den Cold Case abgeschlossen und schreiben jetzt die Berichte.«

»War das der Fall mit der Comtesse, die durch einen Kopfschuss getötet wurde?«

»Ja, genau der.«

»Wer war es denn?«

»Ein eifersüchtiger Liebhaber.«

»Der Klassiker.«

»Genau.«

»Glückwunsch!«

»*Merci.*« Sie war stolz auf den Erfolg des Sonderermittlerteams. »Es war gar nicht so leicht, diese Nuss zu knacken. Mal sehen, was als Nächstes reinkommt. Hoffentlich was Spannendes. Wie sieht es bei dir aus?«

»Ich habe zwei Gerichtsverhandlungen, reine Routine. Unwahrscheinlich, dass dabei irgendetwas Überraschendes passiert.« Er griff nach einem zweiten Croissant und bestrich es mit Kräuterkäse.

»Méli?«

»Ja?«

»Du hast vorhin im Bad die Pille genommen.«

»Ja, wie jeden Morgen.«

Er zögerte kurz, dann brach es aus ihm heraus: »Lass sie weg, bitte. Ich wünsche mir so sehr ein Kind, und du dir doch auch, oder?« Begeistert strahlte er sie an. »Ich habe eine Idee. Was hältst du davon, wenn wir über ein verlängertes Wochenende an einen bezaubernden Ort fahren, in das Burgund vielleicht, und dort das schönste Kind der Welt zeugen?«

Mélanie runzelte die Stirn. »Musst du ständig damit anfangen? Ich fühle mich davon furchtbar unter Druck gesetzt.«

»Du bist siebenunddreißig, so viel Zeit bleibt dir nicht.«

»Willst du mir den schönen Morgen verderben?«

Er seufzte. »Nein, natürlich nicht. Denk einfach mal darüber nach.«

Sie wollte keinen Streit. »Einverstanden.«

Claude wirkte erleichtert. »Super. Soll ich dich zum Kommissariat mitnehmen?«

»Gerne.«

Das Hauptquartier der Sonderermittlungsgruppe lag im Stadtteil Saint-Pierre in der Altstadt von Bordeaux. Hier hatte im 18. Jahrhundert die Einfahrt zum Innenhafen gelegen. In dieser Blütezeit florierte der atlantische Seehandel, und in der Hafengegend ließen sich zahlreiche Händler nieder, wodurch die Stadt an Reichtum gewann. Die Straßen in diesem Viertel waren noch heute nach Handwerkszünften benannt oder wiesen auf ehemalige Berufe hin. So gab es beispielsweise die *Rue du Chai des Farines*, die Getreidelagerstraße.

Die Wache befand sich in einem zweistöckigen, altrosafarbenen Gebäude zwischen einem Wohnhaus und einer Weinhandlung. Einen Steinwurf entfernt floss die moosgrüne Garonne gemächlich vorbei an den Quais mit ihren Restaurants und Cafés, durch die mittelalterlichen Bögen des Pont de Pierre, um sich nördlich der aufstrebenden Metropole mit der Dordogne zur Gironde zu vereinen, die wie ein Trichter geformt war und unaufhaltsam dem Atlantik zustrebte. Der Sog, den die Gezeiten verursachten, war gewaltig und riss alles mit sich, was ihm in die Quere kam. Dabei passierte die Gironde beschauliche Fischerdörfer, pittoreske Austernhäfen und die sternförmig angelegte, imposante Festung von Blaye, die seit Jahrhunderten wachsam und düster oberhalb des Flusses thronte.

Dort war vor einiger Zeit ein grausames Verbrechen geschehen, welches das Sonderermittlerteam Saint-Pierre unter Einsatz ihres ganzen Könnens aufgeklärt hatte. Während dieser nervenaufreibenden Zeit hatte der Cold Case der erschossenen Comtesse warten müssen.

Claude hielt in der zweiten Reihe, sie küssten sich und verabschiedeten sich voneinander. Mélanie stieg aus und ging zum Eingang der Wache. Bevor sie das Gebäude betrat, drehte sie sich noch einmal um und winkte ihm zu. Fröhlich warf er ihr eine Kusshand zu, bevor er davonfuhr.

Im unteren Foyer begrüßte sie die junge Polizistin, die dort Wache hielt, und stieg die Treppe hoch in den zweiten Stock. Im Eingangsbereich saß Michelle Chollet, die Sekretärin der Kommissare, hinter ihrem Schreibtisch. Sie liebte es, sich auffällig zu schminken, mochte Tattoos und wechselte häufig Frisur und Haarfarbe. Dabei spielten die Vorlieben ihrer jeweiligen Freunde eine nicht unerhebliche Rolle. Diese auffällige Erscheinung mochte auf den ersten Blick nicht in ein Polizeisekretariat passen, doch Michelle war kompetent, effektiv, hatte ein großes Herz und für jeden ein freundliches Wort.

Als sie die Schritte hörte, sah sie von ihrem Computerbildschirm auf und lächelte. »*Bonjour*, Mélanie!«

»*Bonjour*, Michelle.« Sie legte den Kopf schief und betrachtete die Sekretärin. Blau schimmernder Lidschatten, brombeerrote Lippen, die Haare raspelkurz geschnitten und weizenblond. Große silberne Kreolen zierten ihre Ohren. Die türkisfarbene Bluse samt Schleife harmonierte perfekt mit dem Augen-Make-up.

»Du hast eine neue Frisur!«

Michelle strahlte. »Schön, dass du es gleich bemerkst, im Gegensatz zu Louis und Frédéric. Männer! Mein neuer Freund Yves, du weißt schon, das ist der attraktive Kerl mit dem Dreitagebart, den ich auf dem Antiquitätenmarkt am Place du Parlement kennengelernt habe, steht total auf den klassischen, kühlen, nordischen Typ à la Greta Garbo.«

Die Kommissarin nickte ernst. »Ich verstehe, das sieht toll aus.«

Die Sekretärin strahlte. »Danke, ich habe mir auch ein neues Tattoo machen lassen«, erzählte sie voller Begeisterung. »Sieh mal.« Sie drehte den linken Fuß. Oberhalb des Fußgelenks prangte ein kleines rotes Herz, das den Namen *Yves* umrahmte. »Mega, oder?«

Mélanie musste ein Grinsen unterdrücken. »Sehr süß. Aber was machst du, wenn du einen neuen Freund hast, der nicht so heißt?«

»So weit wird es nicht kommen. Yves ist meine große Liebe. Aber das Herz verblasst so oder so nach einigen Wochen.«

»Na, ein Glück! Sind die Kollegen schon da?«

»Ja, sie haben sich im Besprechungszimmer versammelt. Ich muss nur noch ein wichtiges Telefonat für Pauline führen, danach versorge ich euch mit Kaffee und Rosinenschnecken von eurem Lieblingsbäcker.«

»*Merci*, du bist ein Schatz.«

Sie betrat das Zimmer, das weiß gestrichen war und über große Fenster verfügte, die den Blick auf die Krone einer mächtigen Kastanie freigaben. An der linken Wand war ein Whiteboard befestigt, daneben hing ein farbenfrohes Plakat, das für ein Musikfestival warb, welches in Kürze in der Altstadt stattfinden sollte. An der Stirnseite des Raumes saß Hauptkommissarin und Polizeipsychologin Pauline Castelot, die Chefin des Sonderermittlerteams. Die Spezialgebiete der schlanken blonden Frau waren Profiling, Strategie und Netzwerkarbeit. Sie war vierunddreißig Jahre alt und trug einen schicken Hosenanzug. Gerade war sie dabei, ihr Smartphone zu checken, um zu sehen, ob sich ihre Tochter Sarah gemeldet hatte. Neben ihr saß ein Mann mit dunklen, grau melierten Haaren und melancholischen braunen Augen. Das war Frédéric Rocard, zweiundfünfzig, Hauptkommissar und Verhörspezialist, der gerade gedankenverloren mit einem Bleistift spielte. Ihnen gegenüber saß

Louis Pierrot, mit seinen zweiunddreißig Jahren der Jüngste im Team, und blätterte in seinem Notizbuch. Er sah dem leider so früh verstorbenen Schauspieler Steve McQueen verblüffend ähnlich und war IT-Experte. Mélanie indes hatte eine Nahkampfausbildung absolviert und trug damit zum Talentpool des Teams bei. Sie begrüßte ihre Kollegen und setzte sich dazu.

Pauline ergriff das Wort. »Ich möchte euch allen noch mal großes Lob aussprechen dafür, dass wir den Mörder der Comtesse erfolgreich überführt haben. Er sitzt jetzt in Untersuchungshaft und wartet auf seine Gerichtsverhandlung.«

Es klopfte an der Tür, und Michelle kam mit einem Tablett herein. Der Duft von frischem Kaffee und Gebäck zog durch den Raum. Hinter ihr erschien Marcel Castelot, der Polizeipräfekt des Départements Gironde. Er trug eine schwarze Uniform mit goldener Bandschnalle, eine goldverzierte Mütze und weiße Handschuhe. Der dunkle Krawattenknoten saß perfekt auf dem gestärkten Hemd, Castelot war sorgfältig rasiert und roch nach einem herben Aftershave.

»*Bonjour*, liebe Kolleginnen und Kollegen. Entschuldigt, dass ich unangemeldet hier auftauche, ich muss eine wichtige Angelegenheit mit euch besprechen.«

Er zog sich einen Stuhl heran und setzte sich, ohne dazu aufgefordert worden zu sein. Michelle bot ihm einen Kaffee an, den er dankend annahm. Pauline schüttelte unmerklich den Kopf. Der Präfekt war ihr geschiedener Mann, die neunjährige Sarah ihr gemeinsames Kind. Er hatte ein Umgangsrecht, das er, so oft es seine Zeit zuließ, in Anspruch nahm, um etwas mit seiner Tochter zu unternehmen. Es war typisch für ihn, in ihre Runde zu platzen und die ganze Aufmerksamkeit zu beanspruchen. An mangelndem Selbstbewusstsein hatte er noch nie gelitten. Pauline und er waren sehr verliebt gewesen und hatten schnell geheiratet. Doch für Marcel waren sein Beruf, die offiziellen Verpflichtungen und Auftritte und das Ansehen, das er genoss, immer wichtiger gewesen als seine Familie. Irgendwann war der Zauber vorbei, und sie hatte die Scheidung eingereicht. Inzwischen war Pauline mit einem Weinbauer namens Dominic de Montfort zusammen.

Castelot sah mit ernstem Gesichtsausdruck in die Runde und kam gleich zur Sache. »Ich habe einen Auftrag für euch. Der vierundfünfzigjährige Tierarzt Raymond Aubrac wollte eine Pilgerreise auf der Via Podiensis unternehmen und ist am fünfundzwanzigsten März in Le Puy-en-Velay im Zentralmassiv gestartet. Vom ersten auf den zweiten April hat er in der Pilgerherberge Saint-Jacques in Sousceyrac übernachtet. Am zweiten April wollte er weiter nach Alvignac, das sind etwa zwanzig Kilometer. Dort ist er jedoch nie angekommen.«

»War er allein unterwegs?«, hakte Louis nach und griff nach einer Rosinenschnecke.

»Ja, in der Tat. Wandern war für ihn wohl eine Art geistige Inspiration und Meditation, ein Weg der Selbstfindung. Es war bereits seine zweite Pilgerwanderung. Er verfügte also durchaus über Erfahrung.«

Der Präfekt trank einen Schluck Kaffee und fuhr fort. »Als er nicht mehr an sein Handy ging, hat seine Frau Bernadette die Polizei informiert. Zunächst war die Gendarmerie von Sousceyrac für den Fall zuständig. Die dortige Chefin forderte jedoch zeitnah Unterstützung an, als ihr das Ausmaß des Vermisstenfalles bewusst wurde. In den darauffolgenden Tagen wurde das gesamte Gebiet von Hubschraubern mit Wärmebildkameras überflogen. Bedauerlicherweise ohne Erfolg.«

»Was ist mit Spürhunden?«, wollte Frédéric wissen. »Sind Suchteams eingesetzt worden?«

»Das hat eigentlich keinen Zweck. Das zerklüftete, schwer zugängliche Waldgebiet dort ist riesig. Es gibt nicht nur einen Pilgerweg, an dem man sich hätte orientieren können, sondern unzählige weitere Pfade, Abzweigungen zu Sehenswürdigkeiten, schwierige Pisten, die nur geübte Wanderer bewältigen können, und so weiter. Grob geschätzt beträgt das zu durchsuchende Terrain zweihundert Quadratkilometer. Außerdem könnte der Mann ganz woanders gelandet sein. Vielleicht hat er seine Pläne geändert und ein neues Pilgerziel gewählt. Oder er hat sich für eine andere Via entschieden.«

Er wandte sich an Frédéric. »In vielen Dörfern auf der Strecke wurden dennoch Suchtrupps mit Hunden zusammengestellt. Die Feuerwehr, ehrenamtliche Helfer, erfahrene Bergwanderer, viele hilfsbereite Menschen waren bei jedem Wetter unterwegs, auch in der Nacht, ausgestattet mit Nachtsichtgeräten, Taschenlampen und Fackeln. Sie haben ihn nicht gefunden.«

»Vielleicht will er gar nicht gefunden werden?«, mutmaßte Pauline. »Er hat sich abgesetzt, um ein neues Leben zu beginnen.«

Der Präfekt sah sie an. »Das ist durchaus möglich.«

»Hatte er ein Smartphone dabei?«, fragte Mélanie.

»Ja.«

»Hat man versucht, es zu orten?«

»Selbstverständlich. Eine Ortung war jedoch nicht möglich.«

»Dann war der Akku leer, oder er hat es verloren, und es ist kaputtgegangen oder ins Wasser gefallen.«

»So stellt es sich dar.«

»Wenn der Mann zum Zeitpunkt seines Verschwindens durch einen Sturz oder dergleichen schwer verletzt war, sieht es nach drei Wochen schlecht für ihn aus«, meinte Louis. »Er wäre höchstwahrscheinlich tot.«

Castelot nickte. »Auch das ist eine Möglichkeit. Oder er ist nicht so schwer angeschlagen und hat sich einen Unterschlupf gesucht, womöglich in der Nähe eines Baches, so dass er nicht verdurstet. Allerdings habe ich keine Idee, welche Nahrungsmittel man im April im Wald finden könnte. Ihr müsst ihn so schnell wie möglich finden.«

»Könnte der Vermisste einen Suizid begangen haben?«, überlegte Pauline.

»Findet es heraus.«

»Kommt ein Verbrechen infrage?«, wollte Mélanie wissen und schenkte sich eine zweite Tasse Kaffee ein.

»Das ist auch eine Option, die gar nicht so weit hergeholt ist. In den letzten Jahren ist die Anzahl der Verbrechen auf dem Jakobsweg eklatant angestiegen.

Das liegt einerseits daran, dass immer mehr Menschen pilgern wollen.« Er sah kurz auf seine Notizen. »1984 wurden nur 423 Pilgerurkunden ausgestellt, 2014 waren es 237 810. Außerdem sind die Wanderer im Urlaub, sie sind entspannt, vertrauensselig und weniger wachsam. Vor allem sind sie häufig allein in einsamen, abgelegenen Regionen unterwegs. Pilgern ist ein Trendsport, der immer mehr Menschen begeistert, besonders, seit einige erfolgreiche Kinofilme dieses Thema behandelt haben. Da geht es um Menschen, die sich eine Auszeit nehmen, um sich mit einem Schicksalsschlag auseinanderzusetzen, oder um solche, die eine Herausforderung suchen.«

»Stimmt, wie in *Picknick mit Bären* mit Robert Redford und Nick Nolte«, ergänzte Frédéric.

»Ja, genau.«

»Gab es einen Presseaufruf?«

»Ja, aber bis auf die üblichen Anrufe von Spinnern ist nichts dabei herausgekommen.«

Der Hauptkommissar rieb sich das Kinn. »Das ist leider häufig der Fall.«

»Wann fangen wir an?«, erkundigte sich Pauline.

»Sofort. Es gibt keine Zeit zu verlieren. Alle Medien haben sich auf die Story von dem verschwundenen Tierarzt gestürzt und kritisieren die Polizeiarbeit inzwischen heftig. Journalisten graben immer mehr Geschichten über bedrohliche Vorfälle auf dem Jakobsweg aus und haben damit die Öffentlichkeit in Angst und Schrecken versetzt. Der Tourismusverband fürchtet um die Einnahmen der kleinen Pilgergaststätten und Herbergen und verlangt nach einem besseren Schutz für die Pilger.«

Pauline nickte ernst.

Castelot legte eine dünne Mappe auf den Tisch. »Darin sind die wichtigsten Informationen enthalten. Viel ist es nicht. Ihr bekommt von mir jegliche Unterstützung. Meldet euch einfach. Viel Erfolg!«

Er erhob sich, grüßte militärisch mit der Handkante an der Mütze und verließ den Raum. Pauline begleitete ihn zum Ausgang.

»Wie geht es Sarah?«, wollte er wissen.

»Es geht ihr blendend, Marcel.«

»Das freut mich zu hören. Sie hat mich gestern angerufen und gefragt, ob ich am Samstag mit ihr shoppen gehe. Ist das in Ordnung?«

»Aber ja. Sie freut sich immer, wenn sie Zeit mit dir verbringen kann.«

Castelot strahlte. »Dann hole ich sie um neun ab. Wir frühstücken zusammen in meinem Lieblingscafé, und dann machen wir die Läden unsicher.«

»Wollt ihr was Bestimmtes kaufen?«

»Ach, mal sehen.«

Sie sah ihn fragend an.

»Sarah braucht ein neues Skateboard.«

»Du verwöhnst sie zu sehr. Ihr altes Board ist erst ein Jahr alt.«

»Aber wenn sie doch ein anderes braucht, ein besseres.«

»Macht doch, was ihr wollt.«

Er grinste. »Das machen wir sowieso.« Liebevoll sah er sie an. »Du wirst immer schöner. Wenn du von diesem Winzer genug hast, komm zu mir zurück. Dann verwirklichen wir unseren alten Traum.«

»Wir hatten viele Träume.«

»Eine Woche in einem Leuchtturm wohnen, an der rauen See vor der westlichen Bretagne. Am besten während der Herbststürme. Wir beide, völlig abgeschnitten von der Welt. Uns lieben, Vögel beobachten, reden, essen, schlafen.«

Pauline war sprachlos. Sie tauschten Wangenküsschen, und er verschwand die Treppe hinunter. Irritiert sah sie ihm nach.

Zurück im Besprechungsraum setzte sie sich wieder zu ihren Kollegen und lächelte. »Also gut. Marcel will, dass wir sofort loslegen. Ich schlage vor, dass wir zunächst mit der Ehefrau des verschwundenen Mannes sprechen. Vielleicht ergibt sich ein Ansatzpunkt.«

Die Kommissare nickten. Das klang vernünftig.

»Wir suchen die Nadel im Heuhaufen, es wäre hilfreich, wenn wir etwas in Erfahrung bringen würden, wo wir einhaken können«, meinte Fréderic zustimmend.

Mélanie nickte. »Wenn die Hypothese zutrifft, dass sich Raymond Aubrac eine Verletzung zugezogen hat und nicht weiterlaufen kann, ist das ein Wettlauf gegen die Zeit.«

»Wenn es nicht schon zu spät ist«, unkte Louis.

Pauline blätterte in der Mappe, die Marcel auf dem Tisch liegen gelassen hatte. »Die Frau des Tierarztes heißt Bernadette Aubrac. Das Ehepaar wohnt in Pyla-sur-Mer, 9 Boulevard de l'Océan.«

Sie sah in die Runde. »Fréderic und ich fahren da hin und reden mit ihr. Mélanie und Louis, ihr bleibt bitte hier auf der Wache und schreibt die Berichte über den Cold Case zu Ende, damit Michelle sie abtippen kann.«

Die Kommissarin wollte protestieren, doch ihre Chefin ließ keine Einwände zu. »Mélanie, wir können dort nicht zu viert aufkreuzen. Nach der Befragung treffen wir uns hier und legen eine Strategie fest. Wie du schon angemerkt hast, läuft uns die Zeit davon.«

Sie verstaute die schmale Akte in ihrer Tasche, erhob sich und sah Frédéric auffordernd an. »Gehen wir.«

Mit dem Dienstwagen verließen sie Bordeaux über die Stadtautobahn Rocade und fuhren auf der Bundesstraße nach Arcachon. Pauline saß am Steuer, während Frédéric, den Blick auf den Inhalt der Mappe gerichtet, seine Chefin über die wichtigsten Details informierte. Marcel hatte recht gehabt, viel war es wirklich nicht.

»Wir müssen praktisch von vorne anfangen«, fasste Frédéric die Sachlage zusammen.

Bei Le Teich gab der Tamariskenwald zum ersten Mal den Blick auf das Bassin von Arcachon frei, das sich über beinahe zwanzig Kilometer ausdehnte und an der Silberküste über einen Zugang zum Meer verfügte. Über dem unruhigen Wasser trieb der Wind Regenwolken und Nebelschleier vor sich her. Die sogenannte Vogelinsel war nur schemenhaft zu erkennen.

Pauline lenkte den Wagen durch den pittoresken Badeort Arcachon, vorbei am Hafen, den sich Fischerboote und Freizeityachten teilten. Auf der Promenade, an der sich Brasserien und schicke Seafood-Bistros aneinanderreihten, drehte sich ein Karussell.

Nicht weit davon entfernt erhob sich die Markthalle, eine elegante himmelblaue Stahlkonstruktion, die gläserne Flächen umfasste. Sie wurde sowohl von Einheimischen als auch von Touristen gerne aufgesucht, um regionale Köstlichkeiten zu kaufen und sich dabei von den Verkäufern beraten zu lassen. Ohne lautstarken Austausch und lebhafte Diskussionen ging gar nichts. Anschließend genoss man frische Meeresfrüchte oder Austern, die auf mehrstöckigen Platten angerichtet wurden. Dazu trank man ein Glas Muscadet.

Die bunten Häuser des Badeortes Pyla-sur-Mer zogen sich am Boulevard de l'Océan entlang, von wo aus man immer wieder einen schönen Blick auf die Düne von Pilat hatte. Die größte Düne Europas war drei Kilometer lang und etwa hundertvierzehn Meter hoch und wanderte jedes Jahr unaufhaltsam einige Zentimeter landeinwärts. Wenn man den schweißtreibenden Anstieg zum Dünenkamm über die Holztreppen geschafft hatte, war der Ausblick auf das blaue Meer, die gelben Sandmassen und den grünen Kiefernwald überwältigend. Paraglider erschienen als bunte Punkte im Himmel. Louis nutzte den Dünenkamm hin und wieder als Startrampe für seine Drachenfliegertouren.

Das Haus mit der Nummer 9 lag in einem gepflegten Garten. Es war weiß verputzt und hatte flaschengrüne Fensterläden. Daneben erstreckte sich ein mit Efeu überwachsener Anbau, den ein Messingschild als »Tierarztpraxis Dr. Aubrac« auswies. Vor dem Eingang wachte ein mächtiger Husky aus Holz über das Anwesen.

Sie stiegen aus dem Auto und gingen über einen gepflasterten Weg zum Hauseingang. Auf ihr Klingeln öffnete eine Frau um die fünfzig, die sich ihre Hände an einem Geschirrtuch abtrocknete, die Tür. Die dunklen Augen, die das schmale blasse Gesicht dominierten, musterten die Kommissare ernst. Um das olivfarbene Wollkleid hatte sie eine Schürze gebunden, die hellen Haare fielen lockig auf ihre Schultern.

»*Bonjour*, Madame et Monsieur.« Fragend sah sie die Besucher an.

Pauline zeigte ihren Dienstausweis. »Wir sind von der *police judiciaire* und möchten gerne Madame Bernadette Aubrac sprechen. Sind Sie das?«

Das Gesicht der Frau wurde kalkweiß, ihre Augenlider flatterten nervös. »Ja, das bin ich. Sie sind wegen Raymond hier, nicht wahr? Haben Sie ihn gefunden? Ist er tot?« Ihr versagte die Stimme.

»Nein, wir haben ihn noch nicht gefunden. Deshalb sind wir vorbeigekommen. Vielleicht können Sie uns weiterhelfen. Jeder noch so kleine Anhaltspunkt ist wichtig für uns. Dürfen wir reinkommen?«

»Selbstverständlich.« Sie machte eine einladende Geste. »Gehen wir in die Küche.«

Sie folgten ihr durch den Flur in einen kleinen hellen Raum mit einer blauen Küchenzeile, in dem es angenehm warm war. Auf der mit Mehl bestäubten Arbeitsfläche lag eine Teigkugel.

»Ich backe gerade Osterbrot«, erklärte Madame Aubrac. »Meine Enkel lieben es.« Dann wies sie auf eine gemütliche Sitzecke, wo eine schwarze Katze zusammengerollt auf einem Kissen lag, kurz die grün funkelnden Augen öffnete, schnurrte und weiterschlief.

»Nehmen Sie bitte Platz.«

Die Kommissare kamen der Aufforderung nach und setzten sich auf die Eckbank. Die Frau sank auf einen Stuhl und rieb sich unruhig die Hände. »Sie haben Raymond also nicht gefunden?«

»Nein, bisher noch nicht. Das Gebiet, in dem Ihr Mann verschwand, ist riesig und teilweise nicht einsehbar«, erläuterte die Hauptkommissarin. »Wir haben heute den Auftrag erhalten, ihn zu finden und die Hintergründe seines Verschwindens aufzuklären.«

Eine Sorgenfalte erschien zwischen Bernadette Aubracs Augenbrauen. »Meinen Sie, er lebt noch?«

Pauline überlegte, was sie ihr antworten sollte. Sie wollte keine falschen Hoffnungen in ihr wecken. »Ich weiß es nicht, Madame Aubrac. Aber wir werden alles tun, um diese Frage zu beantworten.«

»Danke.« Sie besann sich auf ihre Gastgeberrolle. »Darf ich Ihnen einen Kaffee anbieten oder einen Tee?«

Die Kommissare lehnten dankend ab. Frédéric ergriff das Wort. »Erzählen Sie uns doch bitte die Geschichte von Anfang an. Wie kam Ihr Mann auf die Idee, eine Pilgerreise zu unternehmen?«

Ein kurzes Lächeln erschien auf ihrem Gesicht, doch es erreichte ihre Augen nicht. »Mein Mann hat vor zwei Monaten seinen vierundfünfzigsten Geburtstag gefeiert. Ich habe ihm diese Reise geschenkt. Er ist vor zwei Jahren schon einmal gepilgert und war begeistert.«

»Wo war er damals unterwegs?«

»In Umbrien. Nach seiner Rückkehr schwärmte er von dieser Wanderung. Er konnte mit dem Erzählen gar nicht mehr aufhören. Die Ruhe, die faszinierende Landschaft, die Freundlichkeit der Pilgerschwestern und Wanderbrüder, die kunstvollen sakralen Bauwerke. Deshalb kam ich auf die Idee, ihm erneut eine solche Reise zu schenken.«

»Sie haben die Via Podiensis ausgewählt?«

»Oh, nein. Er bekam einen Gutschein von mir und hat sich diese Route ausgesucht. Er wollte diesmal gerne in Frankreich pilgern und betrachtete diesen Weg als echte Herausforderung.«

Nun setzte Pauline die Befragung fort. »War Ihr Mann fit genug für eine solche Tour?«

»Ja, absolut. Er ist ein begeisterter Skifahrer und Wanderer. Es macht ihm nichts aus, zwanzig, fünfundzwanzig Kilometer zu wandern. Als Tierarzt ist er viel an der frischen Luft unterwegs.«

»Er hatte keine gesundheitlichen Beschwerden oder Einschränkungen?«

»Nein.«

»Wie hat er sich auf die Pilgerwanderung vorbereitet?«

»Er stellte seine Ausrüstung zusammen und plante die Route.«

»Hatte er ein Zelt dabei?«

»Ja, ein Kugelzelt, eine Isomatte und einen Schlafsack.« In ihren Augen war zu erkennen, dass sie an diese Ausrüstung all ihre Hoffnungen hängte. »Am fünfundzwanzigsten März habe ich ihn zum Bahnhof von Arcachon gefahren. Mein Mann war bester Laune. Er freute sich sehr auf diesen Trip.«

»Fand er es nicht schade, dass er keinen Reisepartner dabeihatte?«

»Aber nein, er wollte allein sein und sein eigenes Tempo finden.«

»Was war sein erstes Ziel?«

»Le Puy-en-Velay im Massif central.«

»Dort ist er gut angekommen?«

»Ja, sicher. Er war sehr angetan von diesem Ort in den Bergen und hat in der Kathedrale an einer Messe teilgenommen. Das Bauwerk ist sehr eindrucksvoll und erhebt sich auf einem erloschenen Vulkankegel.« Sie musste lächeln. »Ich weiß noch, wie sehr er davon geschwärmt hat.«

»Wie sind Sie in Kontakt geblieben?«

»Wir haben jeden Abend miteinander telefoniert. Deshalb hatte er auch sein Smartphone dabei. Ansonsten wollte er es nicht benutzen, sondern sich anhand von Landkarten orientieren. Er war der Ansicht, dass die Pilger im Mittelalter auch in der Lage waren, den Weg zu finden. Alles sollte ganz ursprünglich und traditionell sein.«

»Wie ist er vorgegangen?«, wollte Frédéric wissen. »Ich meine, wie hat er seine Übernachtungen organisiert?«

»Zunächst wollte er so weit wandern, wie er Lust und Kraft hatte, und sich am Abend eine Herberge suchen. Das hat jedoch zweimal nicht funktioniert, die Unterkünfte waren ausgebucht, und er musste auf dem Boden schlafen. Darum machte er schließlich ein Zugeständnis an die moderne Technik. Er schätzte am Abend, wie weit er am nächsten Tag wandern würde, und buchte telefonisch die Unterkunft.«

»Wann haben Sie Ihren Mann das letzte Mal gesprochen?«

»Das war am Abend des ersten Aprils gegen zwanzig Uhr.«

»Wo befand er sich zu diesem Zeitpunkt?«

»In der Pilgerherberge Saint-Jacques in Sousceyrac.«

»Hatten Sie den Eindruck, dass alles in Ordnung war?«

»Schon. Raymond hat voller Freude von seinem Tag erzählt.«

»Hat er sonst noch etwas erwähnt?«

»Er hat gesagt, dass er sich duschen und danach ein Glas Wein trinken werde. Um den Stammtisch säßen einige Pilger, die einen netten Eindruck machen würden. Ich glaube, er wollte sich dazusetzen und mit diesen Leuten Abenteuergeschichten austauschen.«

»War das alles?«

»Ich denke, ja.«

»Was ist am zweiten April passiert?«

»Raymond hat sich am Abend nicht gemeldet. Daraufhin habe ich versucht, ihn zu erreichen. Das hat aber nicht funktioniert. Ich dachte, der Akku seines Handys sei leer. Das war zwar eine logische Erklärung, dennoch war ich beunruhigt und fragte mich, wie es sein konnte, dass er es nicht aufgeladen hatte.«

»Das hat Sie beunruhigt?«

»Ja. Wissen Sie, unsere Tochter Sophie ist mit unserem dritten Enkelkind schwanger.« Sie lächelte, und diesmal kam es von Herzen. »Es wird ein Mädchen. Léa soll es heißen. Bisher haben wir zwei Jungs, die Kinder meines Sohnes. Sophie ist im achten Monat, und es gibt Komplikationen. Zurzeit liegt sie im Krankenhaus von Arcachon. Raymond hat sich bei unseren Telefonaten immer zuerst nach ihr und der

Kleinen erkundigt. Das Befinden der beiden war ihm sehr wichtig.«

»Was haben Sie unternommen?«

»Ich habe am nächsten Morgen in der Herberge in Alvignac angerufen und wollte ihn sprechen.«

»Woher wussten Sie, dass er in Alvignac übernachten wollte?«

»Das hat er mir am ersten April erzählt.«

»Und dann?«

»Ich habe die Auskunft bekommen, dass er dort nicht eingetroffen ist und dass sie auch nichts mehr von ihm gehört haben. Sein Bett hat ein anderer Pilger bekommen.«

»Daraufhin haben Sie die Polizei informiert?«

»Ja, gleich danach.«

Pauline schaltete sich ein. »Während der täglichen Telefonate mit Ihrem Mann, hat er da etwas erwähnt, das ihn beunruhigte? Gab es merkwürdige Vorfälle? Hatte er das Gefühl, dass er beobachtet wird?«

Irritiert sah die Frau sie an. »Nein, überhaupt nicht. Es war immer alles in Ordnung.«

»Hatten Sie Streit mit ihm? Oder jemand anderes? Ihre Tochter, Ihr Sohn?«

Sie reagierte empört. »Das ist jetzt nicht Ihr Ernst. Mein Mann und ich führen eine glückliche Ehe.

Und seine Beziehung zu unseren Kindern ist sehr harmonisch.«

»Wir müssen das fragen, Madame Aubrac. Das ist reine Routine.«

Pauline sparte sich die Frage nach dem Alibi der Familienangehörigen, da sie keine Ahnung hatten, wann genau der Tierarzt verschwunden war.

»Danke, Madame Aubrac. Wir haben im Moment keine weiteren Fragen mehr.« Sie legte ihre Visitenkarte auf den Küchentisch. »Bitte rufen Sie uns an, wenn Ihnen noch etwas einfällt, auch wenn es noch so unwichtig erscheint.«

Sie nickte. »Das werde ich tun.«

Die Kommissare erhoben sich, und Madame Aubrac begleitete sie zur Tür. Dort griff sie nach der Hand von Pauline und sah sie flehentlich an. »Bitte, finden Sie Raymond.«

»Wir werden alles tun, was in unserer Macht steht, das versichere ich Ihnen.«

Die Frau des Tierarztes sah ihnen nach, als sie davonfuhren. Verzweiflung zeichnete sich auf ihrem Gesicht ab. Hoffentlich würden sie ihn finden, und zwar wohlauf. Alles andere wäre unerträglich.

Nach der Rückkehr ins Kommissariat besprachen sie sich mit Mélanie und Louis. Pauline fasste den Inhalt des Gespräches mit Bernadette Aubrac zusammen. »Leider konnten wir keinerlei neue Erkenntnisse gewinnen. Sie scheinen ein harmonisches Familienleben zu führen. Nichts deutet darauf hin, dass ein Familienmitglied ein möglicher Täter sein könnte. Mir erschließt sich kein Motiv.«

»Es ergibt auch keinen Sinn, acht Tage zu warten, an denen Aubrac unbehelligt durch die Gegend wandert, und am neunten Tag zuzuschlagen«, ergänzte Frédéric. »Das ist viel zu kompliziert.«

»Vielleicht war es doch ein Unfall«, meinte Louis. »Wie auch immer, wir brauchen jedenfalls einen Plan. Die groß angelegte Suche hat nichts ergeben und wurde eingestellt. Auch Waldarbeiter, Förster oder Jäger, die ihn zufällig hätten finden können, haben sich bisher nicht gemeldet. Raymond Aubrac ist wie vom Erdboden verschluckt.«

Seine Chefin überlegte. »Ich sehe nur noch eine einzige Möglichkeit.«

Louis grinste. Er ahnte, was sie vorhatte. »Du willst die Strecke ablaufen und nach ihm suchen.«

Sie nickte. »Genau. Oder fällt euch etwas Besseres ein?«

Der junge Kommissar schüttelte den Kopf. »Nein.«

Mélanie war begeistert von der Idee. »Warum nicht? Wir drehen jeden Stein um. Wer weiß?«

Frédéric zog skeptisch die Augenbrauen hoch. »Die Aussicht auf Erfolg erscheint mir gering. Aber du hast recht, Pauline. Es gibt keine andere Option. Es ist auf jeden Fall besser, etwas zu unternehmen, als einfach abzuwarten.«

Die Hauptkommissarin schenkte sich ein Glas Wasser ein und sah auf ihre Armbanduhr. Es war früher Nachmittag. »Alles klar. Am besten machen wir uns gleich auf den Weg. Lasst uns alle nach Hause fahren und unsere Wanderausrüstungen packen. Mélanie und Louis nehmen sich einen Dienstwagen und holen erst mich und dann Frédéric von zu Hause ab. Anschließend fahren wir nach Sousceyrac und übernachten in der Herberge Saint-Jacques. Michelle soll dort anrufen und vier Zimmer mit Bad für uns reservieren. Am nächsten Morgen stehen wir bei Sonnenaufgang auf und machen uns auf den Weg. Dann liegt eine Wanderroute von maximal zwanzig Kilometern vor uns.«

Mélanie freute sich. Ihre veilchenblauen Augen blitzten. »Toll, das wird spannend.«

»Hast du Kartenmaterial für die Gegend?«, wollte

Louis wissen. »Oder müssen wir noch in die Buchhandlung?«

»Aber sicher doch. Ich war dort schon mal wandern.«

Pauline ging in die Tiefgarage, die sich gleich neben der Wache befand, und holte ihren Wagen. Während sie sich in den dichten Verkehr einreihte, schaltete sie die Scheibenwischer an. Es nieselte ununterbrochen. Über dem Golf von Biscaya hing ein hartnäckiges Tiefdruckgebiet. Sie folgte der Stadtautobahn für wenige Kilometer und wechselte dann auf die A62. Bei Castres-Gironde nahm sie die Ausfahrt und fuhr auf der *route départementale* bis Romagne.

Etwas außerhalb dieses kleinen Ortes lag das Weingut ihres Lebensgefährten Dominic de Montfort, das Château de Montfort, in dem auch Pauline und Sarah wohnten. Dominic produzierte hauptsächlich Weißwein aus der Chardonnay-Traube. Das einstöckige ockerfarbene Haus mit dem Ziegeldach und zwei Schornsteinen war von Weinlaub überwachsen, das bis zur Dachrinne geklettert war. An der Ostseite des Weingutes erhob sich ein runder Turm mit einem

Schieferdach, das im Regen bleiern glänzte, daneben reihten sich einige geduckte Nebengebäude. Pauline fuhr die geschwungene Zufahrt zum Château entlang, die von Pappeln gesäumt war, deren Blätter im Wind zitterten. Unmittelbar angrenzend lag ein Weingarten, aus dessen aufgeschütteter Erde akkurat gesetzte Weinstöcke wuchsen. Vor jeder Reihe gab es einen Rosenbusch, der Krankheiten, die den Reben schaden konnten, rechtzeitig anzeigen sollte. Besonders gefürchtet unter Winzern waren der Echte und der Falsche Mehltau.

Sie parkte vor dem Haus neben Dominics Pritschenwagen. Auf dem Weg zur Tür ließ sie ihren Blick über die Landschaft gleiten, die sich vor ihr erstreckte und die sie so sehr liebte. Weinberge, so weit das Auge reichte, dazwischen Äcker, Wiesen, Bauminseln und hin und wieder ein weiteres Weingut mit einem roten Dach als Farbtupfer. Dort, wo sich der stahlgraue Himmel am Horizont abzeichnete, lag die Silberküste mit ihrem circa zweihundert Kilometer langen Sandstrand, der wie ein weißes Band von Soulac-sur-Mer bis Saint-Jean-de-Luz reichte. Der wild tosende Atlantik war ein Paradies für Wellenreiter.

Als sie den Korridor betrat, sprangen die Schäferhunde Estelle und Émile aus ihren Körben und begrüßten sie überschwänglich. Sie kraulte dem Rüden den Hals, genau so, wie er es mochte, und tätschelte beiden Hunden die Köpfe. »Hallo, ihr zwei Rabauken, wart ihr schon spazieren?«

Fröhlich bellend und schwanzwedelnd liefen sie zu ihren Fressnäpfen und machten sich über das Trockenfutter her. Pauline stellte ihre Tasche auf der Kommode ab und ging in den Salon. Sarah saß am Tisch und malte etwas auf einem Zeichenblock. Ein blonder Zopf fiel ihr über die Schultern, und sie hatte sich konzentriert über das Papier gebeugt. Als sie die Schritte hörte, blickte sie auf. Ein Strahlen breitete sich auf ihrem sommersprossigen Gesicht aus. Die blauen Augen leuchteten vor Freude. Ungestüm sprang sie auf und umarmte ihre Mutter. »*Maman*, du bist schon da?«

»Ja, *chérie*. Was zeichnest du da?«

Eifrig hielt ihre Tochter ihr das Blatt vor die Nase. »Wir sollen Pflanzen malen, die bei uns in der Gegend wachsen. Im Naturkundebuch sind welche abgebildet. Ich habe mich für Huflattich und Löwenzahn entschieden. Wie findest du es?«

Pauline betrachtete mit interessierter Miene die Gewächse, die Sarah mit einem Bleistift vorgezeichnet und mit grünen, gelben und braunen Farbstiften exakt ausgemalt hatte. Sie lächelte ihre Tochter an. »Das hast du sehr schön gemacht, ganz sorgfältig.«

Sarah drückte sie und freute sich über das Lob. »Ich bin gleich fertig. Darf ich dann Fernsehen schauen?«

»Sind die Pferde schon versorgt?«

»Ja, Dominic und ich waren vorhin im Stall.«

»Prima. Hör zu, wir müssen noch kurz etwas besprechen.«

»Was denn?«

»Ich muss gleich wieder weg. Es hat mit unserem neuen Fall zu tun. Wir suchen einen Mann, der beim Wandern verschwunden ist.«

»Hoffentlich findet ihr ihn. Es ist kalt und nass draußen.«

»Bestimmt, mein Schatz. Wir übernachten in einem kleinen Dorf in den Bergen, und morgen in aller Frühe machen wir uns auf die Suche.«

»Gehen Mélanie, Louis und Frédéric auch mit?«

»Ja, wir ziehen zu viert los.«

»Toll, kann ich mitkommen?«

»Das geht leider nicht, mein Schatz. Das ist eine offizielle polizeiliche Ermittlung.«

»Na gut, dann spiele ich heute Abend mit Dominic Monopoly.«

»Das ist eine gute Idee.«

»Oje!«

»Was?«

»Heute ist Elternabend, *Maman*. Die Einladung hängt in der Küche an der Pinnwand.«

»*Mon Dieu*, den habe ich ganz vergessen.« Sie überlegte. »Unsere Nachbarin wird sicher gerne rüberkommen und mit dir spielen, und dann kann ich Dominic bitten, mich zu vertreten. Wo ist er eigentlich?«

»In der Küche.«

Als Pauline den Salon verließ, rief ihre Tochter ihr nach: »Er hasst Elternabende.«

Ihr Lebensgefährte, ein kräftiger breitschultriger Mann mit schulterlangen dunklen Locken, stand vor der offenen Kühlschranktür und räumte Lebensmittel ein. Dabei konnte sie sein attraktives, gebräuntes Gesicht im Profil sehen. Die lässige Jeans und der olivgrüne Pullover standen ihm gut. Als er sie bemerkte, kam er auf sie zu, umarmte und küsste sie. »*Salut*, Pauline. Du bist früh dran heute. Schön, dann können wir zusammen einen Kaffee trinken. Für unser Abendessen habe ich ein wunderbares Entrecôte gekauft. Dazu gibt es mit Parmesankäse überbackenen Chicorée.«

Mit schlechtem Gewissen schüttelte sie den Kopf. »Es tut mir leid, mein Liebster. Daraus wird nichts. Ich muss schnell Wanderkleidung einpacken, dann holen mich Mélanie und Louis ab. Wir fahren nach Sousceyrac, übernachten dort und suchen morgen auf einem Pilgerpfad einen seit drei Wochen vermissten Mann.«

Er runzelte die Stirn. »Ich dachte, ihr seid eine schlagkräftige Spezialeinheit und kein Suchtrupp.«

»Es dauert jetzt zu lange, die Hintergründe zu erklären. Kannst du heute an Sarahs Elternabend teilnehmen?« Sie schenkte ihm ihr schönstes Lächeln. Es half nicht. Er war sichtlich verärgert.

»Ich war schon letztes Mal auf ihrem Elternabend, weil du einen Fall hattest. Ich unterstütze dich, so gut ich kann, und ich tue alles für Sarah. Das weißt du. Aber diese Elternabende sind echt die Hölle.« Er ahmte die hohe Stimme einer besorgten Mutter nach. »Mein Philibert braucht mehr Zeit, damit er sich nach dem Schwimmunterricht gründlich die Haare föhnen kann. Er erkältet sich nämlich leicht. Im Schulhof wird er gemobbt, warum schreitet da niemand ein? Außerdem sind die Mathehausaufgaben viel zu schwer. Wissen Sie überhaupt, was ein Nachhilfelehrer kostet?«

Pauline konnte sich ein Grinsen nicht verkneifen.

Er stöhnte genervt. »Ich habe auch Pläne. Heute Abend will Jean auf ein Glas Wein vorbeikommen.

Wir machen uns Sorgen wegen des kalten, feuchten Wetters. Der Falsche Mehltau liebt solche Wetterbedingungen. Mehrere von Jeans Stöcken sind schon befallen.«

»Verzeih mir, ich mache es wieder gut, Dominic.«

»Das sagst du jedes Mal.«

»Nein, wirklich.« Sie küsste ihn zärtlich auf den Mund. »Ich muss jetzt packen. Sei nicht böse. Morgen Abend kochen wir schön zusammen, versprochen.«

Er streichelte ihr liebevoll über die Haare. »Na, geh schon, *Madame le Commissaire*. Als ich mich in dich verliebt habe, habe ich schließlich gewusst, dass du Polizistin bist.«

Als sie über die Treppe in den ersten Stock ging, hörte sie ihn rufen. »Nimm die dicke Sportjacke mit, der Wetterbericht für morgen ist lausig.«

»Mache ich.«

»Wo ist dieses Sousceyrac überhaupt?«

»In den Ausläufern des Massif central, ungefähr dreihundert Kilometer von hier entfernt.«

Als sie im Schlafzimmer vor dem Kleiderschrank stand, überlegte sie, wo sie bloß ihre Wanderstiefel gelassen hatte. Im Keller vielleicht? Plötzlich stand Sarah im Türrahmen. Ihr Gesichtsausdruck war besorgt. »*Maman*?«

»Ja, meine Süße?«

»Ich habe Dominic schimpfen hören. Gab es Streit?«

Ihre Mutter drückte ihr einen Kuss auf die Stirn. »Aber nein, mache dir keine Sorgen. Alles ist gut. Kannst du bitte im Keller nachsehen, ob dort meine Wanderstiefel sind?«

»Wird gemacht.« Eifrig rannte sie davon.

Pauline hatte sich gerade umgezogen und die Reisetasche fertig gepackt, als Mélanie und Louis auch schon an der Haustür klingelten.

Mélanie saß hinterm Steuer und fuhr den Wagen schnell und routiniert. Wenn ein Fahrzeug sie aufhielt, gestikulierte sie, hupte und schimpfte.

Ihre Fahrt führte sie weiter nach Galgon, einem Städtchen, das ungefähr zwölf Kilometer nördlich von Libourne lag. Dort wohnte Hauptkommissar Frédéric Rocard mit seiner Frau Agnès und dem sechzehn Jahre alten Pierre-Paul. Seit knapp acht Monaten wurde das Leben der Familie von einem schweren Schicksalsschlag überschattet. Ihre Tochter Emma war kurz vor ihrem achtzehnten Geburtstag verschwunden. Von ihr fehlte nach wie vor jede Spur. Ihr Vater suchte in jeder freien Minute nach ihr. Er hatte ein Internetforum eingerichtet und ging jedem Hinweis nach, auch wenn er noch so abstrus war. Bisher erfolglos. Während dieser Zeit war aus dem immer gut gelaunten Polizisten ein trauriger Mann mit dunklen Augenringen und blasser Gesichtsfarbe geworden, der unter Schlafstörungen litt. Doch er gab nicht auf. Er würde so lange nach Emma suchen, bis er sie gefunden hatte. Auch Interpol war in die Suche eingebunden worden. Das Mädchen galt offiziell als vermisst und wurde in Frankreich, in Europa und weltweit gesucht, dafür hatte er gesorgt. Pauline hatte ihm schon des Öfteren angeboten, sich freistellen zu lassen, doch er hatte ihren Vorschlag jedes Mal mit der Begründung abgelehnt, dass er ohne seine Arbeit verrückt werden würde. Sein Sohn Pierre-Paul hatte sich seit dem Verschwinden seiner Schwester sehr verändert. Der freundliche, gute Schüler und ehrgeizige Rugbyspieler hatte sich in einen zornigen, unberechenbaren jungen Mann verwandelt, der die Schule schwänzte und kurz vor dem Rausschmiss stand. Einzig das Engagement seiner wohlwollenden Klassenlehrerin hatte das bisher verhindert. Aber das Maß war langsam voll. Das Ehepaar Rocard kam nicht mehr an Pierre-Paul heran. Er hatte sich in sich selbst zurückgezogen. Häufig wussten sie nicht einmal, wo er sich gerade aufhielt.

Als sie an der Haustür klingelten, erschien Frédéric mit einer Reisetasche in der Hand im Türrahmen und nickte ihnen zu. »Da seid ihr ja endlich.«

Seine Frau Agnès stellte sich neben ihn und begrüßte seine Kollegen. Sie hatte in dieser dramatischen Zeit mindestens zehn Kilo abgenommen. Ihr Gesicht war hager und bleich, die Augen wirkten riesig und schienen auf einen Punkt in der Ferne gerichtet. Sie versuchte ein Lächeln, das gründlich misslang. »Es ist schön, dass wir uns endlich einmal wiedersehen. Wenn es wärmer wird, könnten wir bei uns im Garten grillen. Was meint ihr?«

Pauline lächelte sie warmherzig an und machte sich Vorwürfe, dass sie sie schon seit längerer Zeit nicht mehr angerufen hatte. »Das ist eine großartige Idee, Agnès. Wir sind dabei.«

Als sie sich auf den Weg nach Sousceyrac machten, vermieden sie umsichtig das heikle Thema Emma. Stattdessen tauschten sie sich über den Fall aus. Nach knapp drei Stunden erreichten sie die Pilgerherberge Saint-Jacques, aus deren Fenstern warmes Licht drang. Mittlerweile war es stockfinster, kalt, und es schüttete wie aus Kübeln. Vom Massif central her fegte ein kräftiger Ostwind durch das Dorf.

Sie holten ihr Gepäck aus dem Kofferraum und gingen eilig durch den Regen zur Eingangspforte, die aus Eichenholz gefertigt war und schief in den rostigen Angeln hing. Über der Tür neben einer gelb leuchtenden Laterne baumelte ein mit Patina überzogenes Schild, auf dem in schwarzen Lettern »Pilgerherberge Saint-Jacques« stand. Die Unterkunft befand sich in einem Fachwerkhaus, zartrosa verputzt und mit ochsenblutrotem Gebälk. Sie traten in den Eingangsbereich, dessen Wände und die niedrige Decke mit Holz verkleidet waren. Ein großes goldgerahmtes Ölgemälde, auf dem die drei Ebenen des Pilgerortes Rocamadour dargestellt waren, dominierte das Foyer. Auf der unteren Ebene befand sich das Bergdorf. Darüber war die Heilige Stadt mit ihren sieben Gotteshäusern abgebildet. Auf der dritten Ebene erhob sich am Rand eines Steilhangs die mittelalterliche Burg. In den Lüstern brannten weiße Kerzen, die das Kunstwerk zum Leuchten brachten. Mélanie konnte sich seiner Ausstrahlungskraft kaum entziehen. Es war irdisch und mystisch zugleich.

Der Empfang war verwaist, deshalb betätigte Pauline die Messingklingel, die auf dem Tresen stand. Ein heller Ton erklang. Neben der Klingel lagen aufgefächert Prospekte, die auf die Sehenswürdigkeiten der Gegend hinwiesen und darüber informierten, wann Gottesdienste stattfanden. Hinter dem Empfang war ein Durchgang, verborgen hinter einem purpurnen Vorhang. Nun wurde er geöffnet, und es erschien eine korpulente ältere Dame, in ein schlichtes graues Wollkleid gekleidet und mit einem freundlichen Lächeln. Sie trug roten Lippenstift und ihre Haare waren zu einem Knoten hochgesteckt. »*Bonsoir, Mesdames et Messieurs*. Willkommen in der Pilgerherberge Saint-Jacques. Ich bin die Herbergsmutter, sagen Sie einfach Jeanne zu mir.« Neugierig musterte sie die Gäste. »Ich hoffe, Sie haben reserviert?«

Pauline stellte sie vor. »Wir sind von der *police judiciaire* und ermitteln in dem Fall des verschwundenen Wanderers Raymond Aubrac.«

»Ah, natürlich, ich erinnere mich. Lassen Sie mich Ihre Reservierung raussuchen.« Sie setzte ihre Brille auf und blätterte im Gästebuch.

»Unsere Sekretärin hat vier Zimmer mit Bad bestellt.«

Die Frau schüttelte bedauernd den Kopf. »Nun, sie hat es versucht. Aber ich habe nur noch ein freies Zimmer mit zwei Stockbetten. Es wird Ihnen gefallen, es ist sehr gemütlich. Dusche und Toilette befinden sich auf dem Flur.«

Die Kommissare tauschten Blicke. »Das ist auch in Ordnung«, versicherte Frédéric. »Es ist ja nur für eine Nacht.«

Jeanne reichte Pauline einen massiven, verschnörkelten Skelettschlüssel. »Erster Stock, Zimmer vier. Linker Hand ist die Treppe.«

»*Merci bien*«, sagte Pauline. »Wenn wir uns eingerichtet haben, würden wir gerne noch mit Ihnen sprechen.«

»Selbstverständlich. Die Gendarmerie war auch schon da. Möchten Sie anschließend zu Abend essen?«

»Ja, sehr gerne. Bis später.«

Über die Holztreppe, die knackte und knarrte, stiegen sie in das erste Obergeschoss, vorbei an einer Nachbildung der »Schwarzen Madonna von Rocamadour«. Die dunkel glänzenden Augen der Heiligen schienen sie zu fixieren und ihnen zu folgen. Die bunten Läufer auf dem Korridorboden sahen aus, als seien schon viele Pilgerfüße darübergelaufen. Louis meinte, Weihrauch zu riechen, und öffnete erwartungsvoll die Tür zu ihrer Unterkunft. In der Mitte des Zimmers Nummer vier standen zwei

Stockbetten mit etwa einem Meter Abstand zueinander. Beide verfügten über eine schmale Leiter. Das Bettzeug lag ordentlich gestapelt auf den Matratzen. Dann gab es noch einen großen Tisch, einen Schrank und eine Kommode, auf der Spiele, einige Romane und die Bibel lagen. Die Deckenlampe verbreitete diffuses orangefarbenes Licht. Ein ausgestopfter Wildschweinkopf war die einzige Wandzierde.

»Das ist wirklich sehr gemütlich«, stellte Frédéric amüsiert fest. »Louis und ich nehmen das linke Bett, es sieht stabiler aus. Ich schlafe unten.«

Sein Kollege lachte. »Mir ist alles recht. Ich komme mir vor wie in einer Jugendherberge. Wir könnten uns um Mitternacht Gespenstergeschichten erzählen.«

Mélanie sah Pauline an. »Wo willst du schlafen?«

Sie zuckte mit den Schultern. »Ist mir egal.«

»Okay, dann will ich nach oben. Wie früher im Schullandheim.« Sie warf einen kurzen Blick aus dem Fenster. Über dem Kirchturm zogen Wolkengebilde dahin und gaben kurz den Blick auf die weiße Mondsichel frei, die von einem perlnachtblauen Licht umgeben war, das nicht von dieser Welt schien.

Nachdem sie ihr Gepäck im Schrank verstaut und die Betten bezogen hatten, machten sie sich auf die

Suche nach der Herbergsmutter Jeanne. Sie fanden sie in einem winzigen Büro im Erdgeschoss, dessen Tür weit offen stand. Jeanne saß hinter einem Schreibtisch und heftete Papiere in einem Ordner ab. Von der Decke hing ein Käfig, in dem ein grüner Papagei saß, der den Kopf in seinem Gefieder vergraben hatte. Als Jeanne die Polizisten bemerkte, bat sie sie herein. Vor dem Schreibtisch standen zwei Stühle, auf die sie deutete. »Nehmen Sie doch bitte Platz. Ich hole zwei weitere Stühle aus dem Gastraum.«

»Das ist nicht nötig«, hielt Louis sie zurück. »Frédéric und ich bleiben stehen.« Er lehnte sich an ein Regal und verschränkte die Arme. »Danke, dass Sie sich Zeit für uns nehmen.«

Jeanne himmelte ihn unverhohlen an. Sie war eine große Verehrerin von Steve McQueen, dem Louis so ähnelte, und fand diesen jungen Mann hinreißend. »Das ist kein Problem. Möchten Sie einen Kaffee?«

Sie lehnten dankend ab, und Pauline begann mit der Befragung. »Jeanne, Monsieur Raymond Aubrac war vom ersten auf den zweiten April Ihr Gast?«

»Ja, das ist richtig. Er befand sich auf einer Pilgerreise und hat hier Quartier genommen. Er war ein sehr freundlicher Herr, ruhig und zurückhaltend. Das ist keineswegs selbstverständlich. Manche Gäste legen ein Benehmen an den Tag, das eines Pilgers einfach unwürdig ist. Sie trinken zu viel und krakeelen nachts herum. Einmal musste ich sogar die Gendarmerie rufen.«

»Können Sie uns den Ablauf seines Aufenthaltes schildern?«

»Er kam am Abend des ersten Aprils hier an und hat den Anmeldeschein ausgefüllt. Danach hat er sich für eine Weile zurückgezogen. Später kam er in den Gastraum und hat zu Abend gegessen. Dabei hat er sich mit anderen Gästen unterhalten. Ich glaube, er ging früh zu Bett.«

»Und am nächsten Tag?«

»Er hat nach dem Frühstück die Rechnung bezahlt und sich für den angenehmen Aufenthalt bedankt. Dann hat er mich noch um einen Stempel für sein Pilgerbuch gebeten.«

»Ein Pilgerbuch?«, hakte Louis nach.

»Ja, *Monsieur le Commissaire.* Die meisten Pilger haben so ein Buch und lassen es bei jeder ihrer Stationen abstempeln, um die Reise zu dokumentieren. Das ist für sie Ehrensache und ein schönes Andenken.«

»Hat er sonst noch über irgendetwas mit Ihnen gesprochen?«

»O ja, er hat mir erzählt, er sei Tierarzt, und es sei ihm aufgefallen, dass mein Papagei Napoleon einen schwächlichen Eindruck mache. Er hat mir geraten, einen Tierarzt aufzusuchen. Das habe ich gemacht, und er hatte recht. Napoleon war tatsächlich krank, das arme Tier litt unter Vitaminmangel.«

»War das alles?«

Jeanne überlegte. »Eine Sache war da noch. In der Nähe von Terrou führt der Pilgerpfad über ein Geröllfeld. Das ist ein gefährlicher Abschnitt, den man meiden sollte, besonders, wenn es viel geregnet hat. Die Absturzgefahr ist zu groß. Ich habe ihm empfohlen, den nördlichen Weg zu nehmen. Das ist zwar ein Umweg, aber viel sicherer. Für den Tipp hat er sich bedankt, anschließend hat er sich verabschiedet und sich auf den Weg gemacht. Mehr weiß ich leider nicht.«

Charmant lächelte Louis sie an. »Das war doch schon so einiges.«

Pauline ergriff erneut das Wort. »Ist Ihnen an seinem Verhalten etwas aufgefallen? Schien er beunruhigt, war er nervös, benahm er sich sonderbar?«

Jeanne dachte kurz über die Frage nach, dann schüttelte sie entschieden den Kopf. »Nein, er war die Ruhe selbst.«

»Danke, das war es von unserer Seite.«

»Darf ich Sie etwas fragen?«

»*Bien sûr*!«

»Warum ermittelt die *police judiciaire*, es war doch ein Unfall, oder?«

»Das können wir erst mit Sicherheit sagen, wenn wir ihn gefunden haben.«

»Ach so, ich verstehe. Ich wünsche Ihnen viel Glück. Der arme Mann!« Sie klappte den Aktenordner zu. »Möchten Sie jetzt essen?«

»Sehr gerne.«

»Hier entlang zum Gastraum. Sie können sich an den Stammtisch setzen, wenn Sie möchten.«

In der Gaststätte brannte ein loderndes Feuer im Kamin. Sie nahmen Platz und grüßten die anderen Gäste. Es waren zwei ältere Männer in Arbeitskleidung, die vor ihren Biergläsern hockten und in ein Gespräch vertieft waren. Auf der Eckbank saß ein junges Pärchen, das noch Wanderkleidung trug und sich mit einem Tee aufwärmte. Sie hatten die Arme eng umeinandergeschlungen und machten einen sehr verliebten Eindruck. Leise unterhielten sie sich über ihre Tour und tauschten begeistert Eindrücke aus.

Dann kam Jeanne an den Tisch, lächelte in die Runde und informierte die Gäste über das Menü.

»Heute gibt es als Vorspeise Pilzrahmsuppe, als Hauptgericht Rehragout mit Kartoffelgratin und grünen Bohnen und als Dessert Apfeltarte mit Sahnehaube.«

»Das hört sich verlockend an«, meinte Frédéric. Er sah fragend in die Runde. Die Kollegen nickten. »Viermal bitte, Jeanne.«

»Dazu kann ich einen kräftigen Bordeaux aus meinem Weinkeller anbieten.«

»Wunderbar, und eine Karaffe Wasser bitte.«

Während sie sich das köstliche Mahl schmecken ließen, plauderten sie mit den anderen Gästen über das Wetter, Pilgerreisen im Allgemeinen und die schöne Gegend hier im Besonderen. Nachdem sie fertig waren, wandte sich Pauline an die vier anderen Gäste. »Wenn wir einen Moment um Ihre Aufmerksamkeit bitten dürften?« Sie erntete neugierige Blicke.

»Wir sind von der *police judiciaire* und ermitteln im Fall des verschwundenen Pilgers Raymond Aubrac. Er wird seit drei Wochen vermisst.« Sie zog ein Foto aus ihrer Tasche, das sie von Madame Aubrac bekommen hatte, und zeigte es herum. »Kennen Sie ihn?«

Die junge Frau und ihr Freund schüttelten beide den Kopf. Sie ergriff das Wort. »Wir sind erst heute

Abend hier angekommen. Vorher haben wir fünf Tage im *Parc Naturel des Volcans* gezeltet.«

Einer der Männer, gekleidet in einem blauen Overall, sah sich das Bild genauer an. »Tut mir leid, ich habe ihn noch nie gesehen, obwohl ich öfter hier am Stammtisch sitze.«

Der andere Mann trug eine braune Arbeitsjacke und hatte eine Schiebermütze auf dem Kopf. Er stellte sich kurz als Bernard vor und zeigte dann auf das Foto. »Ich kenne ihn. Er saß am Abend des ersten April hier am Stammtisch. Wir haben uns angeregt unterhalten. Ich trinke in der Pilgerherberge manchmal mein Feierabendbier. Ich mag die Abenteuergeschichten, die die Pilger erzählen.«

»Hat Monsieur Aubrac Ihnen etwas erzählt, das uns weiterhelfen könnte?«

Er trank einen Schluck von seinem Bier und dachte nach. »Monsieur Aubrac hat mir von seinem Pilgerweg von Le Puy-en-Velay bis hierher erzählt, das war sehr interessant. Dann hat er noch erwähnt, dass er weiter über Lavergne nach Alvignac wandern wollte. Ich habe ihn vor den Wildschweinen gewarnt, die hier in der Gegend in großer Zahl vorkommen. Im Frühjahr bekommen sie Nachwuchs. Dann sind sie angriffslustiger als sonst, und man sollte sich vor ihnen in Acht nehmen. Außerdem wurde ein Wolf in der Gegend gesehen. Normalerweise sind diese Tiere sehr scheu, aber man weiß ja nie. Aubrac hat sich für diese Informationen bedankt. Mehr war da nicht.«

»Danke, vielleicht hilft uns das weiter.«

»Viel Erfolg bei der Suche.«

Die Kommissare tranken noch einen Mokka, dann wünschten sie der Runde eine gute Nacht und zogen sich in ihr Zimmer zurück. Louis hatte eine Flasche Rotwein und vier Gläser mitgebracht. »Den Schlummertrunk habe ich von Jeanne bekommen.« Er zündete eine Kerze an und betrachtete versonnen die Flamme. »Richtig heimelig hier, was?« Draußen fegte der Wind um die Herberge und rüttelte an den Fensterläden. Die Kirchturmuhr schlug elfmal. Sie setzten sich um den Tisch, breiteten Landkarten aus und planten die morgige Route. Zwischendurch stießen sie an. »Auf eine erfolgreiche Suche nach der Nadel im Heuhaufen«, sagte Frédéric.

24. APRIL

Nachdem das Team gefrühstückt und sich von Jeanne verabschiedet hatte, machte es sich in aller Frühe auf den Weg. Sie hatten trotz der beengten Verhältnisse wie die Murmeltiere geschlafen. Auf der Straße war kein Mensch zu sehen. Es duftete nach würziger Bergluft und buttrigen Croissants. Ein leichter Nieselregen hatte eingesetzt. Mélanie zog sich die Kapuze ihres Anoraks über den Kopf und prüfte, ob die Schnürsenkel ihrer Wanderstiefel doppelt geknotet waren. Frédéric schulterte seinen Rucksack. Louis winkte Jeanne zu, die am offenen Fenster stand und lächelnd zurückwinkte. Pauline verstaute die Landkarten in der wasserdichten Seitentasche ihres Rucksacks. Bald darauf fanden sie die gelbe Muschel auf blauem Untergrund, die den Pilgerweg Via Podiensis markierte, auf einen Baumstamm gemalt. Sie folgten der Markierung zu einem Flurbereinigungsweg, der stetig bergauf führte und Schlammpfützen sowie tiefe Abdrücke von Traktorreifen aufwies. Links und rechts davon erstreckten sich Wiesen und Obstgärten. Bis auf den Schrei eines Vogels, der von den Felsen widerhallte, war es still. Pauline und Louis gingen in einem gemäßigten Tempo voraus, die beiden anderen folgten ihnen. Ihre Atemwölkchen stiegen in die klare Morgenluft. Nach ungefähr einer Stunde kamen sie in einen Buchenwald, dessen vor Regen glänzendes Laub einen hellgrünen Baldachin bildete. Der Waldweg schlängelte sich um die glatten Stämme der Buchen. Der Boden war mit Moosflechten, Blaubeersträuchern und Heidekraut überwuchert. Dann kamen sie an einer Quelle vorbei, die sanft dahinplätscherte und einen Bachlauf speiste. Das Geräusch ihrer Schritte schreckte drei Rehe auf, die mit großen Sprüngen davonhüpften.

Gegen Mittag beschlossen sie, eine Pause einzulegen, und entdeckten eine Wetterschutzhütte, wo sie sich auf der klammen Holzbank niederließen. Mélanie öffnete den Reißverschluss ihrer Jacke. »Jetzt ist mir warm«, erklärte sie. »Und ich habe Hunger. Mal sehen, was Jeanne uns für die Brotzeit eingepackt hat.« Sie breitete Papiertaschentücher auf dem Tisch aus, und sie legten ihren Proviant darauf: Baguette mit Leberpastete und Camembert, Weintrauben, Äpfel und Paprikaschoten. Dazu Wasser und eine Thermoskanne mit Tee. Louis griff hungrig zu. »Die Herbergsmutter ist ein Schatz«, stellte er fest.

Frédéric hatte keinen großen Appetit und spazierte mit einem Apfel in der Hand am Waldrand auf und ab. Über das Wurzelwerk einer Lärche ragte ein umgestürzter Baumstamm empor. Dazwischen eingeklemmt lugte etwas Weißes hervor, das seine Aufmerksamkeit erregte. Er ging in die Hocke, griff danach und zog es behutsam hervor. Es war ein zusammengefaltetes, feuchtes Stück Papier. Neugierig faltete er es auseinander und las, was darauf geschrieben stand. Er staunte. Das Glück meinte es wirklich gut mit ihnen! Er stand auf und ging zu seinen Kollegen zurück. »Seht mal, was ich gefunden habe.« Er reichte seine Entdeckung an Pauline weiter, die das Geschriebene überflog. »Es ist eine Rechnung«, stellte sie fest. »Ausgestellt am zweiten April von der Herbergsmutter Jeanne für Raymond Aubrac. Achtzehn Euro für eine Übernachtung.«

»Wir sind hier also genau richtig«, stellte Mélanie zufrieden fest.

Der Weg, auf dem sie ihre Suche fortsetzten, wurde

immer schmaler und schlängelte sich durch Felsgestein, über das sie stellenweise rüberklettern mussten. Rechter Hand erhob sich ein senkrechter Felsfinger, in den einige Kletterösen getrieben waren. Louis' Blick folgte ihnen bis zu der etwa fünfzehn Meter hohen Spitze, die die Form eines Löwenkopfes hatte. Da hinaufzuklettern würde ihn wirklich reizen. Dann konzentrierte er sich wieder auf den Pfad, der ziemlich rutschig war. Nachdem sie eine Weile gewandert waren, gelangten sie an ein steil abfallendes Geröllfeld, das sich wie eine schiefe Ebene etwa einen Kilometer lang vor ihnen ausdehnte. Wenige knorrige Fichten ragten in den wolkenverhangenen Himmel. Windböen fegten über die Oberfläche und trieben Zweige und Blätter vor sich her. Am rechten Rand der Ebene führte ein Pfad in die Berge. »Das muss der Abhang sein, vor dem Jeanne den Tierarzt gewarnt hat«, stellte Pauline fest. »Was meint ihr, wie hat er sich entschieden? Für den Hang oder den Umweg?«

»Ich hätte mich für den Umweg entscheiden«, entgegnete Louis sofort. »Schaut euch das Feld an, die Steine sind locker und nass. Ein falscher Tritt und man verliert den Halt. Dafür bräuchte man eine Bergsteigerausrüstung, um eine Seilschaft zu bilden. Allein da durchzugehen, wäre Wahnsinn.«

Frédéric fuhr sich nachdenklich durchs Haar. »Aubrac ist ein begeisterter Wanderer, er fühlt sich stark, er hat schon einen langen schwierigen Weg gemeistert. Er will sich beweisen.« Der Hauptkommissar starrte den Abhang hinunter. »Er hat diesen Weg gewählt.«

Pauline sah ihn nachdenklich an. »Du hast recht. Er hat bestimmt die Herausforderung gesucht.«

»Entweder er hat es geschafft, oder er liegt zertrümmert am Fuß der Absturzkante.«

»Ja. Ich schlage vor, wir überqueren das Geröllfeld diagonal, einer hinter dem anderen. Achtet darauf, wo ihr hintretet. Ich gehe voraus.«

Im Gänsemarsch machten sie sich auf den Weg und setzten vorsichtig einen Fuß vor den anderen. Die Sohlen ihrer Wanderstiefel fanden schwer Halt auf den feuchten Steinen. Sie ließen die Abbruchkante nicht aus den Augen und steuerten konzentriert eine flache kleine Wiese an, die von Gesteinsbrocken begrenzt wurde und auf der sich gelb blühendes Gestrüpp erhob. Auf einmal rutschte Louis auf einem losen Stein ab und verlor beinahe das Gleichgewicht, fing sich jedoch wieder, bevor Pauline ihn am Arm packen konnte. Vorsichtig gingen sie weiter und näherten sich stetig ihrem Ziel. Dabei blies ihnen der kalte Wind ins Gesicht, und sie mussten sich mit ganzer Kraft dagegenstemmen. Plötzlich glitt Mélanie aus, wankte und stürzte auf die Steine. Bei dem Versuch, sich aufzurichten, geriet sie endgültig aus dem Gleichgewicht, fiel erneut auf das Gestein und rutschte bäuchlings mit dem Kopf voraus auf den Abgrund zu. Dabei nahm sie erschreckend schnell Geschwindigkeit auf. Entsetzt schrie sie auf und suchte vergeblich mit den Händen nach Halt. Frédéric warf seinen Rucksack ab und rannte ihr hinterher, krampfhaft bemüht, nicht dasselbe Schicksal zu erleiden. Kurz bevor Mélanie, die sich an eine Wurzel geklammert hatte, bis diese nachgab und sie erneut dem freien Fall überließ, den Abhang des Geröllfeldes erreichte, warf er sich mit gespreizten Beinen auf die Erde und packte ihre Fußgelenke. Seine Stiefelspitzen bohrten sich in den weichen Untergrund. Das Tempo verringerte sich und kurz vor dem Rand stoppte ihr rasanter Rutsch. Reglos lagen sie da. Mélanie starrte panisch den senkrechten, mit scharfen Gesteinskanten übersäten Abhang hinunter. Das waren mindestens hundert Meter. Sie brachte keinen Laut hervor und zitterte unkontrolliert. Frédéric redete mit sanfter Stimme auf sie ein. Er wusste, dass sie unter Höhenangst litt, auch wenn sie es niemals zugeben würde. »Ich habe dich, Mélanie, und ich werde dich nicht loslassen. Wir beide robben jetzt langsam rückwärts. Langsam und vorsichtig. Los jetzt.«

Im Schneckentempo setzten sie sich in Bewegung. Erleichtert stellte er fest, dass sie mitarbeitete, so gut sie konnte. Zentimeter um Zentimeter entfernten sie sich von der Abbruchkante. Steine rollten klackernd an ihnen vorbei und verschwanden lautlos in der Tiefe. Inzwischen hatten Pauline und Louis sie erreicht. Sie legten sich ebenfalls auf die glatten Steine. Pauline hielt Frédérics Füße fest und half ihm, sich nach und nach von der tödlichen Gefahr zu entfernen. Louis unterstützte Mélanie. Nachdem sie einige Meter geschafft hatten, rappelten sie sich auf. Die junge Kommissarin war aschfahl im Gesicht. »Das war knapp«, hauchte sie. Sie hielten sich an den Händen, bis sie die Bergwiese erreicht hatten.

»Geschafft«, sagte Louis erleichtert. »Verdammt noch mal, was für ein tückischer Hang.« Er nahm Mélanie in den Arm und sah ihr dann forschend in die Augen. »Geht es wieder?«

Sie nickte.

»Bist du verletzt?«

Sie schüttelte den Kopf. »Nur die Hände ein bisschen aufgeschürft.«

»Zeig her.« Er besah sich die Kratzer. »Halb so wild.«

Pauline drückte sie ebenfalls kurz an sich und lächelte ihr aufmunternd zu. Dann holte sie ihr Fernglas aus dem Rucksack und suchte den steilen Fels und die Schlucht ab. Es handelte sich um großes flaches Gestein ohne jeden Bewuchs, auf das sich ein Wasserfall ergoss, der eine ovale Höhlung geschaffen hatte. Sie konnte nichts Auffälliges entdecken. »Wenn wir Aubrac nicht finden, schicken wir einen Suchtrupp hierher«, entschied sie. Nachdem sie sich mit Schokoriegeln und einem Schluck starken gezuckerten Tees gestärkt hatten, setzten sie ihren Weg fort, der in Serpentinen abwärts führte.

Schließlich gelangten sie in ein Tal, durch das sich ein Fluss schlängelte. Auf beiden Seiten erhoben sich vom Wasser glatt geschliffene und von grünen Pflanzen bedeckte Felsen. Die Steilwände wiesen Höhlen unterschiedlicher Größen auf. Ein Pfad führte am Fluss entlang, der von Fichten und Eichen gesäumt wurde. Das Wasser sprang gurgelnd über Gesteinsbrocken und angeschwemmte Äste und war glasklar. Darin tummelten sich Regenbogenforellen. Bald kamen sie an einem Haus vorbei, das aus Sandstein in den Fels gebaut war. Die Fassade war von Ranken überwuchert, die Tür mit Brettern vernagelt. Darüber reihten sich drei Stockwerke hoch Fenster, die wie schwarze leblose Augen auf das Gewässer starrten. Das Dach war von Moos überzogen.

Die gelbe Muschel wies ihnen den Weg aus der Schlucht und führte sie auf einen Pfad, der auf einen Hügel zulief. Dort erhob sich ein Pilgerkreuz unter einer mächtigen Kastanie, um das eine kreisförmige Bank verlief, die zum Verweilen einlud. In den senkrechten kantigen Holzstamm waren Häkchen getrieben, an denen Gegenstände hingen, die von Pilgern hinterlassen worden waren, um sich dort zu verewigen: Halstücher, Mützen, ein abgebrochener Wanderstock, geschnitzte Herzchen, die Miniatur einer Kapelle, ein Paar winzige Wanderstiefel und die Nachbildung der Schwarzen Madonna von Rocamadour in Daumengröße. Auch kleine Zettel mit Nachrichten waren darauf aufgespießt: »Greta und Wolf waren hier; Nina und Robert haben sich unter dem Kreuz geküsst (daneben prangte ein gemaltes Herz); Meine Wanderstiefel bringen mich um – Lasse aus Kopenhagen.«

Mélanie betrachtete aufmerksam die Notizen und entdeckte ein Häkchen mit einer verwelkten Schlüsselblume und einer Nachricht, geschrieben mit blauem Kugelschreiber: »Der Pilger Raymond A. war hier. Was für eine grandiose Wanderung.« Daneben war ein Glücksschwein gezeichnet. Triumphierend deutete sie auf die Notiz. »Er ist hier vorbeigekommen. Wir sind noch immer auf der richtigen Spur.«

»Sehr gut«, freute sich Louis. »Also weiter.«

Eine halbe Stunde später näherten sie sich einer Gabelung und konnten keine Muschel entdecken. Pauline zog eine Landkarte aus ihrer Rucksacktasche, schlug sie auf und breitete sie auf einem Stein aus. »Bernard vom Stammtisch in Sousceyrac hat erzählt, dass Aubrac über Lavergne nach Alvignac wandern wollte.« Sie wies auf den rechten Weg. »Wir müssen da lang.«

Frédéric studierte die Karte. »Das ist ein einfacher, ziemlich gerade verlaufender Flurbereinigungsweg. Darauf hätte er sich nicht verlaufen können. Er hätte Lavergne und danach Alvignac problemlos erreicht.«

Pauline runzelte die Stirn. »Du meinst, er ist in die falsche Richtung gelaufen?«

»Ja. Vermutlich hat er sich verirrt.«

Louis recherchierte auf seinem Smartphone das Wetter vom zweiten April. »Am späten Nachmittag ist ein Gewitter aufgezogen. Es muss ziemlich heftig gewesen sein. Vermutlich wollte er sein Ziel zügig erreichen und hat sich vertan.«

Seine Chefin nickte. »Okay, folgen wir dem linken Weg.«

Der Pfad führte stetig bergauf. Schließlich passierten sie einen Geräteschuppen. Dahinter erstreckte sich ein Kartoffelacker und darauf folgte ein Pappelwäldchen. Zwischen den Baumwipfeln lugten Teile einer gelben Fassade und ein rotes Spitzdach hervor, in das runde Fenster eingelassen waren, die an Bullaugen erinnerten. Erneut studierte Louis sein Smartphone. »Es hat ziemlich geschüttet.« Aufmerksam sah er sich um. »Irgendwann muss Aubrac gemerkt haben, dass er sich verirrt hat. Ich an seiner Stelle hätte mir einen Unterschlupf gesucht, um dort zu übernachten. Es hätte keinen Sinn gemacht, bei Sturm und Regen weiterzuwandern, noch dazu in der Dunkelheit.«

»Wo hättest du dir einen Platz gesucht? Im Wald?«, fragte Mélanie.

»Ja.« Zielstrebig lief er auf den Waldrand zu. »Seht mal, hier ist ein Trampelpfad.«

Die anderen folgten ihm und bald erreichten sie eine sichelförmige Mauer, über der sich eine Eiche mit dichter Laubkrone erhob. Vor dem Zugang blieben sie stehen, überrascht von dem Anblick, der sich ihnen bot. Hinter der Mauer stand ein dunkelgrünes Kugelzelt. Der Reißverschluss des Eingangs war heruntergezogen, und der Stoff flatterte im Wind. Langsam gingen sie darauf zu und spähten hinein. Von feuchten Blättern bedeckt, die der Wind hereingeweht haben musste, lag auf dem Boden eine ausgerollte Isomatte, darauf ein zerwühlter Schlafsack. An der Zeltwand lehnte ein Rucksack, daneben lagen wahllos verstreut Kleidungsstücke und ein geöffneter umgekippter Waschbeutel. Pauline war erstaunt. »So geht ein Wanderer nicht mit seiner Ausrüstung um.«

Sie kroch ins Zelt, zog Einmalhandschuhe über, griff nach dem Rucksack und sah sich dessen Inhalt an. »Hier ist ein Pilgerbuch.« Sie klappte es auf und las den Namen des Besitzers. »Wir haben das Lager von Aubrac gefunden«, bestätigte sie ihren Kollegen das Offensichtliche. Sie wühlte weiter im Rucksack herum. »Hier drin sind noch Landkarten, eine Taschenlampe und ein Roman über eine Wallfahrt im Mittelalter.« Sie nahm sich die Seitentaschen vor. »Batterien, ein kleiner Verbandskasten, mehrere Feuerzeuge. Das Portemonnaie fehlt. Möglicherweise wurde er ausgeraubt.« Sie verließ das Zelt und sah sich um. »Wo steckt Aubrac? Wenn er weitergezogen wäre, hätte er doch seine Ausrüstung mitgenommen.«

Sie und Frédéric tauschten einen Blick.

»Er muss hier irgendwo sein«, meinte er.

Sie nickte. »Ja, das denke ich auch. Lasst uns den Trampelpfad noch ein Stück weitergehen.«

Nach einigen Hundert Metern entdeckten sie an einem Ast ein rotes Stück Stoff, das von einer Sportjacke stammen könnte. Kurz darauf standen sie vor einem Abhang, der beinahe senkrecht etwa zwanzig Meter in die Tiefe führte. Scharfe Felskanten ragten aus dem Untergrund, es gab Schlingpflanzen und dorniges Gestrüpp.

Am Fuß des Abhangs versperrten Büsche und umgestürzte Bäume die Sicht. Hier oben waren im Schlamm deutlich Fußabdrücke zu erkennen. Einen Moment lang herrschte betretenes Schweigen.

»Aubrac könnte dort unten liegen«, mutmaßte Pauline schließlich. »Louis und ich klettern runter und sehen nach.«

Die beiden machten sich an den Abstieg. Da der Hang über Felsvorsprünge, Wurzeln und Buschwerk verfügte, fanden sie Halt und kamen zunächst gut voran. Auf halber Strecke gelangten sie an eine glatte senkrechte Felswand, die etwa drei mal vier Meter maß und ohne Kletterausrüstung unüberwindbar war. Also bewegten sie sich oberhalb des Hindernisses entlang, um den Abstieg an einer günstigeren Stelle fortzusetzen. Sie hatten die Felswand beinahe hinter sich gelassen, als Louis den Fuß auf einen Steinvorsprung setzte, der zerbarst. Er rutschte ab, griff geistesgegenwärtig nach dem dicken Zweig eines Haselnussbaumes, der sich durch das Gewicht bog, und klammerte sich mit beiden Händen daran fest. Kurz schwebte er über dem Abgrund, dann hangelte er sich am Zweig entlang zum Stamm und stellte sich auf einen stabilen, waagrecht verlaufenden Ast.

»Alles okay?«, rief Pauline.

»Ja, alles klar. Ich springe auf das flache Stück Erde am Fuß des Baumes.«

Bevor sie Einwände erheben konnte, ließ er den Zweig los, landete mit der Schulter zuerst auf dem Boden, rollte sich ab und stand gleich darauf wieder auf den Beinen. Für einen Moment orientierte er sich. »Gleich haben wir es geschafft. Komm!«

Mélanie und Frédéric, die die gefährliche Situation beobachtet hatten, folgten ihnen mit den Blicken. Ohne weitere Zwischenfälle erreichten sie schließlich die Schlucht und machten sich auf die Suche nach Aubrac. Sie sahen in jeden Felsspalt und untersuchten jedes dornige Gestrüpp, doch vergebens. Anscheinend war er doch nicht hier. Sie wollten schon aufgeben, als Pauline unter einem Holunderstrauch eine leblose Hand hervorragen sah. Dort lag der Mann mit zusammengekrümmtem Körper. Seine weit aufgerissenen Augen starrten glasig in die Baumwipfel. Die Gesichtsfarbe war grau. Seitlich am Kopf hatte er eine blutverkrustete Wunde. Ein Gesteinsbrocken daneben wies ebenfalls Blutspuren auf.

Pauline formte die Hände zu einem Trichter. »Wir haben ihn gefunden«, rief sie nach oben. Ihre Stimme hallte durch den Forst. »Er ist tot. Ich rufe die Bergrettung von Lavergne an, sie sollen ihn bergen. Louis und ich schaffen das nicht.«

Sie und ihr Kollege tauschten einen Blick.

»Was hatte er an diesem Abhang zu suchen?«, fragte Pauline. »Was hat ihn veranlasst, hierherzugehen? Warum ist er nicht in seinem Zelt geblieben und hat die Nacht dort verbracht?« Ratlos schüttelte sie den Kopf.

»Wir werden es herausfinden, Pauline. Lass uns hinaufklettern. Für uns gibt es hier nichts mehr zu tun.«

Gemeinsam kehrten sie zum Waldrand zurück und warteten auf die Bergrettung von Lavergne. Pauline telefonierte in der Zwischenzeit mit der Chefin der Kriminaltechnik von Bordeaux. Sie vereinbarten, dass die Techniker der Spurensicherung am nächsten Morgen den Fundort des Leichnams, das Zeltlager und die nähere Umgebung gründlich untersuchen sollten. Am heutigen Abend war das nicht mehr möglich, denn bis das Team eintreffen würde, wäre es stockfinster. Dann beratschlagten die Kommissare, ob sie die Gendarmerie von Lavergne um Amtshilfe bitten sollten, um das Lager nachts zu bewachen. Sie entschieden sich dagegen. Bisher hatte es niemand entdeckt, und dass es heute Nacht jemand finden würde, war unwahrscheinlich. Nach zwanzig Minuten näherte sich ein olivgrüner hochgeländegängiger Unimog von Mercedes-Benz, der über Allradantrieb und eine große Ladekapazität verfügte. Die Ladefläche war mit einer Plane abgedeckt. Eine junge Frau mit widerspenstigen roten Locken und zwei Männer kletterten von den Vordersitzen, ein weiterer Mann sprang von der Ladefläche. Die Mannschaft trug Kletterbekleidung und feste Bergstiefel. Sie grüßten freundlich und stellten sich vor. Pauline dankte ihnen für ihr rasches Kommen. Einer der Männer übernahm das Kommando. »Wo ist der Leichnam?«, wollte er wissen.

»Er liegt einige Hundert Meter von hier entfernt in einer Schlucht«, informierte ihn die Hauptkommissarin.

»Gehen Sie bitte voraus, und zeigen Sie uns den Weg. Wir folgen Ihnen mit dem Fahrzeug so weit wie möglich, den Rest gehen wir nötigenfalls zu Fuß.«

Die Kommissare setzten sich in Bewegung, der Unimog folgte ihnen und bahnte sich einen Weg quer durch das Dickicht aus Baumstämmen, Weißdornsträuchern und Geißblatt hindurch. Als er einen Graben passierte, geriet er in Schieflage, fing sich aber wieder. Die junge Frau steuerte ihn souverän. Schließlich ging es nicht mehr weiter. Dichte Brombeerranken und eine umgestürzte Fichte versperrten den Weg. Die Bergretter holten ihre Ausrüstung von der Ladefläche und gingen mit den Kommissaren zur Abbruchkante. Pauline beschrieb ihnen die Stelle, wo sie Aubrac gefunden hatten. Zwei Männer seilten sich mit einer Rettungsbahre ab, die anderen beiden Bergretter sicherten sie. Sobald sie ihn entdeckt hatten, legten sie ihn auf die Bahre und kletterten zurück. Aubrac kam, in einen Leichensack gehüllt, auf die Ladefläche. Die Kommissare stiegen zusammen mit einem Bergretter ebenfalls auf die Transportfläche, der Unimog setzte sich in Bewegung und rumpelte zuverlässig über jedes Hindernis. Während der Fahrt rief Pauline einen Bestatter an, mit dem sie vereinbarte, dass er Raymond Aubrac noch am selben Abend auf der Rettungsstation in Lavergne abholen würde. Als sie das Gebäude erreicht hatten, kletterten die Kommissare von der Ladefläche und bedankten sich für die Unterstützung. »Könnte uns jemand nach Sousceyrac fahren?«, erkundigte sich Pauline. »Dort steht unser Dienstwagen.«

Die Frau mit den roten Locken lächelte sie freundlich an. »Ich fahre in die Richtung und kann Sie gerne mitnehmen. Die Kollegen kümmern sich um den toten Mann und warten auf den Bestatter.«

»*Merci beaucoup*.«

Als Mélanie den Wagen von Sousceyrac in Richtung Autobahn steuerte, bat Pauline: »Kannst du bitte über Alvignac fahren? Wir sollten noch mit dem Leiter der Pilgerherberge sprechen. Vielleicht hat er Informationen für uns.«

»Alles klar.«

Pauline suchte die Adresse heraus und tippte sie ins Navi ein. Gleich darauf bogen sie ab und folgten einer schmalen Landstraße, die sich in Serpentinen durch die bergige Landschaft schlängelte. Inzwischen war es dunkel geworden, starker Regen hatte eingesetzt, und Nebelschwaden stiegen auf. Die Bäume am Straßenrand waren nur noch als schwarze Silhouetten zu erkennen. Mélanie reduzierte die Geschwindigkeit und fuhr mit höchster Konzentration. Nach einer halben Stunde erreichten sie Alvignac. Die Herberge Saint-Michel befand sich gleich neben der Kirche und war in einem zweistöckigen, weiß verputzten Haus mit lavendelfarbenen Fensterläden untergebracht. Über der Eingangstür brannte einladend eine Laterne, aus den Fenstern drang helles Licht. Sie betraten das Foyer und entdeckten hinter dem Empfangstresen einen hageren älteren Mann mit grau meliertem Haar, der sich gerade mit einer Frau um die vierzig unterhielt. Sie trug einen Trainingsanzug und hatte sich ein Badetuch sowie einen Kulturbeutel unter den Arm geklemmt. Die blonden Haare hatte sie hochgesteckt. Als der Mann die Besucher bemerkte, wandte er sich ihnen mit einem freundlichen Lächeln zu. »*Bonsoir, Mesdames et Messieurs*. Was kann ich für Sie tun?«

Pauline übernahm das Wort. »Wir möchten gerne mit der Leitung der Herberge sprechen.«

»Die steht vor Ihnen. Ich bin der Herbergsvater Ferdinand.«

Pauline stellte sich und ihre Kollegen vor. »Es geht um den verschwundenen Wanderer Raymond Aubrac. Können wir allein mit Ihnen sprechen?«

Die Frau wandte sich ihm zu. »Ich wollte sowieso gerade unter die Dusche. Wir sehen uns beim Abendessen, Ferdinand.«

Er lächelte ihr zu. »Bis später, Luise.«

Sie verließ den Eingangsbereich, nicht, ohne noch einen neugierigen Blick auf die Kommissare geworfen zu haben. Man sah ihr an, dass es sie brennend interessierte, was die Polizei hier wollte.

»Gehen wir doch in die Küche«, schlug Ferdinand vor. »Dort sind wir ungestört. Außerdem köchelt ein Topf mit Bœuf Bourguignon auf dem Herd. Den muss ich im Auge behalten.«

In der Küche herrschte ein wunderbarer Duft nach Rotwein, Rindfleisch und Gewürzen. Ferdinand bat sie, am massiven Esstisch Platz zu nehmen. »Darf ich Ihnen einen Kaffee anbieten? Ich habe erst vorhin frischen aufgesetzt.«

»Sehr gerne«, entgegnete Mélanie. »Wir waren

lange zu Fuß unterwegs und können eine Stärkung vertragen.«

Ihre Kollegen nickten bestätigend. Der Herbergsvater servierte den Kaffee und stellte dazu eine Platte mit Madeleines auf den Tisch. »Greifen Sie zu. Ich habe sie selbst gebacken und mit Rosinen und Schokostreuseln verfeinert.«

Nachdem alle versorgt waren, begann Pauline mit der Befragung. »Raymond Aubrac hatte für den zweiten auf den dritten April ein Zimmer bei Ihnen reserviert. Ist das richtig?«

»Ja, er hat es am Abend vorher bestellt. Da hielt er sich noch in der Herberge von Sousceyrac auf.« Er nahm einen Schluck Kaffee. »Ist der Mann immer noch nicht gefunden worden?«

»Leider schon. Wir haben seine Leiche heute aus einer Schlucht geborgen.«

Ferdinand sah sie bestürzt an. »*Mon Dieu*, das ist schrecklich. Es passieren immer wieder Unfälle auf den Pilgerwegen.« Traurig schüttelte er den Kopf. »Die Menschen sind manchmal zu leichtsinnig und überschätzen ihre Fähigkeiten. Außerdem kann sich die Wetterlage hier sehr schnell ändern.«

Pauline ließ das unkommentiert. Über laufende Ermittlungen durfte sie natürlich nicht sprechen.

»Erinnern Sie sich an irgendetwas, das uns weiterhelfen könnte?«

Ferdinand überlegte kurz. »O ja, da war diese Frau.«

Pauline stutzte. »Welche Frau?«

»Sie hat am Abend des zweiten April hier auf Monsieur Aubrac gewartet. Sie ist mir gleich aufgefallen, weil sie so hübsch war.«

»Warum haben Sie der Gendarmerie nichts davon erzählt? Die Kollegen waren doch hier und haben mit Ihnen gesprochen, oder nicht?«

»Doch, schon. Aber sie wollten nur wissen, ob ich eine Ahnung hätte, wo Monsieur Aubrac sich aufhalten könnte. Als ich von der Frau erzählen wollte, hat sie das nicht interessiert.«

Frédéric schüttelte leicht verärgert den Kopf und ergriff das Wort. »Uns interessiert das. Können Sie bitte der Reihe nach erzählen?«

»Gerne. Sie kam am späten Nachmittag hier an und sagte, dass ein Raymond Aubrac ein Doppelzimmer mit Bad reserviert habe. Dann wollte sie wissen, ob er schon angekommen sei. Ich verneinte, und sie sagte, sie würde im Zimmer auf ihn warten. Normalerweise geht so was natürlich nicht, aber da sie über die Reservierung Bescheid wusste, nahm ich an, sie gehörten zusammen. Also händigte ich ihr den Schlüssel aus. Eine Stunde später kam sie in den Gastraum. Sie bestellte ein Glas Bordeaux und telefonierte ständig mit ihrem Handy. Dabei wurde sie immer nervöser. Als ich sie fragte, ob es ein Problem gäbe, sagte sie, dass sie Aubrac nicht erreichen könne und sich Sorgen mache. Inzwischen war es dunkel geworden, und ein Unwetter zog auf.«

Grübelnd rieb er sich das Kinn. »Sie hat mir leidgetan. Das Abendessen hat sie kaum angerührt. Nach einem zweiten Glas Wein hat sie sich schließlich zurückgezogen.«

»Wie ging es weiter?«

»Am nächsten Morgen hat sie nur einen Kaffee getrunken, hat die Rechnung beglichen und ist abgereist.«

»Hat sie noch irgendetwas gesagt?«

»Nein.«

»Was machte die Frau für einen Eindruck auf Sie?«

»Es kam mir so vor, als würde sie zwischen Sorge, Enttäuschung und Wut hin und her schwanken.«

»Sie sind ein guter Beobachter.«

Ferdinand wirkte geschmeichelt. »Mir begegnen hier die unterschiedlichsten Menschen, da bekommt man einen Blick für so was. Außerdem war es eine sehr interessante Frau. Damals dachte ich noch, wenn ich an Aubracs Stelle wäre, hätte ich sie nicht versetzt.« Er sah den Hauptkommissar mit ernster Miene an. »Da war er schon tot, nicht wahr?«

»Das steht noch nicht fest. Können Sie uns bitte den Namen, die Adresse und die Telefonnummer dieser Dame geben?«

»Selbstverständlich, ich hole rasch das Anmeldeformular.«

Keine fünf Minuten später war er wieder zurück und legte ein Papier auf den Tisch. Die Frau hieß Isabelle Bétancour und wohnte in Bergerac.

»Dürfen wir das Blatt behalten?«, fragte Pauline.

»Natürlich, ich habe eine Kopie für Sie gemacht.«

»Vielen Dank. Haben Sie sonst noch irgendwelche Informationen für uns?«

»Nein, leider nicht.«

»Dann gibt es von unserer Seite keine weiteren Fragen. Vielen Dank für Ihre Kooperation.«

»Möchten Sie zum *dîner* bleiben? Sie sind herzlich eingeladen.«

Pauline stand auf. »Das ist sehr freundlich von Ihnen, aber wir haben noch eine längere Rückfahrt vor uns. *Au revoir*, Monsieur Ferdinand.«

»*Au revoir*! Kommen Sie gut nach Hause.«

25. APRIL

Als der Wecker um halb sieben klingelte, schreckte Pauline hoch. Sie hatte unruhig geschlafen und von schiefen Geröllfeldern und tiefen Schluchten geträumt, die sie lockten und dann in den Abgrund reißen wollten. Dunkel meinte sie sich zu erinnern, dass sie sich Schutz suchend an Dominic geschmiegt hatte. Dominic. Sie tastete nach ihm, doch er war nicht da. Müde rollte sie auf die Seite und sah aus dem Fenster. Der Himmel wurde langsam hell und war von einer zarten pfirsichfarbenen Morgenröte überzogen. Gestern Abend war es spät geworden. Als sie endlich nach Hause gekommen war, hatten Sarah und Dominic schon fest geschlafen. Sie hörte, wie die Schlafzimmertür geöffnet wurde, blinzelte und drehte sich um. Es war Dominic. Der köstliche Duft von frischem Kaffee zog durch den Raum.

»*Bonjour, ma chérie*«, sagte er. Er trat an das Bett, setzte sich zu ihr und gab ihr einen Kuss. Dann reichte er ihr den *bol.*

Sie setzte sich auf und trank einen Schluck. »*Merci.*«

Zärtlich strich er ihr eine Haarsträhne aus der Stirn. »Habt ihr den Wanderer gefunden?«

»Ja. Leider war ihm nicht mehr zu helfen. Er lag tot in einer Schlucht.«

»Nach drei Wochen musste man wohl damit rechnen, aber trotzdem, der arme Mann. Was für ein tragisches Ende einer Pilgerreise.«

»Allerdings.«

Er erhob sich. »Sarah ist schon auf. Ich mache uns Frühstück.«

»Schön, ich gehe erst mal unter die Dusche, dann komme ich dazu.«

Als sie kurz darauf das Esszimmer betrat, rührte ihre Tochter versonnen in ihrer Müslischüssel. Sie blickte auf, bemerkte ihre Mutter und sprang auf, um Pauline zu umarmen. »*Bonjour, Maman.*«

»*Bonjour*, mein Engel.«

Dominic servierte Rühreier mit Speck. Pauline nahm sich eine große Portion. »Gestern Abend gab es nur Kaffee und Madeleines«, erklärte sie und fragte dann: »Wie war eigentlich der Elternabend?«

Dominic rollte mit den Augen. »Fürchterlich, das nächste Mal bist du wieder dran.«

Sarah grinste und sah von einem zum anderen. Pauline nickte. »Selbstverständlich.«

»Allerdings habe ich von der Klassenlehrerin eine interessante Information bekommen.« Dominics Gesichtsausdruck wurde betont geheimnistuerisch.

»Was?«, fragte Sarah neugierig.

»Eigentlich darf ich das nicht verraten.«

»Jetzt sag schon«, drängte die Kleine.

»Also gut, aber von mir hast du es nicht.« Er legte eine Kunstpause ein. »Du hast in der Matheprobe eine 18, ein *très bien*.«

Sarah starrte ihn verblüfft an. Dann brach sie in Jubelgeschrei aus. »Jetzt schenkt Papa mir das neue coole Skateboard. Mega!«

Pünktlich um neun Uhr trafen sich die Kommissare im Besprechungszimmer der Wache, um über ihr weiteres Vorgehen zu beraten. Michelle sei Dank standen bereits heißer Kaffee und frisches Gebäck auf dem Tisch. Pauline hatte gestern Abend auf der Heimfahrt von Alvignac nach Bordeaux noch mit ihrem Ex-Mann telefoniert und dem Präfekt berichtet, dass sie Raymond Aubrac gefunden hatten. Er hatte die Nachricht ernst entgegengenommen. Nun ging es darum, die Hintergründe von Aubracs Ableben zu klären.

Pauline schenkte sich einen Kaffee ein und sah in die Runde. Mélanie machte einen ausgeschlafenen, frischen Eindruck, trotz der schmerzhaft aussehenden Kratzer und Schürfwunden an ihren Händen und Gelenken.

»Wie geht es deinen Verletzungen?«, erkundigte Pauline sich.

Die Kommissarin winkte ab. »Halb so wild.« Sie verschwieg, dass ihr Freund Claude gestern Abend in ihrer Wohnung auf sie gewartet hatte, und dass ihm ihre Verletzungen sofort aufgefallen waren. Er hatte so lange nachgebohrt, bis sie erzählt hatte, was passiert war. Daraufhin war es zum Streit gekommen, und er hatte sie wieder einmal gedrängt, endlich den Polizeidienst zu quittieren, ihn zu heiraten und eine Familie zu gründen. Als sie ihm erklärte, dass derartige Zwischenfälle zu ihrer Arbeit gehörten, war er hinausgestürmt und hatte wütend die Tür hinter sich zugeschlagen.

Frédéric sah müde aus. Seine Chefin vermutete,

dass er, wie so oft, die halbe Nacht an seinem Computer gesessen hatte, um Nachforschungen über den Verbleib seiner Tochter anzustellen. Offensichtlich gab es keine erfreulichen Neuigkeiten, die hätte er sofort mit ihnen geteilt.

Sie wandte sich an Louis, der mit seinem blauen Kapuzenshirt, den zerzausten blonden Locken und dem einnehmenden Lächeln unbändige Jugendlichkeit ausstrahlte. »Gibt es etwas Neues?«

»Die Spurensicherung befindet sich seit heute Morgen um sieben am Fundort der Leiche. Sie haben bisher nichts Interessantes gefunden. Von den Fußspuren haben sie Abdrücke genommen.« Er nahm sich eine *chocolatine*. »Die sterblichen Überreste von Raymond Aubrac befinden sich im Rechtsmedizinischen Institut von Bordeaux.«

»Danke, Louis.«

»Wie gehen wir weiter vor?«

»Wir müssen dringend mit Madame Aubrac sprechen. Sie sollte nicht aus der Zeitung erfahren, dass ihr Mann tot ist. Marcel hält heute Morgen eine Pressekonferenz ab.«

Frédéric meldete sich zu Wort. »Am besten machen das Pauline und ich. Uns kennt sie schon.«

Seine Chefin nickte ernst. Es gehörte zu den

schwierigsten Aufgaben der Polizeiarbeit, den Angehörigen eine Todesnachricht zu überbringen und ihr ganzes Leben innerhalb von Sekunden auf den Kopf zu stellen.

»Was machen Louis und ich?«, wollte Mélanie wissen.

»Ihr fahrt nach Bergerac und redet mit dieser Isabelle Bétancour.«

Mélanie nickte. »Ich bin gespannt, was sie uns erzählt. Schließlich hatte Aubrac ein Doppelzimmer reserviert.«

Der pittoreske Ort Pyla-sur-Mer war in morgendliches Licht getaucht. Ihm gegenüber, auf der Spitze der Halbinsel Cap Ferret, erhob sich zwischen Seekiefern und Libanonzedern ein weißer Leuchtturm mit roter Mütze in den strahlend blauen Himmel. Durch die Öffnung des Bassins zum Meer steuerte ein Frachter auf die riesige hammerförmige Sandbank zu, die als Vogelschutzgebiet ausgewiesen war. Der Atlantik erstreckte sich still und ultramarinblau bis zum dunstigen Horizont. Dort kreuzte ein Segelschiff, das auf die Entfernung winzig wie ein

Kinderspielzeug wirkte. Die ersten Angler saßen auf Klappstühlen am Kai, ihre Schwimmer tanzten auf den kleinen Wellen. Diese friedliche Szenerie täuschte darüber hinweg, dass die Sogwirkung an dieser Passage bei Ebbe und Flut gewaltig sein konnte. Kein Einheimischer würde je auf die Idee kommen, an diesem Strandabschnitt schwimmen zu gehen.

Im Garten des Ehepaars Aubrac begannen die ersten Ginstersträucher zu blühen, und die winzigen gelben Knospen streckten sich der Sonne entgegen. Frédéric und Pauline parkten vor dem Haus und schlugen die Autotüren hinter sich zu. Madame Aubrac saß mit geschlossenen Augen auf einer Bank. Als sie ihre Besucher kommen hörte, öffnete sie die Augen und blickte ihnen besorgt entgegen. »*Bonjour, Madame et Monsieur le Commissaire.*«

Sie nickten ihr zu. »*Bonjour*, Madame Aubrac.«

»Gibt es Neuigkeiten?«, fragte die Frau mit leiser Stimme.

»Lassen Sie uns hineingehen«, schlug Pauline vor.

Madame Aubrac nickte.

Wieder saßen sie in der Küche um den Esstisch. Es duftete nach frischem Kaffee und buttrigen Croissants. Durch das geöffnete Fenster drang Hundegebell. »Nun komm schon, Miou-Miou«, rief eine Kinderstimme.

»Möchten Sie eine Tasse Kaffee?«, erkundigte sich Madame Aubrac.

Die beiden lehnten dankend ab.

Die Frau sah Pauline forschend an. Ihre Lippen begannen zu zittern. »Sie haben Raymond gefunden.« Das war keine Frage. Die Hauptkommissarin nickte und machte keinerlei Umschweife. Sie wusste aus Erfahrung, dass das nicht half. »Ja, Madame Aubrac, wir haben ihn gefunden. Ihr Mann ist tot. Es tut mir sehr leid.«

»Mein aufrichtiges Beileid, Madame Aubrac«, sagte Frédéric.

In ihrem Gesicht war blankes Entsetzen zu lesen. Sie begann, ihre Hände zu kneten, während sich ihre Augen mit Tränen füllten.

»Ich habe es gewusst«, flüsterte sie. »Heute Nacht im Traum ist ein schwarzer Vogel durch eine Schlucht gesegelt, dann habe ich Raymond tot zwischen Gesteinsbrocken liegen sehen.«

Pauline schluckte. Bei aller Professionalität gingen ihr die tiefe Verzweiflung und die hoffnungslose Trauer der Frau doch nahe. »Mein Team und ich sind gestern seine Wanderroute abgegangen. Am späten Nachmittag haben wir ihn entdeckt. Er lag in einer abgelegenen Schlucht, in einem Waldgebiet nicht weit von Lavergne.«

»Wie ist er dorthin gekommen?«

»Am Abend vorher zog ein Gewitter auf. Wir nehmen an, dass er in dem Forst Schutz suchte und dort in seinem Zelt übernachten wollte. Sein Lager befand sich unweit dieser Schlucht.«

»Aber warum ist er nicht weiter nach Alvignac gelaufen? Zu einer sicheren Unterkunft?«

»Wir vermuten, dass Ihr Mann das vorhatte, sich aber verirrt hat.«

»Warum lag er in einer Schlucht? Ist er gestürzt?«

»Das wissen wir noch nicht. Es deutet einiges darauf hin, sein Kopf wies eine Verletzung auf.«

»Ist er daran gestorben?«

»Das kann ich Ihnen nicht sagen. Wir müssen erst den Bericht der Rechtsmedizin abwarten.«

Die Witwe schlang sich die Arme um den Oberkörper und begann, vor und zurück zu wippen. Frédéric stand auf und nahm ein Glas aus dem Küchenschrank. Er füllte es mit kaltem Wasser und reichte es ihr. »Bitte, trinken Sie einen Schluck, Madame.«

Sie sah ihn verwirrt an, als müsse sie erst überlegen, wer vor ihr stand. Dann nahm sie das Glas und trank.

»*Merci, Monsieur le Commissaire.*« Frédéric setzte sich neben sie und ließ sie nicht aus den Augen.

»Dann war es also ein Unfall?« Ihre Stimme klang heiser.

Die beiden Kommissare tauschten einen kurzen Blick. »Das ist noch unklar«, entgegnete Pauline. »Wir müssen erst noch herausfinden, was genau passiert ist.«

Madame Aubrac schien im Moment nicht zu begreifen, was das hieß.

»Nach der aktuellen Sachlage können wir ein Verbrechen nicht ausschließen«, erklärte Pauline. »Unsere Ermittlungen dauern an.«

Aubracs Witwe starrte sie fassungslos an. »Ein Verbrechen?«

»Wir werden es herausfinden. Hatte Ihr Mann Wertgegenstände dabei?«

Sie überlegte. »Natürlich sein Portemonnaie, mit Ausweispapieren und Scheckkarten. Seine goldene Uhr, die ihm unsere Tochter Sophie zu Weihnachten geschenkt hat.«

»Sonst noch etwas?«

»Ja, ein hochwertiges Taschenmesser mit vielen Funktionen.« Sie lächelte traurig. »Es verfügt sogar über ein ausklappbares Essbesteck. In das dunkle

Holz sind winzige Kristallsteine in Form eines Pilgerstabes eingelassen. Er hat es für die Reise von unserem Sohn geschenkt bekommen.«

»War es wertvoll?«

»Nicht besonders, es waren keine echten Kristalle. Aber die Uhr hat schon ihren Wert.«

»Das war alles?«

»Ja, mehr brauchte er nicht als Pilger.«

»Sagt Ihnen der Name Isabelle Bétancour etwas?«

Sie war irritiert. »Wer soll das sein?«

»Wir wissen es nicht. Der Name ist im Rahmen unserer Ermittlungen aufgetaucht.«

»Der Name sagt mir nichts, tut mir leid.«

»Das ist kein Problem.«

Ihre Augen verdunkelten sich, und sie wischte die Tränen mit dem Handrücken weg. »Kann ich ihn sehen?«

»Selbstverständlich. Ich sage Ihnen Bescheid, sobald es möglich ist.«

»Meine Tochter Sophie hat gestern Léa zur Welt gebracht. Beide sind noch im Krankenhaus, aber es geht ihnen gut.« Sie presste ihre Hand auf den Mund und stöhnte. »Raymond kann sie nicht mehr sehen, dabei hat er sich so sehr auf die Kleine gefreut.«

»Es tut uns sehr leid, Madame Aubrac. Gibt es jemanden, der sich um Sie kümmern kann? Ich möchte Sie in dieser Verfassung ungern allein lassen.«

»Ich werde meinen Sohn anrufen, er wird bestimmt sofort kommen.«

»In Ordnung. *Au revoir*, Madame. Wenn es Neuigkeiten gibt, melden wir uns.«

Mit einem gewissen Gefühl der Erleichterung verließen die beiden Ermittler das Haus der Trauernden.

Mélanie und Louis holten sich einen Dienstwagen aus der Tiefgarage und fuhren über die Autobahn bis Libourne, dort wechselten sie auf die D936 und erreichten Bergerac nach einer knappen Stunde. Die stolze Stadt lag an den Ufern der Dordogne inmitten von Weinbergen, prachtvollen Schlössern und Basteien. Schaluppen mit weißen Sonnensegeln, auf denen sich Touristen den Wind um die Nase wehen ließen und die Aussicht genossen, befuhren den Fluss. Die Altstadt war ein Labyrinth von Straßen und Plätzen mit Fachwerkhäusern, alten Bogenfenstern, geschnitzten Türen und Brunnen. Auf der Place Pélissière erhob sich in einem bunt bepflanzten Garten eine Statue von Cyrano de Bergerac. Der französische Dichter aus dem 17. Jahrhundert hatte dem Theaterschriftsteller Edmond Rostand als Vorbild für seine berühmte Romanfigur gedient. Der fiktive Cyrano litt unter seiner sehr großen Nase, und forderte so manchen Spötter zum Duell heraus. In seine schöne Cousine Roxane war er unsterblich verliebt und schrieb ihr viele romantische Gedichte.

Madame Bétancours Adresse war die 12 Rue Notre-Dame, ein hellblaues Haus mit abblätternder Farbe. Mélanie steuerte das Auto geschickt in eine Parklücke. Sie stiegen aus und kamen auf dem Weg zur Haustür an einer Crêperie vorbei. Die Bistrotische unter der roten Markise waren fast alle besetzt. Die Gäste unterhielten sich angeregt, hin und wieder erklang ein Lachen. Es duftete nach Crêpes und Maronencreme.

Madame Bétancour wohnte im zweiten Stock. Louis betätigte die Klingel. Kurz darauf tönte eine helle Stimme aus der Gegensprechanlage. »*Oui*?«

»*Police judiciaire* Bordeaux«, sagte Louis. »Wir wollen mit Isabelle Bétancour sprechen.«

Ein Summer ertönte, und sie traten in das Foyer. Im Gegensatz zu der vernachlässigten Fassade glänzte die Holztreppe edel-matt und war mit einem rubinroten Teppich überzogen, den goldene Leisten hielten. Als sie den zweiten Stock erreichten, stand Madame Bétancour im Türrahmen und wartete mit ernster Miene auf sie. Louis konnte dem Herbergsvater Ferdinand nur zustimmen, die Frau, deren ovales Gesicht von glatten blonden Haaren umrahmt wurde, war tatsächlich schön. Klassisch schön, wie Catherine Deneuve. Besonders auffällig waren die großen vergissmeinnichtblauen Augen mit dem dichten schwarzen Wimpernkranz und die vollen Lippen, die erdbeerrot geschminkt waren. Allerdings lagen unter den Augen tiefe Schatten. Er schätzte sie auf Mitte bis Ende dreißig. Der schlanke Körper steckte in einer engen schwarzen, am Knie aufgeschnittenen und ausgefransten Jeans, einem olivgrünen T-Shirt mit Strasssteinchen sowie klobigen Stiefeln. Silberne Kreolen zierten die Ohren, am rechten Handgelenk trug sie mehrere Armbänder aus Silber und Leder.

Mélanie und Louis zeigten ihre Dienstausweise und stellten sich vor.

»Treten Sie bitte ein«, forderte Isabelle Bétancour sie auf. Sie folgten ihr durch einen großzügigen Eingangsbereich in den Salon. Er war lichtdurchflutet und mit einer Couchgarnitur aus weißem Leder und einem kunstvoll verschachtelten Glastisch geschmackvoll und minimalistisch eingerichtet. Auf dem Stäbchenparkettboden lagen Teppiche in Blau- und Rottönen. Die gut gefüllten Bücherregale reichten bis zur Stuckdecke. Gegenüber an der Wand hing ein riesiges glasgerahmtes Plakat im Stil von Toulouse-Lautrec, das Gérard Depardieu als Cyrano de Bergerac zeigte und für eine Theateraufführung auf einer Freilichtbühne in der Altstadt warb. Von der Decke baumelte ein Kristallleuchter.

Der Salon war nicht leer. In einem der Sessel saß ein Pfarrer, bekleidet mit einer Soutane und einem weißen Stehkragen, der sich erhob und die Besucher intensiv musterte. Mélanie nahm ihn ihrerseits in Augenschein. Er war ein stattlicher Mann mit feinen Gesichtszügen und wachen rehbraunen Augen, dessen elegante Lederschuhe glänzten wie frisch gewienert. Madame Bétancour stellte sie vor. »Das sind die Kommissare Leroy und Pierrot von der Kriminalpolizei Bordeaux.« Sie wies auf den Pfarrer. »Das ist mein Bruder Pierre-Marie, der Abbé von Rocamadour. Er ist zu Besuch hier.«

Sie schüttelten sich die Hände und begrüßten einander. Madame Bétancour deutete auf die Sitzgarnitur. »Setzen Sie sich doch bitte. Darf ich Ihnen einen Kaffee und eine Erfrischung anbieten?«

Die Kommissare nickten, und ihre Gastgeberin verließ den Raum.

Der Abbé lächelte sie freundlich an. »Hatten Sie eine gute Fahrt?«

»Ja, wir können nicht klagen«, meinte Louis. »Nur in der Innenstadt von Bergerac war kaum ein Durchkommen.«

Pierre-Marie nickte wissend. »Das ist fast immer so. Lediglich im Winter wird es ruhiger. Die Touristen lieben Bergerac. Wissen Sie, wir sind bekannt für die Altstadt aus der Renaissance, den wunderbaren Wein und besonders für unseren guten alten Cyrano.«

Madame Bétancour kam zurück, stellte ein Tablett auf den Tisch und servierte die Getränke. Dann nahm sie sich auch eine Tasse. Sie sah die Polizisten sorgenvoll an. »Sie kommen wegen Raymond, nicht wahr?«

»Ja«, entgegnete Mélanie. »Raymond Aubrac. Sie kennen ihn?«

»Sehr gut sogar.« Ihre Hand begann zu zittern, und sie stellte die Tasse auf dem Tisch ab. Ihr Bruder setzte sich neben sie und legte fürsorglich den Arm um ihre Schultern.

»Gibt es Neuigkeiten?«, wollte sie wissen. Sie bemühte sich, ihre Stimme fest klingen zu lassen. »Bitte sagen Sie es mir.«

»Er ist tot.«

Sie wurde kalkweiß. »Ich habe es befürchtet und doch so sehr gehofft, dass er wieder auftaucht. Jeden Tag habe ich in der Zeitung nach einer Meldung gesucht, dass er gefunden wurde. Diese Ungewissheit war so fürchterlich und unerträglich.«

Auch ihr Bruder wirkte entsetzt und starrte die Kommissare ungläubig an. »*Mon Dieu*! Was für eine Tragödie.«

Louis ergriff das Wort. »In welchem Verhältnis standen Sie zu ihm, Madame Bétancour?«

»Wir waren ein Liebespaar.«

»Monsieur Aubrac war verheiratet. Haben Sie das gewusst?«

»Ja, sicher. Er hat es mir erzählt, als wir uns kennenlernten.«

»Sind Sie auch verheiratet?«

»Nein, ich bin geschieden.«

»Hat Madame Aubrac von dem Verhältnis gewusst?«

»Ja, seit circa vier Wochen. Irgendwie hat sie es herausgefunden. Daraufhin hat sie mich angerufen und übelst beschimpft. Am nächsten Tag hat sie sich wieder telefonisch gemeldet, sich für ihr Verhalten entschuldigt und mich angefleht, ihr den Mann nicht wegzunehmen.«

Mélanie und Louis wechselten einen kurzen Blick.

»Es war kein Verhältnis«, stellte Madame Bétancour klar. »Es war die große Liebe.«

»Wann und wo haben Sie sich kennengelernt?«, fragte Mélanie.

»Vor etwa einem halben Jahr in Angoulême. Raymond hat dort an einer Tagung für Tierärzte teilgenommen. Ich hielt mich ebenfalls aus beruflichen Gründen in der Stadt auf. Wir haben im selben Hotel gewohnt und sind am Abend an der Bar ins Gespräch gekommen. Es war Liebe auf den ersten Blick. Wir sind«, sie zuckte zusammen, »wir *waren* Seelenverwandte, die sich gesucht und gefunden haben. Ich habe mir ein Kind von ihm gewünscht.« Sie schluchzte auf. »Jetzt habe ich ihn für immer verloren.«

Ihr Bruder nahm ihre Hand und drückte sie. »Ich werde für dich da sein, Isabelle, du bist nicht allein.«

Sie nickte dankbar.

Der Abbé sah die Ermittler mit seinen aufmerksamen Augen ernst an. »Ehebruch gilt in der katholischen Kirche als Sünde. Für mich jedoch ist die Liebe zwischen zwei Menschen heilig. Die Moral kommt erst an zweiter Stelle. Ich verurteile meine Schwester nicht. Sie ist ein freier Mensch und kann tun und lassen, was sie will. Es ist mir wichtig, das klarzustellen.«

Louis nickte. »Ich verstehe.«

»Was ist denn überhaupt passiert?«

»Nachdem Monsieur Aubrac durch Hubschraubereinsätze und Suchstaffeln nicht gefunden wurde, sind wir gestern seine Wanderroute abgelaufen und haben ihn in einer Schlucht entdeckt. Er ist vermutlich abgestürzt.«

»Was hat er dort gemacht?«, wollte Madame Bétancour wissen. »Warum ist er nicht bis Alvignac gewandert?«

»Wir nehmen an, dass er sich verirrt hat. Es gab ein Unwetter am fraglichen Nachmittag.«

Sie schüttelte fassungslos den Kopf. »Es ist einfach nur schrecklich. Was für ein sinnloser Tod.«

»Sie müssen wissen, wir schließen ein Verbrechen nicht aus«, meinte Louis. »Diese Möglichkeit überprüfen wir noch.«

Sie sah ihn mit großen Augen an. »Ein Verbrechen?«

»Ja, mehr kann ich dazu leider im Moment nicht sagen.«

Mélanie hatte eine weitere Frage. »Weshalb waren Sie in Alvignac?«

»Wir waren dort verabredet und hatten vor, ein paar Tage zusammen zu pilgern. Dabei wollten wir über unsere gemeinsame Zukunft sprechen. Raymond plante, sich von seiner Frau zu trennen und mit mir ein neues Leben anzufangen. Er hatte genug von seiner Arbeit als Tierarzt und genug von seinem Eheleben. Ich habe hier in der Stadt eine Kunstgalerie, die sehr gut läuft. Eine Überlegung von Raymond und mir war, dass er zunächst zu mir ziehen könnte. Langfristig wollten wir zusammen ganz neu durchstarten. An einem anderen Ort.«

»Okay. Uns würde noch interessieren, ob Monsieur Aubrac Ihnen gegenüber etwas erwähnt hat, das ihm merkwürdig vorkam. War etwas anders als sonst? Fühlte er sich bedroht? Fällt Ihnen ein Detail ein, das uns weiterhelfen könnte?«

»Nein, nichts dergleichen. Wir waren glücklich und haben uns auf unseren ersten gemeinsamen Urlaub gefreut. Vorher konnten wir uns immer nur für ein paar Stunden in einem Hotel treffen.«

»Danke, Madame Bétancour. Im Moment haben wir keine weiteren Fragen. Wir lassen Ihnen unsere Visitenkarten da. Wenn Ihnen noch etwas einfällt, melden Sie sich bitte bei uns.« Sie legten die Karten auf den Tisch und verabschiedeten sich. Der Abbé erhob sich. Mélanie fand, dass er eine natürliche Autorität ausstrahlte, der man sich schwer widersetzen konnte.

»Gott segne Sie«, sagte er. »Er wird Sie bei Ihrer Ermittlungsarbeit begleiten und Sie unterstützen.«

Die Kommissare bedankten sich bei ihm. Seine Schwester brachte sie zur Tür. »Sagen Sie mir bitte Bescheid, wenn Sie etwas Neues in Erfahrung bringen.«

Mélanie nickte ihr zu. »Selbstverständlich.«

»Und wäre es möglich, ihn noch einmal zu sehen und mich von ihm zu verabschieden?«

»Er ist in der Rechtsmedizin von Bordeaux. Ich werde einen Termin für Sie vereinbaren.«

Kurz vor sechzehn Uhr traf sich das Ermittlerteam vor dem Rechtsmedizinischen Institut in der Rue Chantre im Stadtteil Capucins und tauschte sich über die Ergebnisse der Befragungen aus. Um sie herum herrschte ein ziemliches Gewusel, denn ganz in der Nähe befand sich der überdachte Marché des Capucins, wo man so ziemlich alles kaufen konnte, was das Herz begehrte. Die Touristen liebten ihn und konnten sich stundenlang dort aufhalten.

Das gelb verputzte Institutsgebäude, das neben einem Antiquariat lag, stammte aus dem 18. Jahrhundert und verfügte über ein prächtiges Eingangsportal aus Eichenholz. Im Foyer hinter einer Panzerglasscheibe saß eine junge Polizistin und begrüßte sie höflich. »*Bonjour, Mesdames et Messieurs*. Zu wem möchten Sie bitte?«

»Wir haben einen Termin bei Docteur Denise Richard«, entgegnete Pauline.

»Würden Sie sich bitte ausweisen und in das Gästebuch eintragen?«

»Selbstverständlich.«

Nachdem die Formalitäten erledigt waren, stiegen sie in den ersten Stock und gingen den weiß gefliesten Korridor entlang. Es roch nach Desinfektionsmittel und Zitronenreiniger. Sie kamen an zwei Autopsiesälen vorbei. Bei einem davon standen die Milchglastüren offen und gaben den Blick frei auf zwei Bahren und Tische aus Edelstahl. Louis erspähte zahlreiche medizinische Instrumente, die das kalte Neonlicht reflektierten. In eine der Wände waren die Kühlzellen eingelassen. Leise klassische

Musik war zu hören, die offenbar aus vier Deckenlautsprechern erklang: *Nessun dorma* aus der Oper »Turandot« von Puccini. Weit und breit war kein Mensch zu sehen. Louis mochte Autopsiesäle überhaupt nicht, sie sahen wie moderne Folterkammern aus, und er ging rasch an der Tür vorbei. Es war ihm unverständlich, dass es Menschen gab, die freiwillig hier arbeiteten.

Das Büro von Dr. Richard lag direkt daneben. Pauline klopfte, und ein freundliches »Herein« erklang. Sie traten ein. Die Rechtsmedizinerin, gekleidet in einen blütenweißen Arztkittel, saß hinter ihrem Schreibtisch. Vor ihr stand ein aufgeklappter Laptop. Ordentlich gestapelte Mappen türmten sich am Rand des Tisches aufeinander, neben einer Schale aus Muranoglas, in der sie ihre Stifte aufbewahrte. Durch das Fenster konnte man die Kirchturmspitze von Saint-Paul sehen. Die Ärztin hatte ein blasses Gesicht und trug eine dunkel eingefasste Brille, die ihre grauen Augen größer erscheinen ließen. Ihre Haare waren zu einem Knoten hochgesteckt. Sie stand auf und begrüßte die Polizisten. »*Bonjour*, wir haben uns schon eine Weile nicht mehr gesehen.« Die Andeutung eines Lächelns. »Zu mir kommt man üblicherweise nur, wenn es einen traurigen Anlass gibt.« Sie wies auf eine Sitzecke. »Nehmen Sie doch bitte Platz. Ich habe uns was zu trinken hingestellt.«

Die Polizisten setzten sich um den runden Tisch. Docteur Richard nahm eine Akte von ihrem Schreibtisch und gesellte sich zu ihnen. Sie öffnete die Mappe und überflog die ersten Notizen. »Sie haben also gestern Raymond Aubrac in einer Schlucht gefunden. Ihren Angaben zufolge hat er dort drei Wochen gelegen?«

»Ja, er ist am zweiten April in Sousceyrac aufgebrochen und wollte am Abend in der Pilgerherberge von Alvignac übernachten«, erklärte Pauline. Sie unterrichtete Dr. Richard kurz über den bisherigen Ermittlungsstand.

Die Ärztin nickte. »Die Techniker der Spurensicherung haben mir Fotos vom Ort des Geschehens zugemailt, so dass ich mir ein Bild machen konnte. Gerade eben habe ich sie mir noch einmal angesehen. Sein Lager befand sich nicht weit vom Fundort der Leiche, richtig?«

»Ja, genau. Er scheint es in Eile verlassen zu haben, es lagen mehrere Gegenstände herum.«

»Gab es einen Grund für dieses Verhalten?«

»Wir suchen noch nach einer Erklärung«. Pauline

trank einen Schluck Wasser und sah die Ärztin fragend an. »Woran ist er gestorben?«

»An einem Schläfenbeinbruch. Das Schläfenbein befindet sich seitlich im hinteren Schädelbereich. So eine Verletzung führt normalerweise nicht zum Tod. Sie kann gut behandelt werden. Wenn ihn jemand rechtzeitig entdeckt und einen Notarzt gerufen hätte, wäre er noch am Leben.« Sie seufzte. »Ich gehe davon aus, dass er bewusstlos war und verblutet ist. Das könnte Stunden gedauert haben.«

»Er hätte aus eigener Kraft nicht aus der Schlucht klettern können?«

»Nein, auf keinen Fall.«

»Hat er sich die Verletzung durch einen Sturz zugezogen?«, wollte Mélanie wissen.

»Das ist die wahrscheinlichste Annahme. Es gibt weder Abwehrverletzungen noch Kampfspuren. Ich konnte keine Hinweise auf eine Fremdeinwirkung finden. Was die Hypothese eines Sturzes untermauert, sind die anderen Verletzungen, die ich bei der Untersuchung feststellen konnte. Er hat Prellungen und Hämatome am Rücken und am seitlichen Rumpf sowie ein gebrochenes rechtes Handgelenk. Dann gibt es noch einige Bisswunden von Tieren.«

»Ist der Fundort der Tatort?«

Sie wirkte irritiert. »Sie glauben nicht, dass es ein Unfall war?«

»Es gibt Indizien, die auf ein Verbrechen hindeuten, beispielsweise Fußabdrücke von anderen Personen am Rand der Schlucht.«

»Ich verstehe. Ja, der Fundort ist der Tatort. Es gibt keinerlei Hinweise darauf, dass der Körper durch Dritte bewegt wurde – außer natürlich bei der Bergung.«

»Können Sie etwas zum Todeszeitpunkt sagen?«, fragte Frédéric.

»Das ist schwierig. Der Leichnam hat drei Wochen im Freien gelegen. Der Verwesungsprozess wurde durch die Kälte und die geschützte Lage verzögert. Zudem hat es häufig geregnet. Ich denke, der Tod ist zwischen Mitternacht und vier Uhr in der Frühe eingetreten. Genauer kann ich es leider nicht sagen.«

Der Hauptkommissar lächelte. »Das ist doch schon ziemlich präzise, *Madame le Docteur*. Man kann ihm nur wünschen, dass er tatsächlich bewusstlos war.«

»Ja, allerdings.«

»Wie war sein allgemeiner Körperzustand?«, erkundigte sich Louis.

»Der Mann war gesund, durchtrainiert, fit, ihm

fehlte rein gar nichts. Er wäre bestimmt alt geworden.«

Louis dachte an Isabelle Bétancour und ihren Kinderwunsch, der sich nicht mehr erfüllen würde. Kopfschüttelnd griff er nach einer Nussschnecke. Was war in jener Nacht passiert?

Die Ärztin ergriff erneut das Wort. »Möchten Sie noch einmal einen Blick auf ihn werfen? Er sieht friedlich aus, als ob er schliefe.«

Pauline schüttelte den Kopf. »Ich denke, das wird nicht nötig sein. Seine Ehefrau und seine Geliebte wollen ihn sehen und Abschied nehmen. Das ist doch möglich?«

»Selbstverständlich. Wir haben für trauernde Angehörige einen besonderen Raum eingerichtet, wo sie sich in aller Ruhe von der verstorbenen Person verabschieden können. Das ist sehr wichtig, um einen derartigen Verlust zu verarbeiten.«

Sie schenkte allen Wasser nach, und dabei fiel ihr noch etwas ein. »Raymond Aubrac trug am linken Handgelenk eine wertvolle goldene Uhr. Eine Rado. Ich habe sie ins Labor geschickt.«

»Wurden in den Taschen seiner Kleidungsstücke eine Brieftasche und ein hochwertiges Taschenmesser gefunden?«, hakte Pauline nach.

»Nein, da war weiter nichts. Nur eine ungeöffnete Packung Papiertaschentücher.«

»*Merci beaucoup, Madame le Docteur.* Sie haben uns sehr geholfen.«

»Gerne. Melden Sie sich jederzeit, wenn Sie noch Fragen haben.«

»Das machen wir.«

Als sie wieder auf der Straße standen, verkündete Louis: »Ich bin den ganzen Tag nicht zum Essen gekommen, mein Magen knurrt.«

Mélanie nickte zustimmend. »Ich verhungere gleich.«

Sie beschlossen, ihre Stammkneipe, die *Barracuda-Bar*, aufzusuchen und zusammen zu essen. Das bei Einheimischen und Touristen beliebte Lokal lag am Quai Richelieu. Es war ein milder Abend, deshalb ließen sie sich vom Kellner einen Platz auf der Terrasse zuweisen. Sie bestellten als Aperitif für alle einen Pastis und eine Karaffe Eiswasser. An der türkisen Hausfassade lehnte neben einem Oleanderbäumchen eine Schiefertafel, auf der mit Kreide das Tagesmenü geschrieben stand:

Artischocken mit Garnelen, Aioli und Baguette

Filetsteak vom Charolais-Rind mit
Kartoffel-Olivenhaube und Kräutersauce

Schokoladenkuchen mit heißen Kirschen

Dazu empfehlen wir einen weißen Bordeaux
aus dem Médoc

Bon appétit!

Sie bestellten das Menü und genossen den Pastis sowie den pittoresken Ausblick, der sich ihnen bot. Der Pont de Pierre mit seinen siebzehn Bögen überspannte die Garonne, die pfauenblau und moosgrün zwischen den mächtigen Pfeilern hindurchströmte.

Jenseits des Flusses erhoben sich hinter Kastanienbäumen die klassizistischen Gebäude des Stadtteils La Bastide, ganz in Pastelltönen gehalten. Über allem stand die blasse Frühlingssonne.

Während der Vorspeise, die köstlich schmeckte, diskutierten sie den Fall. Mélanie entfernte die Schale einer Garnele, tunkte sie in Knoblauchsauce und verspeiste sie genüsslich. »Isabelle Bétancour und Raymond Aubrac waren ein sehr ungleiches Paar. Sie ist Galeristin und sieht aus wie eine Künstlernatur, er war ein eher vierschrötiger Tierarzt. Nach ihrer Aussage waren sie dennoch sehr glücklich zusammen.«

Louis nickte. »Das wirkte auf mich auch so. Sie war untröstlich über seinen Tod.«

Mélanie nahm sich eine Scheibe Baguette. »Es muss für Madame Aubrac ein schwerer Schlag gewesen sein, als sie herausfand, dass ihr Mann eine Geliebte hat. Sie hatte sicherlich große Angst, ihn zu verlieren.«

Pauline trank einen Schluck Weißwein. »Relevant ist, dass sie uns das verschwiegen hat. Wir müssen noch einmal mit ihr sprechen.«

Frédéric ergriff das Wort. »Hätte sie nicht eher Isabelle Bétancour getötet als ihren Ehemann?«

Seine Chefin machte ein nachdenkliches Gesicht.

»Doch, eigentlich schon. Aber vielleicht war sie so furchtbar wütend auf ihn, dass sich ihre Rachsucht gegen ihn richtete.«

»Könnte sein. Wenn wir diese Theorie weiterspinnen, dass sie die Täterin ist, müsste sie ihm irgendwie auf dem Pilgerpfad gefolgt sein. Doch dann frage ich mich, warum sie ihn nicht das Geröllfeld hinabgestoßen hat«, sagte Frédéric. »Das wäre am einfachsten gewesen.«

Der Kellner servierte die Filetsteaks, die einen wunderbaren Duft verströmten. Louis probierte einen Bissen und brummte zufrieden. »Und was ist in Aubracs Lager passiert?«, fragte er. »Gehen wir es der Reihe nach durch. Er verirrt sich während des Unwetters und beschließt, sein Lager an einer geschützten Stelle im Wald aufzuschlagen. Er kriecht in seinen Schlafsack, und zu einem späteren Zeitpunkt verlässt er sein Zelt wieder. Weshalb tut er das?«

Eifrig nahm Mélanie den Faden auf. »Er hört Geräusche, die ihn beunruhigen, und will nachsehen, was da los ist. Dann sieht oder hört er etwas, das ihm so richtig Angst macht, und er rennt davon. Womöglich wird er verfolgt, schließlich haben wir an der Absturzstelle drei Paar Fußabdrücke gefunden. Vermutlich sind es seine Spuren und die von zwei anderen Personen. Wenn man die Größe der Abdrücke berücksichtigt, handelte es sich höchstwahrscheinlich um zwei Männer. Was wollten sie von ihm?«

»Ist er gestürzt, oder wurde er in die Schlucht gestoßen?«, fügte Louis hinzu.

»Sein Portemonnaie und das hochwertige Taschenmesser, das ihm sein Sohn geschenkt hat, waren weder in seinem Rucksack noch in den Taschen seiner Kleidungsstücke«, überlegte Mélanie. »Wenn die Kollegen von der Spurensicherung sie nicht noch finden, liegt die Vermutung nahe, dass er überfallen und beraubt wurde.«

Frédéric stimmte ihr zu. »Er wäre nicht der Erste, der auf dem Jakobsweg Opfer eines Überfalls wird.« Trotz des ernsten Themas wollte er seine Mahlzeit genießen und versuchte die Kartoffel-Olivenhaube. Sie war köstlich. »Dann stellt sich die Frage, ob die mutmaßlichen Räuber ihm in die Schlucht folgten, um seine Kleidung nach weiteren Wertsachen zu durchsuchen. Vielleicht auch, um festzustellen, ob er verletzt oder tot ist.«

»Bei dem Wetter wäre es gefährlich gewesen, dort hinunterzusteigen«, warf Pauline ein.

»Ich glaube auch nicht wirklich, dass sie das gemacht haben. In dem Fall hätten sie mit Sicherheit die goldene Rado gestohlen.«

Pauline nickte zustimmend.

Gedankenverloren fuhr Louis sich durch die Locken. »Niemand wusste, dass Aubrac dort sein Lager aufschlagen würde. Es war eine spontane Entscheidung. Wie konnten die Räuber ihn finden? Es wäre schon ein arg großer Zufall, wenn sie unabsichtlich auf ihn gestoßen wären.«

Ratlos blickte er in die Runde.

»Das ist wirklich sonderbar«, meinte Mélanie. »Wenn wir unsere Überlegungen zusammenfassen, gibt es drei Theorien. Erstens: Bernadette Aubrac hat ihn auf dem Gewissen. Sie muss es nicht selbst gewesen sein, womöglich war es ein Auftragsmord.«

»Den geliebten Mann?« Frédéric war skeptisch.

»Weißt du, wozu Frauen fähig sind, wenn sie betrogen werden?«

Er grinste. »Ich kann es mir vorstellen.«

»Okay, zweite Theorie: Er ist überfallen worden, und das hat mit seinem Tod geendet.«

»Das ist untypisch«, bemerkte Pauline. »Räuber töten ihre Opfer im Normalfall nicht.«

»Da hast du recht. Drittens: Die Geliebte stellte fest, dass Aubrac seine Frau doch nicht verlassen wollte, beauftragte jemanden oder brachte ihn selbst um. Schließlich war sie in der Gegend. So oder so bleibt es spannend«, stellte Mélanie mit kaum unterdrückter Begeisterung fest. Es ging doch nichts über einen aufregenden Fall.

Die Aussicht gefiel Madeleine Perrin ausgesprochen gut. Von einem Felssporn aus blickte sie auf einen kobaltblauen Fluss, der über Gesteinsbrocken und durch die Bögen einer steinernen Brücke strömte, auf deren Pfeilern Löwenköpfe saßen. Dahinter erhob sich ein Felsmassiv mit hohen Fichten, das von der Abendsonne angestrahlt wurde.

Die junge Pilgerin, deren engelsgleiches Gesicht von kurzen rotblonden Haaren umrahmt wurde, holte ihre digitale Spiegelreflexkamera aus dem Rucksack und schoss mehrere Fotos, bis sie mit dem Ergebnis zufrieden war. Madeleine fotografierte auch professionell. Zwar war sie von Beruf Friseurin, doch gelegentlich wurde sie bei Hochzeiten engagiert und frisierte nicht nur die Braut, sondern machte während der Zeremonie in der Kirche und auf der Feier auch Fotos und Videos. Glückliche Brautpaare schauten nicht auf den Cent und bezahlten immer sehr großzügig. Die Fotografien von der Bergidylle jedoch waren nur für ihren Privatgebrauch bestimmt. Sie sollten ihr ein wenig Freude bereiten, denn schwere Schuld lastete auf ihr.

Nach einem Moment schüttelte sie das Gefühl tiefer Hoffnungslosigkeit ab, das sie kurz übermannt hatte, rollte entschlossen die Ärmel ihres karierten Hemdes hoch, das in einer grünen Cargohose steckte, und schnürte die Stiefel fester. Ihre rot geschminkten, vollen Lippen versuchten ein Lächeln.

Madeleine war seit fünfzehn Tagen unterwegs. Begonnen hatte sie ihre Wanderung in Aire-sur-l'Adour in der Gascogne, und ihr Ziel war der Wallfahrtsort Rocamadour. Das bedeutete, dass sie den Pilgerweg rückwärts bereiste. Sie hatte ein Zimmer in der Herberge Saint-Michel in Alvignac reserviert, da die in Rocamadour ausgebucht gewesen war. Bis dorthin waren es nur noch einige Kilometer, sie hatte es fast geschafft.

Heute Morgen hatte sie mit zwei Italienern, Giovanni und Silvio, gefrühstückt, die sie am Abend vorher im Gasthof kennengelernt hatte. Sie war den ganzen Tag mit den sympathischen jungen Männern, die Studenten waren und aus Padua stammten, unterwegs gewesen. Gegen Mittag hatten sie eine Kapelle besichtigt, anschließend machten sie Picknick an einem See. Dabei hatte Silvio auf seiner Mundharmonika gespielt. Madeleine war in friedlicher Stimmung gewesen und hatte neben ihm im Gras gelegen. Vor einer Viertelstunde jedoch war plötzlich das Bedürfnis in ihr aufgestiegen, allein zu sein, und sie hatte die Männer gebeten, schon mal vorauszugehen.

Sie trank einen Schluck aus ihrer Wasserflasche und aß einen Müsliriegel, dann setzte sie ihren Weg durch einsames Busch- und Heideland fort. Nachdem sie einige Hundert Meter gelaufen war, bemerkte sie nahe eines Rastplatzes für Jakobspilger ein kleines dunkles Auto, das auf dem Randstreifen parkte. Es war ein schwarzer Renault mit verbeultem Kotflügel. Im Wageninneren befanden sich zwei Männer. Als sie sich näherte, versuchten die beiden, sie heranzuwinken. Die Situation kam Madeleine merkwürdig vor. Sie hatte das beunruhigende Gefühl, dass etwas nicht stimmte. Als sie erkannte, dass die Männer maskiert waren, und einer ausstieg und auf sie zulief, bekam sie es mit der Angst zu tun, drehte sich um und nahm die Beine in die Hand.

Der Mann verfolgte sie. Sie konnte hören, wie

seine Schritte immer näher kamen. Ihr Herz begann zu rasen. Sie rannte, so schnell sie konnte, doch sie hatte keine Chance. Schon hatte er sie eingeholt und am Arm gepackt, offenbar, um sie zum Auto zu ziehen. Sie trat mit den Füßen nach ihm, rammte ihm ihre Faust ins Gesicht, riss sich los und flüchtete erneut. Dabei kam sie vom Weg ab und kämpfte sich durch Ginsterbüsche und Schwarzen Holunder, stolperte mehrmals und rannte mit keuchendem Atem und einem stechenden Schmerz in der Seite. In ihren Ohren rauschte es, und sie konnte nicht hören, ob sie immer noch verfolgt wurde. Schließlich kam sie an einen steil abfallenden Abhang und folgte ihm, so schnell wie möglich, diagonal in die Tiefe. Zweige schlugen ihr ins Gesicht und sie versuchte, sich mit einem vorgehaltenen Arm zu schützen. Ihr Stiefel blieb an einer Wurzel hängen, sie verlor das Gleichgewicht, stürzte und rollte den Abhang hinunter. Als sie unten ankam, landete sie neben einem glucksenden Bach und sah sich panisch nach einem Versteck um. Sie entdeckte eine schmale Felsspalte und kroch hinein. Ihren Rucksack zog sie hinterher. Sie versuchte, tief und leise zugleich zu atmen, und lauschte angestrengt. Bis auf ein wenig fröhliches Vogelgezwitscher war nichts zu hören.

Ihr fiel ein Zeitungsartikel ein, den sie kürzlich gelesen hatte. Eine Österreicherin war auf dem spanischen Jakobsweg nahe Astorga von zwei Männern bedroht und zusammengeschlagen worden. Sie hatten sie ins Auto gezerrt und vergewaltigt. Anschließend ließen sie sie in klirrender Kälte unbekleidet auf einem Feld zurück. Die Frau konnte sich ins nächste Dorf schleppen, wo sie bei Anwohnern Hilfe fand. Madeleine zitterte wie Espenlaub. Sie hörte einen Automotor, der näher kam und dann plötzlich verstummte. Wagentüren wurden zugeschlagen. Verängstigt kauerte sie in ihrem Versteck. Laub raschelte. Waren das Schritte? Ihr stockte der Atem. Würde sie nun für ihre Taten bestraft werden?

26. APRIL

Die Kommissare hatten sich um neun Uhr im Besprechungszimmer versammelt. Frédéric goss gerade für alle Kaffee ein, als das Faxgerät zu rattern begann. Louis stand auf und holte die eintreffende Nachricht. »Das ist der Bericht der Spurensicherung«, informierte er seine Kollegen. »Mal sehen, was sie herausgefunden haben.« Sein Blick glitt über das Schreiben. »Das Stück Stoff, das wir an einem Ast gefunden haben, stammt von Aubracs Sportjacke. Vermutlich ist er hängen geblieben. An der Absturzstelle gab es drei Paar Fußabdrücke. Der Abdruck eines Paares ist mit den Sohlen seiner Wanderstiefel identisch. Die Abdrücke der beiden anderen Schuhe stammen von Sportschuhen der Marke Puma, wie man sie in jedem Schuhgeschäft oder über das Internet kaufen kann. Es handelt sich um die Größen 44 und 45.«

»Also waren tatsächlich zwei weitere Männer am Rand dieses Abhangs«, folgerte Mélanie.

»Es sieht so aus. Was haben wir noch? Die Uhr, die das Opfer am Handgelenk trug, ist noch voll funktionstüchtig. Darauf befinden sich seine Fingerabdrücke und noch einige andere. Wahrscheinlich die der Tochter, die ihm das Schmuckstück geschenkt hat. Die anderen Spuren wurden mit denen aus Polizeidateien verglichen. Es konnte kein Treffer erzielt werden.« Er griff nach einer *chocolatine*. »Wenn unsere Hypothese richtig ist, können von den beiden unbekannten Männern ohnehin keine Abdrücke auf der Uhr sein, weil sie nicht in die Schlucht hinabgeklettert sind.«

»Viel bringen uns diese Informationen nicht«, bedauerte Pauline. »Gibt es sonst noch etwas?«

»Ja, die Techniker haben sein Handy im Wald gefunden. Es ist anzunehmen, dass er es dort verloren hat.«

Frédéric trank einen Schluck Kaffee. »Das verlorene Handy und das Stofftriangel am Ast deuten darauf hin, dass er davongerannt ist. Geflüchtet! Wenn man in aller Ruhe durch den Wald geht, passiert so etwas doch eher nicht.«

Louis stimmte ihm zu. »Ich bin beim Joggen noch

nie an einem Ast hängen geblieben. Und normalerweise packe ich mein Handy in eine sichere Tasche, aus der es nicht herausrutschen kann.« Er warf erneut einen Blick auf den Bericht. »Der Akku war leer. Es wurden einige Verbindungsnachweise gefunden, davon mehrere Telefonate mit Pilgerherbergen.«

»Logisch«, meinte Mélanie. »Er hat Zimmer reserviert.«

»Außerdem hat er einmal am Tag mit seiner Frau telefoniert, meistens am Abend.«

»Gibt es noch mehr Nachweise?«, wollte Pauline wissen.

»Ja, er hat zwei-, dreimal am Tag mit Isabelle Bétancour gesprochen. Entweder hat er sie angerufen oder umgekehrt. Diese Telefonate dauerten deutlich länger als die mit Bernadette Aubrac. Zusätzlich gibt es Textnachrichten, die die beiden ausgetauscht haben, und zwar mehrmals täglich.«

»Worum ging es dabei?«, hakte Frédéric nach.

Louis reichte ihm die Liste. »Lies selbst.«

Der Hauptkommissar ließ den Blick über die Korrespondenz gleiten. Schließlich sah er auf. »Er hat ihr jeden Tag berichtet, was er unterwegs erlebt hat. Bei allen anderen Konversationen handelt es sich um Liebesgeflüster.« Er lächelte. »Es ist alles dabei, von zärtlichen Worten, Sehnsuchtsschmerz, Freude auf das Wiedersehen bis hin zu Dirty Talk. Eines ist sicher: Die beiden waren tatsächlich sehr verliebt. Es scheint keine Missstimmung und kein böses Wort gegeben zu haben.« Er gab die Liste Pauline, die sie kurz überflog. »Isabelle Bétancour hatte keinerlei Motiv, ihren Geliebten zu töten.«

Louis nickte. »Das war alles, es gibt keine weiteren Fußabdrücke, keine Reifenspuren, keine weggeworfenen Zigarettenkippen, nichts, was uns einen Hinweis auf die mutmaßlichen Täter geben könnte. Auch im Zelt und der unmittelbaren Umgebung waren keine weiteren Indizien zu finden.«

»Ich halte es für am wahrscheinlichsten, dass die unbekannten Männer den Tierarzt ausgeraubt haben«, verkündete Frédéric. »Das Portemonnaie mit den Ausweispapieren und den Scheckkarten sowie das Taschenmesser müssen sich im Besitz der Täter befinden.« Er überlegte. »Dagegen spricht jedoch eines: Bevor Madame Aubrac die Sperrung seiner Konten veranlasst hat, wurde weder Geld abgehoben noch die Kreditkarte benutzt. Seltsam! Vielleicht hatten sie Sorge, dass man ihnen so auf die Schliche kommt. Möglicherweise versuchen die Männer aber, wenigstens das Messer zu verkaufen. Wenn sie das im

Internet abwickeln wollen, haben wir keine Chance, sie zu finden.«

Seine Chefin nickte. »Verflixt noch mal, wir brauchen mehr Anhaltspunkte.«

Es klopfte an der Tür, und Michelle steckte den Kopf durch den Spalt. »Madame Aubrac ist da.«

»Sie soll bitte hereinkommen«, entgegnete Pauline.

Die Frau des Tierarztes betrat das Zimmer und blieb unsicher stehen. Sie sah blass und übermüdet aus. Die Augen wurden von feinen Fältchen umrahmt. Sie hatte sich die Haare hochgesteckt und ein elegantes Kostüm angezogen. Mélanie fand, dass sie einen gebrochenen Eindruck machte. Pauline begrüßte sie freundlich. »Nehmen Sie bitte Platz.«

Madame Aubrac setzte sich auf die Stuhlkante.

»Darf ich Ihnen einen Kaffee anbieten?«

»Das ist sehr freundlich, *merci*.«

»Hat es mit einem Termin in der Rechtsmedizin geklappt?«

Sie nickte. »Übermorgen habe ich einen Termin, um mich von Raymond zu verabschieden. Die Beerdigung findet am Samstag statt.«

Pauline schenkte ihr einen mitfühlenden Blick und kam dann gleich zur Sache. »Sie haben uns angelogen, Madame Aubrac.«

Die Frau sah sie erschrocken an. Rote Flecken erschienen auf ihrem Gesicht. »Ich verstehe nicht, was Sie meinen?«

»Sie haben unsere Frage, ob Sie eine Isabelle Bétancour kennen, verneint. Doch Sie kennen sie, nicht wahr?«

Madame Aubrac starrte auf die Tischplatte, dann hob sie zögerlich den Kopf und erwiderte Paulines Blick. »Ja, Sie haben recht. Ich habe gelogen. Es tut mir leid. Das war dumm von mir. Völlig unüberlegt.«

»Wann haben Sie von der Affäre erfahren?«

»Vor ungefähr vier Wochen.«

»Was ist passiert?«

»Raymond hatte sich in den letzten Monaten stark verändert. Er sprach nur noch das Nötigste mit mir. Er war unaufmerksam, in Gedanken ganz woanders. Aus heiterem Himmel ist er in das Gästezimmer umgezogen, er wollte nicht mehr bei mir schlafen. Er hatte keine Lust mehr, mit mir auszugehen oder etwas mit mir zu unternehmen. Für seine Kinder und Enkel hat er sich kaum noch interessiert.« Sie nippte an ihrem Kaffee. Ihr Gesicht drückte Verzweiflung aus. »Ich wusste nicht, was ich davon halten sollte. Als er begann, auf seine Figur zu achten, jeden Morgen zu joggen, sich eine neue Frisur zulegte und ein teures Eau de Toilette kaufte, wurde ich misstrauisch. Ich vermutete, dass eine andere Frau dahintersteckte. Ich bin keineswegs stolz darauf, was ich dann getan habe.«

»Was denn?«, wollte Mélanie wissen.

»Ich habe in seinem Handy nach Beweisen gesucht.«

»Sind Sie fündig geworden?«

»Das kann man wohl sagen. Die Textnachrichten, die sie ausgetauscht haben, waren mehr als eindeutig.« Sie errötete. »So hat er mit mir nie gesprochen. Nicht einmal damals, als wir frisch verliebt waren. Dieser zärtliche Umgang miteinander, diese erotischen Botschaften, diese Leidenschaft …« Sie schüttelte den Kopf. »Ich war erschüttert, rasend eifersüchtig und maßlos enttäuscht. Vor allem aber hatte ich entsetzliche Angst, ihn endgültig zu verlieren.«

»Sie haben Isabelle Bétancour angerufen.«

»Ja, erst habe ich sie böse beschimpft, weil ich außer mir war vor Wut.« Sie lächelte traurig. »Sie war sehr freundlich zu mir und hat mir erklärt, dass sie einander lieben. Mit mir hätte das gar nichts zu tun. Als mir klar wurde, dass sich auch Raymond für diese Beziehung entschieden hatte, habe ich mich bei ihr entschuldigt.«

»Wusste Ihr Mann von diesen Gesprächen?«

»Ja, Madame Bétancour hat ihm davon erzählt.«

»Wie hat er reagiert?«

»Er war sehr verärgert über mein Verhalten und hat mir verboten, seine Geliebte weiterhin zu belästigen.«

»Haben Sie sich daran gehalten?«

»Ja, ich habe eingesehen, dass ich keine Chance hatte.«

»Sie haben sich nicht entschieden, ihn zu töten?«, fragte Louis unverblümt.

Sie sah ihn entsetzt an. »Aber nein, zu so etwas wäre ich niemals fähig.« Aufgeregt rieb sie sich die Hände. »Außerdem habe ich doch nicht gewusst, wo er sich aufhält. Ich habe Ihnen erzählt, dass ich ihn nicht auf seinem Handy erreicht habe.«

»Womöglich sind Sie ihm gefolgt und haben ihn in die Schlucht gestoßen.«

»Nein!«

»Wo waren Sie am zweiten April?«

»Ich war wie jeden Tag bei meiner schwangeren Tochter im Krankenhaus von Arcachon.«

»Von wann bis wann?«

»Den ganzen Nachmittag. Vor dem Abendessen bin ich gegangen.«

»Wir werden Ihr Alibi überprüfen.«

»Tun Sie das.«

Pauline ergriff das Wort. »Danke, Madame Aubrac. Das war es zunächst von unserer Seite. Wenn noch weitere Fragen auftauchen, melden wir uns bei Ihnen. Kommen Sie, ich begleite Sie hinaus.«

Als sie in das Besprechungszimmer zurückkehrte, beendete Louis gerade ein Telefonat. Er sah sie an. »Das Krankenhaus hat das Alibi von Madame Aubrac bestätigt.«

»Das wundert mich nicht. Wenn sie involviert war, dann höchstens als Auftraggeberin der beiden Männer, deren Spuren wir an der Absturzstelle gefunden haben. Aber dass das Auftragsmörder waren, erscheint fragwürdig. Die ganze Geschichte passt hinten und vorne nicht zusammen«, erklärte sie energisch.

»Stimmt, aber man muss jeder Spur nachgehen.«

»Natürlich, nur jetzt haben wir keine mehr.«

Nachdem der Herbergsvater Ferdinand im Speisezimmer das Frühstücksbuffet für seine Gäste vorbereitet hatte, ging er in die Küche und deckte den Tisch für zwei Personen. Dann machte er Crêpes. Er hatte die Pilgerin Luise aus Nürnberg zum Frühstück eingeladen. Gerade, als er die süßen Pfannkuchen mit Puderzucker bestreute und Herzkirschen darauf verteilte, kam sie herein.

»*Bonjour*, Ferdinand.«

»*Bonjour*, Luise.« Er sprach ihren Namen französisch aus, das mochte sie. »Nimm doch bitte Platz.«

»Es duftet herrlich nach Kaffee und Crêpes.«

Er strahlte und betrachtete sie mit schief gelegtem Kopf. »Das Kleid steht dir gut. Es sieht hübsch aus.« Verlegen räusperte er sich. »Du siehst hübsch aus.«

»*Merci bien*.«

Er schenkte ihnen Kaffee ein. »Ich wundere mich, dass du keine Wanderkleidung trägst. Wolltest du heute nicht aufbrechen?«

Sie trank einen Schluck. »Das hatte ich vor. Aber die Blase an meinem Fuß macht mir noch immer zu schaffen. Ich würde gern einige Tage länger bleiben, wenn das möglich ist?«

»Aber sicher, kein Problem. Ich habe eine gute Salbe, die kann ich dir geben.«

»Danke, das ist lieb.«

»Sag mal, da, wo du herkommst, kann man da auch schön wandern?«

»Ja, allerdings. Die Fränkische Schweiz liegt direkt

vor der Haustür. Dort gibt es unzählige schöne Wanderrouten.«

»So schön wie hier?«

»Ja, durchaus. Du kannst mich besuchen, dann wandern wir zusammen.«

Schüchtern lächelte er. »Ich überlege es mir. Was hast du heute vor, Luise?«

»Das weiß ich noch nicht.«

»Wir könnten nach Bergerac fahren, wenn du Lust hast, und ich führe dich ein bisschen herum. Die Stadt wird dir gefallen, sie ist wunderschön.«

Luise war sichtlich erfreut. »Ich bin dabei.«

»Abgemacht, nach dem Frühstück geht es los.« Ein paar Minuten lang aßen sie schweigend ihre Crêpes. Dann fragte Ferdinand unvermittelt: »Sag mal, du hast doch auch mitbekommen, dass der Pilger Raymond Aubrac tot in einer Schlucht aufgefunden wurde?«

»Ja, es ist so schrecklich. Der arme Mann.«

»Du bist auch allein unterwegs, du musst gut auf dich aufpassen.«

»Das mache ich, Ferdinand, keine Sorge.« Sie trank ihre Kaffeetasse leer und stand auf. »Ich will noch telefonieren und hole meine Tasche, dann kann es losgehen.«

»Sehr gut!«

Er schenkte sich noch einen Kaffee ein und griff nach der *Sud Ouest*, der regionalen Tageszeitung. Als er auf der ersten Seite die dick umrahmte, unübersehbare Vermisstenanzeige mitsamt Foto entdeckte, erstarrte er. Das konnte doch nicht sein! Wie war das möglich? Er musste sofort diese Kommissarin anrufen. Wie hieß sie doch gleich? Castelet oder so ähnlich? Eilig lief er zum Empfangstresen und suchte in der Schublade nach ihrer Visitenkarte. Dann tippte er die Nummer von Pauline Castelot ein.

Die vier Kommissare diskutierten gerade ihr weiteres Vorgehen, als Paulines Handy klingelte. Sie nahm den Anruf entgegen.

»*Bonjour, Madame le Commissaire*. Hier spricht der Herbergsvater Ferdinand aus Alvignac.«

»*Bonjour*, Monsieur Ferdinand. Was kann ich für Sie tun?«

»Sie haben doch gesagt, ich solle anrufen, wenn es Neuigkeiten gibt.«

»Ja?«

»Es ist etwas passiert.«

Pauline stellte ihr Handy auf laut und legte es auf den Tisch.

»Schießen Sie los.«

»Heute wurde in der regionalen Tageszeitung eine Vermisstenanzeige veröffentlicht. Haben Sie sie gesehen?«

»Nein, ich bin noch nicht dazu gekommen, in die Zeitung zu schauen.«

»Vermisst wird eine Madeleine Perrin aus Moustey, Les Landes, zweiunddreißig Jahre alt. Sie wollte auf der Via Podiensis von Aire-sur-l'Adour nach Rocamadour wandern. Das war vor vierzehn Tagen. In dieser Zeit hat sie sich nicht bei ihren Eltern gemeldet. Sie heißen Rosalie und Guillaume Perrin und bitten dringend um Hinweise auf den Verbleib ihrer Tochter.« Er nannte die Kontaktdaten.

»Ich werde mir die Anzeige ansehen, Monsieur Ferdinand.«

»Das ist nicht nötig. Die junge Frau hat gestern Abend gegen achtzehn Uhr hier eingecheckt. Sie hatte vorher ein Zimmer reserviert.«

»Sie wird gar nicht vermisst?«

»Nein, sie übernachtet hier bei uns.«

»Was hat sie nach der Anmeldung gemacht?«

»Sie hat ihr Zimmer bezogen, eine Kleinigkeit gegessen und ist gegen neunzehn Uhr wieder aufgebrochen.«

»Wissen Sie, wo sie hinwollte?«

»Nach Rocamadour.«

»Wie ist sie dahin gekommen?«

»Sie wollte den Bus nehmen.«

»Hat sie Ihnen erzählt, was sie in Rocamadour vorhatte?«

»Sie hatte die Absicht, die Abendmesse zu besuchen.«

»Haben Sie sie danach noch gesehen?«

»Nein. Ich bin früh zu Bett. Der Zimmerschlüssel passt auch für die Haustür.«

»Wo ist sie jetzt?«

»Das weiß ich nicht.«

»War sie nicht beim Frühstück?«

»Ich habe sie nicht gesehen.«

»Hängt ihr Schlüssel am Brett?«

Ferdinand drehte sich um. »Nein, die zwölf ist weg.«

Pauline war auf einmal beunruhigt. Sie tauschte einen kurzen Blick mit Frédéric, der besorgt die Stirn runzelte.

»Können Sie bitte nachsehen, ob sie sich in ihrem Zimmer aufhält? Sie haben doch sicher einen Ersatzschlüssel.«

»Selbstverständlich.«

Sie hörten die Stufen knarren, als er die Treppe hinaufstieg, kurz darauf das Drehen des Schlüssels im Schloss. »Ich bin jetzt im Zimmer«, informierte er sie.

»Ist sie da?«

»Nein.«

»Was sehen Sie?«

»Ihr Rucksack steht auf dem Sessel.«

»Was ist mit dem Bett?«

Kurz war es still. »Das ist sonderbar.«

»Was?«

»Sie hat das Bettzeug nicht bezogen. Die Wäsche liegt gestapelt auf der Matratze. Das Bett ist unbenutzt, *Madame le Commissaire*! Jetzt mache ich mir wirklich Sorgen. Es sieht so aus, als sei sie gestern Abend nicht zurückgekommen. *Mon Dieu*! Hoffentlich ist ihr nichts passiert.«

»Wir kümmern uns darum.«

»Was soll ich jetzt tun?«

»Es wäre gut, wenn Sie in der Herberge bleiben könnten. Wahrscheinlich kommen wir später noch vorbei.«

»Alles klar.« Seine Stimme klang aufgeregt.

»Sagen Sie uns bitte gleich Bescheid, falls sie auftauchen sollte.«

»Natürlich.«

»Danke für diese Informationen, Monsieur Ferdinand. Sie könnten wichtig sein.«

»*De rien.*«

Pauline ließ sich von Michelle die Tageszeitung bringen. Die Vermisstenanzeige auf der ersten Seite war nicht zu übersehen. Sie legte sie auf den Tisch, damit alle mitlesen konnten. Einen Moment lang herrschte konzentriertes Schweigen. Dann ergriff Louis das Wort.

»Wollen wir mit der Suche noch einen Tag warten?«, fragte er. »Womöglich hat Madeleine Perrin in Rocamadour übernachtet und kommt im Laufe des Tages gesund und munter in die Pilgerherberge zurück.«

Pauline sah in die Runde. »Die junge Frau ist seit gestern Abend verschwunden. Nach dem Tod von Raymond Aubrac will ich kein Risiko eingehen. Wir dürfen nicht warten.«

Mélanie war ganz ihrer Meinung. »Stellt euch vor, es passiert noch etwas Schlimmes, und wir haben nicht sofort reagiert? Die Presse würde uns den Wölfen zum Fraß vorwerfen.«

»Okay. Mélanie und Frédéric fahren nach Moustey und sprechen mit den Eltern. Ruft sie bitte vorher an und klärt den Sachverhalt. Louis und ich machen uns auf den Weg nach Alvignac. Wir müssen Madeleine Perrin finden.«

Mélanie steuerte den Dienstwagen über die A63 gen Süden. Frédéric saß neben ihr und machte sich Gedanken über die verschwundene junge Frau. Die beiden Kommissare wechselten nur ab und zu ein paar Worte. Nach circa vierzig Kilometern erreichten sie die Ausfahrt nach Moustey, eine Gemeinde, die im Naturpark Les Landes lag.

»Les Landes« bedeutete Ödland. Unwegsame Sümpfe hatten das Landschaftsbild der Region geprägt, bis im 18. und 19. Jahrhundert der Boden entwässert und die Wanderdünen befestigt wurden. Die Dünen galten zuvor als Bedrohung für die Küste und das Hinterland und zogen im Jahr bis zu fünfundzwanzig Meter nach Osten. Das feuchte Land diente vor der Entwässerung als Schafweide, und die Schäfer bewegten sich auf Stelzen über das gefährliche Terrain. Nur an wenigen erhöhten Stellen war Feldbau möglich. Dort lagen vereinzelt Siedlungen an Wasserläufen und waren Stationen der Wallfahrer nach

Santiago de Compostela. Les Landes war ein Paradies für Wanderer, Radler und Kajakfahrer.

Als sie den Sechshundert-Seelen-Ort erreichten, fuhren sie an der Kirche Notre-Dame de Moustey vorbei. Davor stand eine Pilgerstatue aus Holz, die einen Wanderstab in der Hand hielt, an dem eine an einer Gliederkette befestigte Jakobsmuschel im Wind hin- und herpendelte. Daneben erhob sich ein Meilenstein, der anzeigte, dass es nach Santiago de Compostela noch exakt tausend Kilometer waren.

Das Haus, in dem die Eheleute Rosalie und Guillaume Perrin wohnten, lag in der Nähe des Rathauses und des Ehrenmals für die Gefallenen des Zweiten Weltkriegs. Es war strahlend weiß, hatte himmelblaue Fensterläden und ein rotes Ziegeldach. Die Eingangstür lag direkt an der Straße und wurde von zwei Oleandersträuchern flankiert.

Auf Mélanies Klingeln wurde die Tür von einer Frau geöffnet, die ihre graubraunen Haare zu einem dünnen Pferdeschwanz zusammengebunden hatte. Ihr zierlicher Körper steckte in einer Stoffhose und einem dunkelroten Strickpullover. Hinter ihr erschien ein Mann mit grauen Locken und hellen Augen, der eine Brille trug. Mélanie schätzte die beiden auf etwa siebzig Jahre. Sie stellte sich und Frédéric vor.

Die Frau nickte. »Wir haben vorhin telefoniert. Kommen Sie doch bitte herein.« Sie führte die Besucher in den Salon, der klein und altmodisch eingerichtet war. Mélanie staunte über das antiquierte Radio und die gehäkelten Deckchen auf den Sessellehnen. Orchideen in Tontöpfen zierten die Fenster. Auf dem Tisch waren Kaffee und Wasser bereitgestellt worden. Monsieur Perrin wies auf die Sitzecke. »Nehmen Sie bitte Platz.«

Mélanie und Frédéric bedankten sich und setzten sich auf das Sofa. Das Ehepaar ließ sich auf den Sesseln nieder. Ihre Mienen waren ernst und voller Sorge.

»Was ist jetzt mit unserer Tochter?«, wollte Guillaume Perrin wissen. »Ist sie verschwunden oder nicht?«

»Ihre Vermisstenanzeige ist heute Morgen in der Regionalzeitung erschienen, und ein Herbergsvater hat Ihre Tochter erkannt«, erklärte Frédéric. »Gestern Abend ist sie in seiner Pilgerherberge in Alvignac eingetroffen und hat dort ein Zimmer bezogen.«

Das Ehepaar nickte. Der Kommissar fuhr fort. »Danach ist sie vermutlich mit dem Bus nach Rocamadour gefahren, um die Abendmesse zu besuchen.

So wie es aussieht, ist sie jedoch nicht in die Herberge zurückkehrt.«

»Wo ist sie jetzt?« Die Stimme von Rosalie Perrin war heiser vor Sorge.

»Das wissen wir im Moment noch nicht«, entgegnete Mélanie. »Es könnte sein, dass sie beschlossen hat, in Rocamadour zu übernachten und im Lauf des Tages nach Alvignac zurückkehrt. Ihr Rucksack befindet sich jedenfalls in ihrem Herbergszimmer. Ohne Gepäck wird sie nicht weiterreisen.« Ihr war bewusst, dass diese Antwort die Eltern von Madeleine nicht beruhigen würde. Zu viele Fragen blieben offen.

»Was unternimmt die Polizei?«, fragte der Vater.

»Zwei Kollegen von uns sind auf dem Weg nach Alvignac, um sie zu suchen. Sie werden alle erforderlichen Schritte in die Wege leiten.«

»Ich verstehe nicht, weshalb sie nicht in diese Herberge zurückgefahren ist.«

»Vielleicht hat sie die Zeit vergessen und den Bus verpasst. Es könnte alles ganz harmlos sein.« Sie sah den beiden fest in die Augen. »Sie wird bestimmt wieder auftauchen.«

Frédéric ergriff das Wort. »Was hat Sie veranlasst, eine Vermisstenanzeige aufzugeben?«

Monsieur Perrin seufzte. »Madeleine wollte gern eine Pilgerreise machen. Sie hätte auch hier im Ort in den Pilgerpfad einsteigen können, aber sie wollte auf der Via Podiensis nach Rocamadour, also habe ich sie vor zwei Wochen nach Aire-sur-l'Adour gefahren. Wir waren mit ihren Plänen nicht einverstanden. Wir waren der Ansicht, sie sei zu Hause besser aufgehoben. Sie ließ sich jedoch nicht davon abbringen. Außerdem hatten wir vereinbart, dass wir vierzehn Tage lang keinen Kontakt mit ihr aufnehmen, sie wollte das so. Madeleine war es wichtig, für sich zu sein und in Ruhe zu laufen. Nachdem die zwei Wochen verstrichen waren, haben wir versucht, sie auf ihrem Smartphone zu erreichen, aber vergeblich. Vermutlich hatte sie es ausgeschaltet. Meine Frau und ich waren in großer Sorge um sie. Wir sind spät Eltern geworden, und sie ist unser einziges Kind, unser Augenstern. Ich habe vor meiner Rente als Journalist für die regionale Tageszeitung gearbeitet und verfüge nach wie vor über gute Kontakte. So ging es ganz schnell, eine Vermisstenanzeige aufzugeben.«

Frédéric war skeptisch. »Ich verstehe immer noch nicht ganz, warum Sie das getan haben. Ihre Tochter ist eine erwachsene Frau und doch sicher in der Lage, auf sich selbst aufzupassen?«

Madame Perrin zögerte. »Wir hatten Angst, dass sie sich etwas antut.«

»Können Sie das bitte näher erklären?«

Stockend begann sie zu erzählen. »Madeleine war mit Régis verlobt, einem netten jungen Mann, der als Schreiner in einem Traditionsbetrieb arbeitete. Sie lebten in einer kleinen Wohnung in der Nähe der Pfarrkirche Saint-Martin hier im Dorf und planten ihre Hochzeit. Dieses Jahr, während der Faschingszeit, besuchten sie zusammen den Feuerwehrball im Gemeindehaus. Régis hatte viel Alkohol getrunken und tanzte den ganzen Abend mit einer anderen Frau, die niemand kannte und die dort plötzlich aufgetaucht war. Madeleine hat er überhaupt nicht mehr beachtet. Sie saß allein an einem Tisch und fühlte sich wie das fünfte Rad am Wagen. Also entschloss sie sich, ihn zur Rede zu stellen. Er wurde wütend, schrie mitten auf der Tanzfläche, dass sie ihm keine Vorschriften zu machen habe, und hat sie ins Gesicht geschlagen.« Sie griff nach ihrem Wasserglas und trank einen Schluck.

»Unsere Tochter hat daraufhin die Veranstaltung verlassen, ihre Sachen gepackt und ist noch in der gleichen Nacht zu uns gekommen. Sie war völlig aufgelöst und hat geweint. Sie war untröstlich. Schließlich ist sie in ihrem Mädchenzimmer eingeschlafen. Am nächsten Morgen hat sie Régis eine Textnachricht geschickt und sich von ihm getrennt. Kurz darauf stand er bei uns vor der Tür und wollte mit ihr sprechen und sich entschuldigen. Doch sie hat sich geweigert, ihn anzuhören. Ihr Entschluss stand fest. Nie im Leben würde sie einen gewalttätigen Mann heiraten, sagte sie.« Madame Perrin verstummte und starrte auf die Tischdecke.

»Aber warum sollte sie sich etwas antun?«, hakte Mélanie nach.

»Régis hat sich drei Tage später mit einer Schrotflinte erschossen«, erklärte Monsieur Perrin. »In der Scheune seiner Eltern.« Er fuhr sich durch die Haare.

»Madeleine war zutiefst erschüttert. Sie war nicht mehr dieselbe und hat sich Vorwürfe gemacht. Ich denke, Régis muss auch vorher schon psychische Probleme gehabt haben, von denen wir nichts wussten, aber die Familie von Régis hat allein Madeleine die Schuld gegeben und sie terrorisiert, wo sie nur konnte. Sie haben es nicht zugelassen, dass sie an seiner Beisetzung teilnahm, so dass sie sich nicht von ihm verabschieden konnte. Die anderen Dorfbewohner haben sie geschnitten oder beschimpft. Das ging so weit, dass Madeleine sich irgendwann nicht mehr vor die Tür traute. Sie verwandelte sich in ein nervliches Wrack und brach bei jeder Kleinigkeit in Tränen aus. Therapeutische Hilfe lehnte sie ab. Schließlich fasste sie den Entschluss, nach Rocamadour zu pilgern. Sie wollte Gott in der Marienkapelle Notre-Dame de Rocamadour um Vergebung bitten.«

»Wahrscheinlich ist sie gestern Abend deshalb dorthin gefahren.«

Madeleines Vater nickte. »Das glaube ich auch. Aber wo ist sie jetzt?«

»Wir werden alles tun, um sie zu finden«, versicherte ihm Mélanie.

»Wie können wir Sie dabei unterstützen?«, fragte Rosalie Perrin.

»Überlassen Sie das bitte uns. Sie können weiterhin versuchen, Ihre Tochter auf dem Handy zu erreichen.« Mélanie legte ihre Visitenkarte auf den Tisch. »Sie können uns jederzeit anrufen. Wir halten Sie auf dem Laufenden.«

Nachdem sie die beiden Kommissare verabschiedet hatten, standen Madame und Monsieur Perrin noch einen Moment vor ihrer Haustür. Sie hatten sich bei den Händen genommen und sahen dem Polizeifahrzeug hinterher, bis es um die nächste Ecke verschwand.

»Ich habe ein ganz ungutes Gefühl, Guillaume«, flüsterte sie.

»Nicht doch, Rosalie.«

»In der Nähe von Alvignac wurde erst kürzlich die Leiche eines Wanderers gefunden. Es ist noch immer rätselhaft, was mit ihm geschehen ist. Die Geschichte kam mehrfach in den Nachrichten.«

»Ich weiß, aber das hat mit Madeleine nichts zu tun. Die Polizei wird sie finden.«

»Hoffentlich hast du recht.«

Pauline und Louis erreichten Alvignac am frühen Nachmittag. In Bordeaux hatte die Sonne geschienen, doch hier in den Bergen war der Himmel bewölkt, und es war deutlich kühler. Vom Massif central näherte sich eine Regenfront.

Sie fanden Ferdinand im kleinen Garten hinter der Herberge, wo er Kräuter für das Abendessen sammelte. Bei ihm war die blonde Frau mittleren Alters, die sie schon vor zwei Tagen in der Unterkunft gesehen hatten. Als er die Schritte auf dem gepflasterten Weg hörte, drehte er sich um.

»Die Kommissare aus Bordeaux! *Bonjour.*«

Sie schüttelten sich die Hand.

Ferdinand stellte die Frau vor. »Das ist Luise Berger aus Nürnberg. Auf ihrer Pilgerreise macht sie hier Station.«

Madame Berger nickte ihnen freundlich zu.

»Gibt es Neuigkeiten?«, fragte Pauline.

Bedauernd schüttelte er den Kopf. »Leider nein, Madame Perrin ist nicht zurückgekehrt.«

»Können wir ihr Zimmer sehen?«

»Selbstverständlich, kommen Sie bitte mit.« Kurz wandte er sich an Luise. »Entschuldige mich bitte. Wir sehen uns später.«

Sie folgten ihm ins Haus. Im Empfangsbereich nahm er den Schlüssel vom Haken, dann stiegen sie gemeinsam in den ersten Stock. Der Herbergsvater schloss die Tür von Madeleines Zimmer auf, und sie traten ein. Der Raum war schlicht und zweckmäßig eingerichtet: Ein Stockbett an der Wand, ein Schreibtisch, eine Sitzecke und ein schmaler Schrank. Sonnengelbe Vorhänge, ein roter Lesesessel und eine Stehlampe mit einem gefalteten Schirm ließen das Zimmer gemütlich erscheinen. Durch das Fenster konnte man in der Ferne die Schemen der Vulkankegel des Massif central erkennen. Über den sich verdunkelnden Himmel zuckte ein Blitz. Die Bettwäsche lag, wie Ferdinand es bereits berichtet hatte, gefaltet und unbenutzt neben den karierten Wolldecken auf der Matratze des unteren Bettes. Die Kommissare sahen sich um. »Hatte sie das Zimmer für sich allein gemietet?«, wollte Pauline wissen.

»Ja, das war ihr bei der Reservierung wichtig, und ich konnte ihrer Bitte entsprechen, zurzeit ist hier nicht viel los. Die Pilger übernachten lieber im nahe gelegenen Rocamadour.« Er lächelte. »Dort sind sie der Schwarzen Madonna näher, die sie beschützt.«

»Danke, Monsieur Ferdinand. Würden Sie uns nun bitte allein lassen?«

»Ja, wie Sie wollen.« Er verließ das Zimmer.

Louis öffnete den Kleiderschrank. Er war leer. Seine Chefin nahm sich den Rucksack vor, packte den Inhalt aus und breitete ihn auf dem Tisch aus: Kleidung, Waschbeutel, zwei Bücher, eine Sonnenbrille, Kartenmaterial, ein Taschenmesser und ein Schlüsselbund. »Handy und Geldbeutel fehlen, die hat sie sicherlich mitgenommen.«

Louis stimmte ihr zu. »Und wie gehen wir weiter vor?«

»Wir organisieren die Suche.«

Sie stiegen die Treppe hinunter in den Empfangsbereich. Der Herbergsvater stand hinter dem Tresen und sah Papiere durch. Pauline trat zu ihm. »Wir wollen eine kleine Einsatzzentrale etablieren, um die Suche nach Madeleine Perrin zu koordinieren. Haben Sie einen Raum, den Sie uns zu diesem Zweck überlassen können?«

»Sie können den Nebenraum der Gaststätte benutzen, um diese Jahreszeit brauche ich ihn nicht. Kommen Sie.«

Sie gingen durch den Gastraum, und der Herbergsvater öffnete eine Tür. »Bitte sehr! Ist nichts Besonderes, aber ich hoffe, es reicht.«

Die Kommissare sahen sich um. Der helle quadratische Raum verfügte über vier Holztische, um die Stühle gruppiert waren. An der Wand stand eine Vitrine, in der sich Geschirr stapelte. »*Merci beaucoup*«, sagte Pauline. »Das passt sehr gut. Entschuldigen Sie bitte, dass wir Ihnen Umstände machen.«

»Aber nein. Hauptsache, Sie finden die junge Frau. Ich bringe Ihnen gleich eine Kanne Kaffee und Kekse. Dann lasse ich Sie in Ruhe arbeiten.«

Sie wählten den Tisch am Fenster und richteten sich ein. Louis zog sein Tablet aus der Tasche, Pauline legte sich einen Notizblock und einen Stift zurecht und begann, die Punkte aufzuschreiben, die abzuarbeiten waren. Dann wandte sie sich an Louis.

»Du rufst bitte die Eltern von Madeleine Perrin an und fragst nach ihrem Mobilfunkanbieter. Die Techniker sollen versuchen, ihr Handy zu orten. Nimm bitte Kontakt zur Feuerwehr und zur Gendarmerie von Rocamadour auf. Wir brauchen Amtshilfe. Die Verantwortlichen sollen so schnell wie möglich herkommen. Ich versuche, den Busfahrer zu finden, der gestern Abend die Strecke Alvignac–Rocamadour gefahren ist. Vielleicht erinnert er sich an Madeleine.«

Louis nickte. »Alles klar.« Dann klappte er sein Tablet auf und begann zu telefonieren.

Pauline rief bei dem zuständigen Busunternehmen an, dessen Name sie von Ferdinand erfahren hatte. Eine freundliche Frauenstimme nahm ihren Anruf entgegen.

»Was kann ich für Sie tun?«

Die Kommissarin stellte sich vor und erklärte den Sachverhalt. Papierrascheln war zu vernehmen, dann kam die Antwort. »Jacques ist gestern gefahren. Jacques Leclerc.«

»Kann ich ihn bitte sprechen?«

»Er hat heute frei. Ich kann ihn gerne über Ihren Anruf informieren.«

»Wo wohnt er denn?«

»In Alvignac.«

»Das ist gut, da sind wir auch. Können Sie ihm ausrichten, dass er, so schnell es geht, in die Pilgerherberge kommen soll?«

»Wird sofort erledigt.«

»Haben Sie vielen Dank.«

Inzwischen hatte Louis eine schlechte Nachricht für sie. »Das Handy von Madame Perrin kann nicht geortet werden.«

»Nicht gut.«

»Nein.«

»Was hältst du von der Sache?«

»Sie gefällt mir nicht.«

»Mir auch nicht.«

Sie goss sich gerade etwas von dem Kaffee ein, den Ferdinand gebracht hatte, als es an der Tür klopfte. Auf ihr »Herein« betrat ein Mann um die fünfzig Jahre die provisorische Einsatzzentrale. Er war groß und stämmig. Das Hemd unter seiner Weste spannte über dem Bauch. Seine Augen wurden von Lachfältchen umrahmt.

»*Bonjour*, ich bin der Busfahrer Jacques Leclerc. Meine Kollegin hat mir gesagt, dass Sie mich dringend sprechen wollen. Wie kann ich helfen?«

Pauline bat ihn, sich zu ihnen an den Tisch zu setzen, und bot ihm eine Tasse Kaffee an, die er dankend ablehnte. »Sie waren aber schnell«, meinte sie.

»Ich war gerade beim Bäcker gegenüber. Meine Frau hat mich losgeschickt, um Kuchen für den Nachmittagskaffee zu besorgen. Und da bekam ich den Anruf.« Seine Stimme dröhnte durch den Raum.

Pauline erklärte ihm die Lage. »Wir sind auf der Suche nach Madeleine Perrin. Sie wollte gestern Abend mit dem Bus nach Rocamadour fahren und die Messe besuchen. Wissen Sie, wann die Messe beginnt und endet?«

»Ja, sie geht von acht bis halb zehn.«

Sie zeigte ihm das Foto von Madeleine Perrin. »War diese Frau im Bus?«

Er warf einen Blick auf das Bild. »Ja, da bin ich mir ziemlich sicher. Sie ist hier eingestiegen, muss so um 19.20 Uhr gewesen sein. Zwanzig Minuten später waren wir in Rocamadour, da hat sie den Bus verlassen.«

»Sind Sie sicher?«

»Absolut. Sie ist mir aufgefallen, weil sie so hübsch war und so traurig schaute. Ich dachte mir noch, wie kann jemand, der so gut aussieht, so traurig sein?«

»Ist sie nach Alvignac zurückgefahren?«

»Nein, ich glaube nicht. Ich bin um 19.45 Uhr die Strecke zurückgefahren und dann noch einmal um

21.15 Uhr und um 23.15 Uhr. Sie war nicht im Bus. Es sind nur ein paar Leute mitgefahren, sie wäre mir sicher aufgefallen.«

»Danke für Ihre Aussage. Sie haben uns sehr geholfen.«

»Keine Ursache. Der Polizei helfe ich doch gerne. Ich wünsche Ihnen viel Erfolg bei der Suche.«

Sie verabschiedeten sich, und der Mann verließ den Raum.

Die Kommissare wechselten einen Blick. »Sie ist in Rocamadour geblieben«, stellte Louis fest.

»Oder sie hat, nachdem der letzte Bus weg war, versucht zu trampen oder zurückzulaufen.«

»Wie weit ist es von Rocamadour nach Alvignac?«

Sie schaute bei Google Maps nach. »Es sind circa acht Kilometer.«

»Okay, dafür hätte sie sicher um die zwei Stunden gebraucht. Wenn sie auf dem Heimweg verschwunden ist, wird es noch schwieriger werden, sie zu finden.«

»Konzentrieren wir uns zunächst auf den Wallfahrtsort.«

»Einverstanden.«

Er griff nach einem Keks und sah in dem Moment aus dem Fenster, als kurz hintereinander ein

Polizeifahrzeug und ein Einsatzleitwagen der Feuerwehr mit Blaulicht und Sirene vorfuhren und vor der Herberge mit quietschenden Reifen zum Stehen kamen. Aus dem Polizeiauto stieg ein rundlicher kleiner Gendarm, aus dem Feuerwehr-SUV eine junge Frau in Uniform mit einem langen blonden Zopf.

Kurz darauf klopfte es an der Tür, und das ungleiche Paar betrat die Einsatzzentrale. Der Gendarm legte die Hand an den Schirm der Mütze und knallte die Stiefel zusammen. »Sie haben um Amtshilfe gebeten, wir sind so schnell wie möglich gekommen. Gestatten Sie, Paul Guerlain, Leiter der Gendarmerie von Rocamadour.« Er wies auf die Frau. »Das ist unsere Feuerwehrkommandantin, Mireille Poulac. Wenn ich es richtig verstanden habe, geht es um die Suche nach einer verschwundenen Frau.«

Pauline und Louis stellten sich vor und boten den Neuankömmlingen Kaffee an, den sie dankend annahmen.

»Es ist großartig, dass Sie so schnell gekommen sind«, sagte Pauline. »Wir möchten Sie bitten, sofort Suchtrupps zusammenzustellen und den Ort und die nähere Umgebung nach der Frau abzusuchen. Sie heißt Madeleine Perrin.« Sie zeigte ihnen das Foto, das ihr Mélanie geschickt hatte. Es wies eine erheblich bessere Qualität auf als das in der Zeitung. »So sieht sie aus. Wenn Sie mir Ihre Rufnummern geben, kann ich es Ihnen schicken.«

Nachdem das erledigt war, sagte der Gendarm entschlossen: »Wir werden das Bild über unsere sozialen Netzwerke an alle Helfer weiterleiten. Außerdem werden wir die Bergrettung von Lavergne bitten, mit dem Rettungshubschrauber die Gegend abzusuchen.«

»Sehr gut. Wenn es Neuigkeiten gibt, melden Sie sich bei uns. Mein Kollege und ich werden in den Pensionen, in der Herberge und der Kirche nach ihr fragen. Wir bleiben in Kontakt. Am Abend treffen wir uns wieder hier.«

»Wird gemacht.« Der Gendarm salutierte erneut. »Sie können sich hundertprozentig auf uns verlassen.«

Pauline und Louis fuhren auf einer gewundenen, von Fichten umgebenen Landstraße nach Rocamadour und stellten das Dienstfahrzeug auf einem Parkplatz ab. Durch ein steinernes Tor mit zwei Laternen und einem Kreuzrelief betraten sie das Dorf und folgten der einzigen schmalen Straße, die stetig bergan führte und von Restaurants, Cafés und Souvenirläden gesäumt wurde.

In der Kopfsteinpflastergasse waren nur wenige Touristen, Pilger und Einheimische unterwegs. Vor einem Bistro hatte sich um einen Tisch eine Wandergruppe in dicken Jacken versammelt, die lautstark und mit lebhaften Gesten von den Abenteuern erzählte, die sie unterwegs erlebt hatte. Dabei wärmten sie sich mit Rotwein auf. Ein bärtiger Mann behauptete gerade, auf einer Felsnase einen Wolf gesehen zu haben, was bei seinen Begleitern amüsiertes Gelächter auslöste. Aus einer Pâtisserie drang der Duft von frischen Schokocroissants. Auf den Tischen vor den Geschäften stapelten sich Bücher über die Geschichte des Wallfahrtsortes sowie Bildbände und Reiseführer. In Ständern steckten die verschiedensten Postkarten, von atemberaubenden Landschaftsbildern bis zum schlimmsten Kitsch. Die Fassaden der geduckten Granitsteinhäuser schmückten Pechnasen, Tierköpfe, Dämonenfratzen und winzige ornamentierte Balkone. Ein kräftiger Wind fegte durch den Ort und brachte die alten Schilder der Wirtshäuser zum Wackeln.

Vor der Pilgerherberge stand ein Schild: »Ausgebucht«. Die Kommissare gelangten durch einen schmalen dunklen Flur in das Eingangsfoyer. Dort trafen sie auf eine Frau, die gerade telefonierte. Als sie das Gespräch beendet hatte, wandte sie sich ihnen zu. »*Bonjour*! Wir sind leider voll.«

Pauline zückte ihren Dienstausweis. »Wir suchen kein Zimmer, sondern eine junge Frau.« Sie zeigte das Foto. »Haben Sie sie gestern Abend hier gesehen?«

Die Frau studierte das Bild gründlich. »Nein, ich habe sie noch nie gesehen, tut mir leid.«

»Wie viele Pensionen und Hotels gibt es hier noch?«

»Es gibt insgesamt noch vier Unterkünfte. Gehen Sie einfach weiter die Straße hoch.«

»*Merci*, Madame.«

Sie klapperten die Herbergen der Reihe nach ab, doch ohne Erfolg. Niemand hatte Madeleine Perrin gesehen.

Als sie am *Café Victor Hugo* vorbeigingen, blieb Louis abrupt stehen und deutete mit dem Kopf auf einen Mann, der eine Soutane mit einem blütenweißen Stehkragen trug, allein an einem Bistrotisch saß und Zeitung las. »Das ist Abbé Pierre-Marie, der katholische Priester von Rocamadour. Du weißt schon, der Bruder von Isabelle Bétancour.«

Kurz entschlossen betraten sie das Café. Als Louis direkt neben dem Abbé stand, sah er von seiner Zeitung auf. Er brauchte einen Moment, um Louis zu erkennen. »Sie sind der junge Kommissar aus Bordeaux, Louis Pierrot, nicht wahr?«

Der Polizist nickte. »*Bonjour*, Abbé. Darf ich Ihnen meine Chefin vorstellen? *Madame le Commissaire* Pauline Castelot.«

Sie begrüßten sich freundlich. »Dürfen wir Sie kurz sprechen, Abbé?«, fragte sie.

»Selbstverständlich, Madame, sehr gerne. Nehmen Sie doch bitte Platz.«

Sie setzten sich zu ihm und bestellten bei der herbeigeeilten Bedienung zwei Mokkas.

»Darf ich fragen, wie es Ihrer Schwester geht?«, erkundigte sich Louis.

»Es geht ihr leider gar nicht gut, sie trauert zutiefst um Raymond. Ich glaube, Isabelle hat ihn sehr geliebt. Sie ist untröstlich. Ich besuche sie, so oft ich kann, und versuche ihr beizustehen, aber aufgrund meines Amtes bin ich hier häufig nicht abkömmlich.«

»Ich verstehe, es ist wirklich ein tragischer Verlust für Madame Bétancour.«

»Haben Sie in der Zwischenzeit herausgefunden, was mit Raymond geschehen ist?«

»Die Ermittlungen laufen noch.«

»Und was führt Sie nach Rocamadour?«

»Wir suchen eine junge Frau namens Madeleine Perrin, die seit gestern Abend verschwunden ist.«

Irritiert runzelte der Geistliche die Stirn. »Es ist schon wieder jemand verschwunden?«

»Bedauerlicherweise ja. Sie ist gestern Abend in der Herberge von Alvignac angekommen und wollte später die Abendmesse hier im Ort besuchen. Sie hat den Bus genommen und wurde auch dabei gesehen, wie sie ausstieg. Seitdem hat sie niemand mehr gesehen.«

»*Mon Dieu*! Das hört sich schrecklich beunruhigend an.«

»In der Tat, Abbé«, stimmte die Kommissarin ihm zu und zeigte ihm die Fotografie. »Haben Sie sie gestern während der Abendmesse gesehen?«

Lange sah er sich das Bild an, dann schüttelte er den Kopf. »Es tut mir sehr leid, ich kann Ihnen nicht weiterhelfen. Beim Gottesdienst waren mindestens fünfzig Gläubige, da kann man sich nicht jedes Gesicht merken.«

»Das ist nachvollziehbar, Abbé.«

Auf einmal erschien ein Lächeln auf seinem Gesicht. »Womöglich kann ich Ihnen doch helfen. In einer halben Stunde habe ich eine Besprechung mit meinen Messdienern. Zurzeit gehen mir vier Personen zur Hand. Sie könnten mich begleiten und sie nach der Frau fragen. Acht Augen sehen mehr als zwei.«

»Das ist eine sehr gute Idee, Abbé. Wir begleiten Sie gerne.«

»Dann schlage ich vor, dass wir uns auf den Weg machen. Der Aufstieg ist mühsam.«

Pierre-Marie lud sie ein und bezahlte die Rechnung. Anschließend traten sie hinaus in die Gasse. Sie hatten den Abbé in die Mitte genommen und hörten zu, wie er ihnen Wissenswertes über den Ort erzählte. »Es gibt hier in der Region eine Redewendung, die Rocamadour mit seinen verschiedenen Ebenen sehr gut beschreibt: ›Die Häuser über dem Bach, die Kirche über den Häusern, die Felsen über der Kirche, und die Festung über den Felsen.‹«

Oberhalb des Dorfes führte eine von niedrigen Mauern begrenzte Treppe auf die zweite Ebene.

»Diese Treppe, *le grand escalier*, hat mehr als zweihundert Stufen«, berichtete Pierre-Marie. »Über sie gelangt man in die Heilige Stadt, zu den Sanktuarien aus dem 12. Jahrhundert und den sieben Gotteshäusern. Im Mittelpunkt steht die Marienkapelle Notre-

Dame de Rocamadour, in der sich die Krypta des Heiligen Amadour, einem Eremiten, befindet. Über diesen Einsiedler existieren zahlreiche Legenden, die teilweise recht abenteuerlich sind. Auf jeden Fall wird von verschiedenen Wundern berichtet, auf denen der große Ruhm des Gnadenortes basiert. In der Kapelle gibt es eine Glocke, die durch selbstständiges Läuten Wunder ankündigt.« Ein sanftes Lächeln huschte über sein Gesicht. »Das wichtigste Heiligtum und das Ziel vieler Pilger ist die goldgerahmte Schwarze Madonna, die über dem Altar thront. Ihr werden wundersame Kräfte zugeschrieben. Vor vielen Jahrhunderten kamen die Wallfahrer, weil ihnen die Reise zu diesem Pilgerort als Buße auferlegt worden war. Nachdem die Büßer auf Knien und manchmal sogar mit Ketten an Hals und Armen die große Treppe erklommen hatten, fanden sie Vergebung in der Wunderkapelle.« Er blieb einen Moment stehen und holte Atem. Die Kommissare bewunderten die überwältigende Aussicht auf das Alzou-Tal. Schwarze Wolken verdeckten gerade die Sonne und warfen lange Schatten in die Schlucht. Das Flusswasser wechselte die Farbe von Türkis zu Tintenblau. Ein melonengelber Rettungshubschrauber näherte sich von Osten, vollführte einen eleganten Schwenk nach rechts und flog auf ein Waldgebiet zu. Sie sahen ihm hinterher. »Die Besatzung sucht nach der jungen Frau?«, fragte der Geistliche.

Louis nickte.

Der Abbé schlug ein Kreuz. »Ich bete dafür, dass sie gefunden wird.«

Neben der Marienkapelle gab es einen kleinen umfriedeten Gottesacker mit bemoosten Mausoleen, verwitterten Steinkreuzen und geschmückten Gräbern, auf denen rote Grablichter flackerten. Aus der geöffneten schmiedeeisernen Pforte trat plötzlich ein Mann in einem schwarzen Umhang, der eine Baskenmütze trug und mit den breiten Nasenflügeln, dem trüben Auge und dem leichten Buckel ein bisschen aussah wie Quasimodo, der Glöckner von Notre-Dame. Sein Gesichtsausdruck war grimmig. Pauline musterte ihn fasziniert. Pierre-Marie ergriff das Wort. »Das ist Frank Bunel, unser Totengräber. Frank, das sind die Kommissare aus Bordeaux, Pauline Castelot und Louis Pierrot. Sie suchen nach einer verschwundenen jungen Frau. Vielleicht hast du sie gesehen?«

Pauline zeigte ihm die Fotografie, die er eingehend betrachtete. Dabei zog er die buschigen Augenbrauen hoch und rieb sich das gewaltige Ohr. »Ich habe sie nicht gesehen.« Mit diesen Worten drehte er sich um und verschwand zwischen den Gräbern. Der Geistliche sah ihm nach.

»Frank ist schüchtern und wortkarg«, erklärte er. »Aber er ist sehr kompetent und hat ein großes Herz.«

Er führte sie zu einem kleinen Backsteinhaus mit Bogenfenstern, das an den Friedhof grenzte. Auf dem Ziegeldach saß ein Glockenturm. »Hier befinden sich mein Büro, die Bibliothek sowie ein Besprechungsraum.« Er öffnete die Tür. »Meine Messdiener dürften bereits eingetroffen sein. Folgen Sie mir.«

In dem Raum mit den holzgetäfelten Wänden und goldgerahmten Ölgemälden saßen ein Kind, zwei junge Burschen und ein älterer Mann, die rote Roben und weiße Hemden mit Zierkrägen trugen, an einem langen Mahagonitisch, dessen Oberfläche im einfallenden Licht schimmerte. Sie sahen die Besucher überrascht an und musterten sie mit kaum verhohlener Neugier. Pierre-Marie stellte die Kommissare vor und wies auf seine Mitarbeiter.

»Das sind George, Richard, Marc und unser Jüngster, Luc. Er ist neun Jahre alt und sehr tüchtig. Sie gehen mir bei der heiligen Messe zur Hand.«

Sie murmelten Begrüßungsworte. Der Priester erklärte die Situation.

»Eine Frau wird seit gestern Abend vermisst, sie hat

vermutlich unsere Abendmesse besucht. *Madame le Commissaire* wird euch ein Bild von ihr zeigen. Versucht bitte, euch zu erinnern, ob ihr sie gesehen habt. Es ist sehr wichtig.«

Paulines Handy machte die Runde. Ein Ministrant nach dem anderen schüttelte bedauernd den Kopf, bis Luc an der Reihe war. Er hob die Hand und schnippte mit den Fingern. »Ich habe sie gesehen«, erzählte er eifrig.

»Wo?«, fragte Pauline.

»In der Abendmesse. Sie saß ziemlich weit hinten in der linken Bankreihe.«

»Bist du dir sicher, Luc?«

»Ja, ganz sicher, sie ist mir aufgefallen, weil sie geweint hat.«

»Hat sie mit jemandem gesprochen?«

»Ich glaube nicht. Aber ich hatte viel zu tun und hab nur einen kurzen Blick auf sie geworfen.«

»Hast du sie später noch einmal gesehen?«

»Nein, Madame.«

»Du weißt also nicht, ob jemand sie beim Verlassen der Kapelle begleitet hat?«

»Nee, keine Ahnung.«

»Danke, Luc. Das war sehr aufmerksam von dir und hilft uns weiter.«

Der Junge strahlte.

Louis wandte sich an den Abbé. »Gibt es hier noch einen Ort, an dem man übernachten kann?«

»Ja, auf dem Plateau in der Nähe der Burg gibt es einen Campingplatz für junge Pilger und Pfadfinder. Er heißt *Camp Jean-Paul*. Folgen Sie einfach weiter dem Pfad bei der Basilika Saint-Sauveur.«

Die Kommissare bedankten sich und machten sich auf den Weg. Nach einem weiteren Aufstieg vorbei an Ginstersträuchern und Zwergkiefern erreichten sie die Hochebene, über die ein kalter Wind pfiff. Dort erhoben sich die Überreste der Festung, die früher den Wallfahrtsort beschützt hatte. In einem Felsen steckte ein rostiges Schwert. Der Sage nach handelte es sich dabei um das sagenumwobene Durendal-Schwert aus dem Rolandslied.

Der Campingplatz, der geschützt in einer von Laubbäumen umsäumten Mulde lag, befand sich nur wenige Hundert Meter davon entfernt. Drei Zelte bildeten einen Kreis um ein Lagerfeuer, dessen Flammen schwefelgelb loderten. Um die Feuerstelle saßen fünf junge Leute, die Äste über das Feuer hielten, auf die sie Würstchen gesteckt hatten. Es waren eine Frau und vier Männer. Jeder von ihnen hatte eine Dose Bier in der Hand.

Die Kommissare traten näher und stellten sich vor. Die Camper hießen Silvio, Giovanni, Christophe, Benjamin und Sylvie. Sylvie lehnte an Benjamins Schulter, offenbar waren die beiden ein Paar.

»Können wir Ihnen helfen?«, erkundigte sich Sylvie, eine hübsche junge Frau mit blauen Augen und dunklen Locken, die sie mit einem bunten Band zurückgebunden hatte. Die Flammen des Lagerfeuers spiegelten sich in ihren goldenen Kreolen. Pauline erklärte, worum es ging, und reichte der Frau ihr Handy mit dem Foto von Madeleine. Sie warf einen Blick darauf, zeigte es ihrem Freund und reichte es dann weiter. »Ich habe sie noch nie gesehen«, erklärte sie schließlich. Benjamin nickte bestätigend. »Es tut mir leid, dass wir Ihnen nicht helfen können.«

Christophe sah sich das Bild an. »Ich kenne die Frau auch nicht.«

Dann waren Silvio und Giovanni an der Reihe. Ihre Gesichter drückten Entsetzen aus.

»Das ist Madeleine«, erklärte Silvio. »Mein Freund und ich sind gestern ein Stück mit ihr gewandert.« Er trank einen kräftigen Schluck von seinem Bier. »Sie ist eine ganz sympathische Frau, wir haben uns gut unterhalten. Ihr wird doch nichts passiert sein?« Er zog sein Handy aus der Jackentasche und zeigte ihnen ein Selfie: Es zeigte Silvio und Giovanni mit Madeleine Perrin, die etwas melancholisch lächelte und um den Hals eine filigrane Silberkette mit einem kleinen Kreuz trug. Pauline bat ihn, das Bild auf ihr Smartphone zu schicken.

»Wo haben Sie sich von ihr getrennt?«, fragt Louis.

»In der Nähe von Lavergne. Sie wollte nach Alvignac. Giovanni und ich sind weiter nach Rocamadour gewandert und haben hier oben unser Zelt aufgeschlagen.«

»Haben Sie sie an diesem Abend noch einmal gesehen?«

Giovanni ergriff das Wort. »Sie wollte in die Abendmesse. Silvio und ich waren hier auf dem Zeltplatz und haben gegrillt. Nach dem Gottesdienst wollten wir uns mit Madeleine in der Pilgerkneipe *Chez Amadour* im Dorf treffen. Wir haben einige Biere getrunken und auf sie gewartet. Sie kam aber nicht. Gegen Mitternacht sind wir in unsere Schlafsäcke gekrochen, da haben die anderen schon gepennt.«

»Sie hatten also keinen Kontakt mehr mit ihr?«

»Nein.«

»Haben Sie sich keine Sorgen um sie gemacht?«

»Überhaupt nicht. Es war eine Pilgerbekanntschaft,

da kommt so was vor. Man wandert zusammen und trennt sich wieder.«

»Okay, dann brauchen wir nur noch Ihre Personalien. Danke für Ihre Auskünfte.«

Sie verabschiedeten sich voneinander, und die Polizisten machten sich an den Abstieg. Sturmböen fegten durch die Sträucher und das Laub der Bäume, und es begann zu regnen. Gleichzeitig setzte die Dämmerung ein. Als sie den Ort erreicht hatten und die Gasse entlanggingen, kamen sie am *Chez Amadour* vorbei und beschlossen, dort ihr Glück zu versuchen.

Vor der vanillegelben Fassade stand ein Gruppe Raucher und unterhielt sich. Fröhliches Gelächter ertönte aus dem Innenbereich. Das Lokal bestand aus zwei Räumen mit niedrigen Decken. Sämtliche Sitzplätze waren besetzt, am Tresen drängten sich die Leute. Mittelalterrock dröhnte aus den Boxen. In die unverputzten Wände waren Kandelaber eingelassen, in denen weiße Kerzen brannten.

Sie schoben sich durch die Menschentraube zur Theke, hinter der ein Mann Bier zapfte. Auf seiner hohen Stirn standen Schweißtropfen, und die spärlichen grauen Haare hatte er zu einem Pferdeschwanz gebunden. Er trug ein weißes Hemd mit einem Stehkragen und eine Lederweste. Pauline sprach ihn an, doch bei dem Lärm dauerte es eine Weile, bis er auf sie aufmerksam wurde. Schließlich bemerkte er sie.

»Was darf es sein, schöne Frau?«

Sie hielt ihm ihre Legitimation hin und zeigte ihm das Selfie von Silvio.

»War diese Frau gestern Abend hier?«

Er warf einen kurzen Blick darauf. »Das kann ich Ihnen nicht sagen. Sie sehen doch, was hier los ist. Das ist jeden Abend so. Die Pilger sind ein lustiges, trinkfreudiges Völkchen.«

»Sie können sich also nicht erinnern, sie gesehen zu haben?«

»Nein. Ich würde Ihnen gerne helfen, aber ... Warten Sie, jetzt fällt mir etwas ein. Die zwei Männer waren hier. Sie saßen an der Theke. Die beiden sind mir aufgefallen, weil sie einen so drolligen französischen Akzent hatten. Ich schätze es waren Italiener, und sie waren ganz begeistert von dem Armagnac aus der Gascogne.«

»Wissen Sie, wann sie das Lokal verlassen haben?«, fragte Louis.

»Keine Ahnung. Vielleicht so gegen dreiundzwanzig Uhr?«

»Geht es etwas genauer?«

»Nein, wirklich nicht.« Er wandte sich wieder dem Zapfhahn zu.

»*Merci*, Monsieur.«

Eilig liefen sie durch den plötzlich einsetzenden Regen zu ihrem Wagen. Als sie ihn erreicht hatten, tropfte das Wasser von ihren Jacken. Pauline blickte auf ihr Handy. Bisher hatte sich keiner der Suchtrupps bei ihnen gemeldet.

Der Chef der Gendarmerie von Rocamadour, Paul Guerlain, leitete eine Suchmannschaft, die aus zehn Personen bestand. Es handelte sich um freiwillige Helfer, Frauen und Männer, die er eilig zusammengetrommelt hatte. Alle trugen Regenjacken und Wanderstiefel. Sie durchkämmten einen Forst, der sich neben der Ortschaft auf einem Hügel erstreckte. Die Flanken fielen steil und felsig hinab bis ins Tal. Kreuz und quer lagen umgestürzte Bäume, deren Wurzeln beim letzten Sturm aus dem Erdreich gerissen worden waren. Sie gingen in einem Abstand von etwa zwei Metern nebeneinanderher und folgten dem Absturz bergaufwärts über verfaultes und rutschiges Laubwerk, umgingen Schlammlöcher und stiegen über abgebrochene Äste. Jeder hielt einen Stock in der Hand, um Auffälligkeiten im Unterholz aufzuspüren. Sie richteten die Augen abwechselnd auf den Boden und die nahe Umgebung. Meistens gingen sie schweigend, konzentriert auf die Aufgabe, Madeleine Perrin zu finden.

Als die Sonne jenseits des Flusses hinter den Hügelketten verschwand, dunkle Wolken aufzogen und Nebelfetzen durch die Baumstämme geisterten, verschlechterte sich die Sicht zunehmend. Weiter entferntes Gestrüpp verformte sich zu grauen Schemen. Sie holten ihre Stirnlampen aus den Rucksäcken und setzten sie auf. Die Lichtkegel bewegten sich bei jedem Schritt. Atemwölkchen stiegen in die Luft. Dann begann es zu regnen und die Temperatur fiel. Der Geruch nach Harz und Baumnadeln intensivierte sich. Außer den gleichmäßigen Schritten war nichts zu hören.

Paul Guerlain wollte sich seine Kapuze über den Kopf ziehen, entschied sich jedoch dagegen, weil sie seinen Sichtradius einengen würde. Bald waren seine Haare nass, und er wischte sich das Regenwasser von der Stirn. Er hatte sich geschworen, Madeleine Perrin zu finden, falls sie sich irgendwo in diesem Wald befand. Schweigend setzten die Mitglieder des Suchtrupps ihren Weg fort, stiegen über Hindernisse, wichen Erdhöhlungen aus und schoben nasse Äste zur Seite, damit sie ihnen nicht ins Gesicht schlugen. Der Gendarm schätzte, dass es bis zum Plateau noch etwa dreihundert Meter waren. Kurz darauf erreichten sie eine beinahe kreisrunde Lichtung, die von Birken umgeben war. Das Gras war hoch gewachsen, und die Schlüsselblumen bildeten einen gelben Teppich. In der Mitte stand eine schiefe, verwitterte Scheune. Zwei kleine Fenster mit zerbrochenen Scheiben starrten sie wie schwarze Augen an. Langsam näherten sie sich dem Gebäude, als plötzlich ein gellender Schrei erklang, der alle zusammenfahren ließ. Er kam aus dem Inneren der Hütte. Der Gendarm spürte, wie die Härchen auf seinen Armen sich aufstellten. Er stapfte auf die Tür zu und versuchte sie zu öffnen, doch sie war von innen mit einem Riegel verschlossen. Er suchte auf dem Boden nach einem Zweig, hob damit den Riegel an und riss schließlich die Tür auf. Ein Schwarm kohlrabenschwarzer Krähen stob mit ohrenbetäubendem Geschrei und wilden Flügelschlägen über seinen Kopf hinweg aus der Scheune und erhob sich wie eine dunkle Wolke in die Lüfte. Guerlain brauchte einige Sekunden, um sich von dem Schreck zu erholen, dann begann er mit der Durchsuchung der Scheune. Schnell stellten sie fest, dass niemand sich darin aufhielt. Sie konnten keinen einzigen Hinweis auf den Verbleib von Madeleine Perrin finden.

Der Suchtrupp, den die Feuerwehrkommandantin von Rocamadour, Mireille Poulac, anführte, hatte das Planquadrat auf der Hochebene östlich des Speicherteiches übernommen. Die insgesamt zwölf Personen, fünf Frauen und sieben Männer, allesamt Mitglieder der freiwilligen Feuerwehr, überquerten eine Bergwiese, um die sich blühende Wacholdersträucher erhoben und einen aromatischen Duft verströmten. Durchzogen wurde die Wiese von Schwarzdornhecken, in denen sich der Wind verfing. Schafe weideten dort und fraßen gemächlich Gras.

Die Gruppe folgte im Gänsemarsch einem Pfad, der durch Felsgestein verlief und hinab zu einem Eichenwäldchen führte. Die kantigen Steine waren durch den Regen rutschig geworden, und sie mussten aufpassen, wohin sie traten. Nachdem Wolken die Sonne verdunkelt hatten, war es in dem Wald dämmrig geworden. Sie bildeten erneut eine aufgefächerte

Reihe mit zwei Metern Abstand und gingen aufmerksam weiter. Ihre Stöcke tasteten den Waldboden ab. Heidelbeersträucher wuchsen hier dicht an dicht, knorrige Wurzeln krochen über die Erde.

Plötzlich blieb Mireille Poulac stehen und sog tief die Luft ein. Ein diffuser Geruch hatte ihre Aufmerksamkeit erregt. Sie sah sich um und überlegte, wo er herkam. Hinter einem Himbeergestrüpp stand eine Futterkrippe. Sie gab den anderen ein Zeichen und ging langsam darauf zu. Jetzt konnte sie den Geruch zuordnen. Es roch nach Verwesung. Alarmglocken schrillten in ihrem Kopf. Sie wollte nicht, dass diese Entdeckung etwas mit Madeleine Perrin zu tun hatte. Ein paar Schritte noch, dann stand sie neben der Futterstelle. Zunächst konnte sie nur einen Laubhaufen erkennen. Doch etwas lag darunter, da war sie sich sicher. Der süßliche Geruch wurde stärker. Sie zog ihr Tuch über Mund und Nase.

Die restlichen Mitglieder des Trupps hatten sich ebenfalls genähert und verharrten nun schweigend. Alle starrten auf die Erhöhung auf dem Waldboden. Die Feuerwehrkommandantin begann behutsam das Laub abzutragen. Schicht um Schicht, Blatt für Blatt. Dann starrten verschleierte braune Augen sie an. Entsetzt fuhr sie zurück. Ihr stockte der Atem, und ihr

Herz pochte wie wild. Als ihr Gehirn endlich einordnen konnte, was sie da sah, stieß sie einen Seufzer der Erleichterung aus. Auf der Erde lag mit verdrehten Beinen ein totes Reh.

Als Pauline und Louis endlich in der Pilgerherberge von Alvignac eintrafen, war es stockfinster, und ein Sturm tobte durch die Region. Unterwegs auf der Landstraße hatte ein abgebrochener Ast quer über der Fahrbahn gelegen, den sie weggeräumt hatten, um weiterfahren zu können. In der Einsatzzentrale warteten Mélanie und Frédéric auf sie. Sie saßen am Tisch, unterhielten sich und tranken Kaffee. Die Kommissare begrüßten sich.

»Seid ihr schon lange hier?«, wollte Pauline wissen.

»Wir haben es hergeschafft, bevor der Sturm an Fahrt aufnahm«, erzählte Frédéric. Dann informierten er und seine Kollegin das restliche Team über das Gespräch mit den Eltern von Madeleine Perrin. Pauline schüttelte den Kopf. »Was für eine unglaubliche Geschichte.«

»Habt ihr irgendeinen Hinweis auf ihren Verbleib gefunden?«, wollte Mélanie wissen.

»Bisher noch nicht.« Pauline sah auf ihre Uhr. »Die Lagebesprechung beginnt gleich.«

Der Gendarm und die Feuerwehrkommandantin trafen zusammen ein. Sie hatten sich umgezogen und trugen wieder Uniform. Gleich darauf kam die junge Frau mit den widerspenstigen roten Locken von der Bergrettung durch die Tür. Sie grüßte in die Runde und stellte sich als Juliette Simon vor. Alle setzten sich um den Tisch. Ferdinand brachte heißen Tee und Schokoladenkekse.

Juliette ergriff das Wort. »Die Mannschaft des Rettungshubschraubers musste die Suche aufgrund des aufkommenden Sturmes abbrechen. Sie haben nicht das geringste Anzeichen von Madeleine Perrin gefunden.«

Mireille Poulac übernahm. »Wir haben das Planquadrat, für das wir zuständig waren, komplett durchkämmt. Ohne Ergebnis.«

Nun war Paul Guerlain an der Reihe. Seine Frustration war ihm deutlich anzusehen. »Unser Suchtrupp konnte sie auch nicht finden. Die anderen Gruppen ebenfalls nicht. Wenn ich mir vorstelle, dass sie bei diesem Unwetter irgendwo da draußen ist.«

Besorgt zog er die Augenbrauen zusammen. Wie um seine Befürchtungen zu untermauern, drang von draußen das Geräusch gewaltiger Donnerschläge herein. Durch die Fenster konnte man gelbe Blitze sehen, die über den schwarzen Himmel zuckten. Der Sturm rüttelte an den Fensterläden und heulte um das Haus.

Pauline nickte Louis zu, und er begann zu berichten. »Unsere Suche verlief ebenso erfolglos. Das Einzige, was wir herausfinden konnten, basiert auf der Aussage eines neunjährigen Ministranten. Er behauptet, Madeleine Perrin in der Abendmesse gesehen zu haben. Danach war sie in der Pilgerkneipe *Chez Amadour* mit zwei jungen Männern verabredet, mit denen sie gestern einen Wegabschnitt gewandert ist. Deren Aussage zufolge erschien sie nicht zu dem Treffen, und sie wurde dort auch nicht gesehen.« Unzufrieden fuhr er sich durch die Locken. »Wie kann es sein, dass sich jemand in einem so kleinen und übersichtlichen Dorf einfach in Luft auflöst?«

Niemand wusste darauf eine Antwort. Pauline trank einen Schluck Tee und sah in die Runde.

»Ich bedanke mich für Ihr Engagement bei der Suche. Wenn die verschwundene Frau in der Zwischenzeit nicht auftaucht, machen wir morgen früh weiter. *Bonsoir, Mesdames et Messieurs!*«

Die einheimischen Helfer erhoben sich. »*Bonsoir*!«

Als sie aus der Tür waren, meinte Louis: »Sie ist unauffindbar, verdammt nochmal! Das gibt es doch nicht.«

Frédéric sprach aus, was alle dachten. »Sie könnte einem Verbrechen zum Opfer gefallen sein. Wenn sie jemand versteckt hält, wird es nicht leicht werden, sie zu finden.«

Mélanie nickte. »Die berühmte Suche nach der Nadel im Heuhaufen.«

Es klopfte an der Tür, und Ferdinand erschien. »Ich habe zwei Zimmer für Sie herrichten lassen. Mehr kann ich Ihnen leider nicht zur Verfügung stellen. Die gute Nachricht ist, beide haben ein eigenes Badezimmer.«

»Das ist absolut in Ordnung«, beruhigte ihn Pauline. Dabei fiel ihr ein, dass sie dringend mit Sarah und Dominic telefonieren musste. Sie hatte viel zu lange nicht mehr mit ihnen gesprochen. Die Frage, ob sie wirklich eine gute Mutter war, quälte sie.

»Nach dem langen Tag haben Sie bestimmt ordentlich Hunger?«

Alle nickten.

»Und ob«, bekräftigte Louis.

Der Herbergsvater lächelte. »Ich habe mir Mühe gegeben mit dem Menü. Luise hat mir geholfen.

Heute Abend serviere ich Folgendes: Als Vorspeise Entenbrust auf Blattsalat – der Salat ist frisch aus meinem Garten –, als Hauptgericht Kaninchen in Senfsauce und Rosmarinkartoffeln, und als Dessert Crème caramel. Dazu empfehle ich einen kräftigen Rotwein aus den Corbières. Er verfügt über ein feines Aroma aus fruchtigen Waldbeeren und Lakritze.«

Mélanie strahlte ihn an. »Sie sind großartig, Monsieur Ferdinand.«

Er verbeugte sich. »*Merci beaucoup, Madame le Commissaire.*«

Auf dem Friedhof von Rocamadour hallten zwölf Glockenschläge durch die Nacht. Der Sturm hatte sich in das Massif central verzogen, und es hatte aufgehört zu regnen. Von den Blättern einer Kastanie tropfte das Wasser. Halb verborgen im Geäst saß ein Uhu mit einem prächtigen schwarzbraunen Federkleid. Die runden grünen Augen fixierten eine Maus, die am Sockel eines Mausoleums entlangrannte und hinter einer Ecke verschwand. Der Vollmond, umgeben von einem hellen Kreis, blitzte zwischen den dahinziehenden Wolkengebirgen auf und tauchte die

Gräber in silbriges Licht. Hier und da funkelte ein Stern. Die Luft war frisch und klar mit einem Hauch von Bergkräutern und Mineralien.

Die Eingangspforte des geduckten Hauses mit dem Glockenturm wurde von zwei Laternen flankiert, die einen gelben Schein verbreiteten, den Großteil des Gottesackers jedoch im Dunkeln ließen. Hinter den Buntglasfenstern der Bibliothek erlosch das Licht, und wenig später trat aus der hinteren Pforte des Hauses eine dunkle Gestalt auf den Friedhof. Mit leisen Schritten bewegte sie sich auf den schmalen Wegen. Der Kies knirschte unter den Sohlen, ein Umhang flatterte im Wind. Ansonsten herrschte absolute Stille. Sie schien sich trotz der Dunkelheit gut zurechtzufinden. Als sie die Richtung änderte und schließlich vor einem Grab stehen blieb, schien es, als ob sich ein Buckel unter dem Umhang abzeichnete.

Die mit Granitstein umfriedete Ruhestätte war mit dunkelrotem und silbernem Heidekraut bepflanzt. Die Flamme der Kerze flackerte unruhig im Nachtwind. Auf dem marmornen Grabstein war neben einem ziselierten Kreuz eine goldgerahmte Porträtfotografie eingelassen. Sie zeigte eine schöne junge Frau mit rötlichen Haaren und blauen Augen, die von schwarzen Wimpern umrahmt wurden. Ihre großen Augen dominierten das zarte Gesicht.

Die Gestalt bekreuzigte sich, sprach lautlos ein Gebet und legte einen gebundenen Strauß weißer Rosen auf das Grab. Dann flüsterte sie mit von Trauer belegter Stimme: »Ich werde Euch nie vergessen, Gabrielle, das schwöre ich bei Gott. Ich habe Euch immer geliebt.« Mit dem Ärmel wischte sie sich über das tränennasse Gesicht. Dann ging sie davon, schloss das schmiedeeiserne Tor hinter sich und verschwand in der Dunkelheit.

27. APRIL

Um fünf Uhr morgens spielte Sylvies Handy lautstark den Refrain »I treasure your love« von Meat Loaf und riss sie aus dem Tiefschlaf. Irritiert blinzelte sie in die fast vollkommene Dunkelheit. Nur das Display spendete ein wenig Licht. Sie tastete nach Benjamin, der sich jedoch einfach auf die Seite drehte und weiterschlief. Sie schüttelte ihn sanft und küsste ihn auf den Mund.

»Aufwachen, mein Liebster. Die Schatzsuche beginnt.«

Er stöhnte verschlafen, dann öffnete er die Augen und lächelte sie an.

»Guten Morgen, Schatz. Hast du gut geschlafen? Ich bin schon ganz aufgeregt. Ob wir den Goldschatz der Katharer finden werden?«

»Wir werden es auf jeden Fall versuchen.«

Sylvie kroch zum Zeltausgang und zog den Reißverschluss herunter. Kalte feuchte Luft drang ins Innere. Dann steckte sie den Kopf durch die Öffnung und spähte hinaus. Noch war es stockdunkel, aber der Himmel war klar, und die Sterne begannen schon zu verblassen. Sie verließ das Zelt und kontrollierte mit einer Taschenlampe die Kunststoffplanen. Während des Sturms in der Nacht hatten sie Regenjacken und Gummistiefel übergezogen und das Zelt mit Steinen gesichert. Erfreut stellte sie fest, dass alles noch an Ort und Stelle war.

Anschließend kehrte sie zu Benjamin zurück. Auf einem Gaskocher erhitzten sie Wasser und brühten löslichen Kaffee auf. Dazu gab es eine Tafel Schokolade und für jeden ein Croissant. Danach zogen sie sich an, packten ihre Rucksäcke und verließen das Zelt. Von Silvio, Giovanni und Christophe war nichts zu hören oder zu sehen. Sie schliefen offenbar noch. Gestern Abend hatten sie gemeinsam um das Lagerfeuer gesessen, gesungen und Rotwein getrunken, bis der Regen die Flammen gelöscht hatte und sie sich in ihre Zelte zurückgezogen hatten.

Mit Stirnlampen auf dem Kopf machten sie sich auf den Weg zur nahe gelegenen Burg. Durch ein steinernes Portal betraten sie den Innenhof, den verfallene Mauern mit Schießscharten umgaben. An der Ostseite erhob sich der fast unversehrte, mit Zinnen gekrönte Bergfried in den schwarzblauen Nachthimmel. In die angrenzende Bastei waren zwei Bogenfenster eingelassen.

Außer ihnen befand sich kein Mensch auf dem Burggelände. Das war ihnen sehr recht, sie wollten ungestört sein. Sie setzten sich auf ein Steinpodest, und Benjamin holte das alte ledergebundene Buch aus seinem Rucksack, das sie in einem obskuren kleinen Antiquariat in Paris entdeckt hatten. Feierlich schlug er es auf und las vor, was dort geschrieben stand:

Das Vermächtnis der Katharer

Wenn die Venus als Abendstern am Himmel steht
und das hellste Gestirn am Firmament darstellt,

wenn der Silbermond das unberührte Land mit seinem
Schein erhellt,

wenn der Westwind den Duft von Myrrhe und
Weihrauch herbeiweht,

wenn nach einem Sturm der Himmel klar und hell ist,
und die Morgenröte erscheint,

wenn der Monat April sich dem Ende neigt,

wird bei Sonnenaufgang ein gleißender Strahl durch ein Burgenfenster dringen und dir den Weg weisen.

Er wird den Quarz zum Schimmern bringen. Gehe von dort acht Schritte nach Süden und fünf Schritte nach Westen. Dann grabe vier Handbreit in die Tiefe.

An dieser Stelle wirst du den Schatz der Katharer finden!

Sylvie war immer noch etwas skeptisch. Sie studierte Geschichte und kannte sich ganz gut aus.

»Während der Religionskriege, als die Katharer verfolgt wurden, haben sie sich in Burgen in den Corbières verschanzt, nicht hier in Rocamadour.«

Benjamin jedoch hatte viel recherchiert und ließ sich nicht beirren. »Sie legten eine falsche Fährte und haben den Schatz hierhergebracht, damit die Häscher der Katholiken ihn nicht finden konnten. Er befindet sich nicht in Rennes-le-Château, wie viele Schatzsucher meinen, sondern genau hier in der Burg.«

»Und wie wird der Schatz noch mal beschrieben?«

»Es handelt sich angeblich um eine Eichenholzkiste, gefüllt bis zum Rand mit Goldstücken, Schmuck und Edelsteinen. Rubine, Smaragde, Saphire, so etwas eben.«

Sylvie beschloss, nicht weiter zu diskutieren. Sie waren nun schon so weit gekommen, da konnten sie die Suche auch zu Ende führen.

Schweigend betrachteten sie den Sonnenaufgang. Zunächst wechselte der Himmel die Farbe, von Ultramarin zu Lichtblau, dann verfärbte er sich pastellviolett und zartrosa. Schließlich erhob sich die Sonne als glühender Feuerball über den Gipfeln der Berge. Tatsächlich schickte sie einen blendend hellen Strahl durch das östliche Bogenfenster, der exakt auf einen Granitstein traf, dessen Quarzeinlagerungen zu schimmern begannen.

Benjamin jubelte. »Sieh doch, es ist wirklich wahr!«

Er sprang auf und zählte mit einem Kompass in der Hand seine Schritte. Acht nach Süden, fünf nach Westen. Dann blieb er stehen. »Komm her, Sylvie. Wir brauchen die Schaufel.«

Sie brachte sie ihm, und er ritzte mit der Schaufelspitze ein fünfzig mal fünfzig Zentimeter großes Quadrat in den Sand. Das war groß genug für eine Schatztruhe. Dann begann er zu graben. Die von Regen getränkte Erde war schwer, die Schichten darunter dann steinhart. Er grub und grub mit regelmäßigen kräftigen Bewegungen, bis er etwa vierzig Zentimeter Tiefe erreicht hatte. Einen Moment lang hielt er erschöpft inne, dann arbeitete er weiter.

Auf einmal rief er: »Da ist ein Widerstand! Es könnte die Schatzkiste sein!«

Er begann, mit den Händen im Boden zu wühlen, und zog einen Knochen hervor. Weitere folgten. Sylvie war entsetzt. »Ist das ein menschliches Skelett?«

»Nein, das glaube ich nicht. Ein Tier ist hier verendet, vielleicht ein Dachs oder ein Fuchs.«

»Soll ich dich ablösen und weitergraben?«

»Nein, lass nur. Das Loch ist nun vier Handbreit tief.« Nachdenklich fuhr er sich durch die Haare. »Ich glaube, es ist die falsche Stelle.«

»Es wird also nichts mit dem Reichtum?«

Er schüttelte den Kopf. »Sieht nicht so aus.«

»Aber es hat Spaß gemacht.« Sie umarmte und küsste ihn. »Komm, lass uns am Speicherteich frühstücken. Ich habe ein paar Snacks in meinem Rucksack.«

»Ein zweites Frühstück! Das ist eine tolle Idee. Ich

habe Hunger wie ein Wolf. Was hast du denn Feines eingepackt?«

»Lass dich überraschen.«

Sie fassten sich an den Händen und machten sich auf den Weg. Nach wenigen Minuten erreichten sie den Wasserspeicher, der am Rand des Plateaus angelegt worden war und in trockenen Sommern die umliegenden Ortschaften mit Wasser für die Obstplantagen versorgen sollte. Er war kreisrund, mit einem Durchmesser von etwa fünfundzwanzig Metern. Im blaugrünen Wasser spiegelten sich Nadelbäume und Felsen. Nach der stundenlangen Graberei war der Himmel inzwischen strahlend blau, und Schafswolken zogen gemächlich gen Osten.

Sie setzten sich auf eine Bank, die direkt am Teich stand, und genossen die warmen Sonnenstrahlen auf ihrer Haut. Sylvie packte ihren Rucksack aus und beglückte ihren Freund mit einem Frühstück aus Baguette, Käse, Salami, Weintrauben und Tomaten. Dazu gab es Milchkaffee aus der Thermoskanne.

Nach der Mahlzeit lief Sylvie ein paar Schritte am Wasserreservoir entlang. Sie hatte eine lila blühende Distel entdeckt, die sie fotografieren wollte. Direkt neben dem stacheligen Stiel glitzerte etwas. Neugierig ging sie in die Hocke und betrachtete ihren

Fund. Es war eine feingliedrige Silberkette mit einem Kreuz, die ihr irgendwie bekannt vorkam. Aber woher? Sie rief nach Benjamin.

»Schau mal, was ich gefunden habe!«

Benjamin trat zu ihr und hob die Kette auf. »Die kennen wir doch! Erinnerst du dich an das Selfie von Silvio, das er den Kommissaren gezeigt hat? Die vermisste Frau darauf trug genau so eine Kette.«

»Du hast recht.« Erschrocken starrte sie auf das Schmuckstück. »*Mon Dieu*, wir müssen die Silberkette zu den Kommissaren bringen. Das ist sicherlich ein wichtiges Beweisstück. Meinten sie nicht, dass sie in der Pilgerherberge von Alvignac wohnen?«

Benjamin nickte entschlossen. »Wir gehen ins Dorf und nehmen den nächsten Bus.«

Die Kommissare saßen in der Einsatzzentrale um den Tisch und sprachen über den Fall. Madeleine Perrin war nun seit zwei Tagen verschwunden, und sie waren in großer Sorge um sie. Kein Mensch hatte sie gesehen, seit sie in der Abendmesse gewesen war, auf die Vermisstenanzeige ihrer Eltern hatte sich niemand gemeldet, und die groß angelegte Suchaktion war erfolglos geblieben. Die Stimmung war denkbar schlecht.

Es klopfte an der Tür, und Ferdinand steckte den Kopf durch den Spalt. »Da sind zwei junge Leute, die Sie dringend sprechen möchten. Sie heißen Sylvie und Benjamin.«

Pauline nickte ihm zu. »Sie sollen bitte hereinkommen.«

Das Pärchen betrat den Raum, und sie begrüßten sich. Die Hauptkommissarin bat sie, Platz zu nehmen, und sah von einem zum anderen. »Sie wollten uns sprechen?«

Die beiden nickten.

»Wir haben in der Burg nach dem Schatz der Katharer gesucht«, begann Sylvie.

»Haben Sie ihn gefunden?«, fragte Louis amüsiert. Er kannte die einschlägigen Internetforen, in denen dieses Thema begeistert diskutiert wurde, und er fand die Berichte der Schatzsucher faszinierend, auch wenn ihre Bemühungen nie von Erfolg gekrönt waren.

»Leider nein. Vielleicht liegt er doch in Rennes-le-Château«, antwortete Benjamin.

»Meiner Meinung nach muss er sich in Montségur befinden.«

»Das ist gut möglich, aber …«, begann Benjamin, doch Sylvie unterbrach ihn. »Deshalb sind wir gar nicht hier. Nach unserer gescheiterten Schatzsuche haben wir am Speicherteich gefrühstückt, und dabei haben wir eine Halskette gefunden, die so aussieht wie die von der vermissten Frau.«

Benjamin zog ein zusammengefaltetes Taschentuch aus seiner Jackentasche, legte es auf den Tisch und entfaltete es. Zum Vorschein kam das silberne Schmuckstück, das im Licht der Deckenlampe funkelte.

Pauline suchte auf ihrem Smartphone nach dem Foto von Silvio. Sie verglichen die Aufnahme mit dem Original.

»Sie sehen identisch aus«, meinte Mélanie. »Haben Sie die Kette angefasst?«, fragte sie Benjamin.

»Ja. Das hätte ich nicht machen sollen, tut mir leid.«

»Das macht nichts.« Mit einem Stift drehte Mélanie das Kreuz auf die Rückseite. »Hier sind Initialen eingelassen: M.P.« Sie fotografierte das Schmuckstück von beiden Seiten und schickte die Fotos an Madeleines Mutter mit der Frage, ob sie die Kette identifizieren könne. Die Antwort ließ nicht lange auf sich warten.

»Das ist eindeutig die Halskette meiner Tochter«, schrieb die Mutter. »Die Buchstaben auf der Rückseite des Kreuzes sind ihre Initialen. Régis hat sie ihr zu Weihnachten geschenkt. Was hat das zu bedeuten?«

Mélanie tippte eine Antwort und versuchte dabei, Madeleines Mutter zu beruhigen. Ihr war klar, dass sie die arme Frau in helle Aufregung versetzt hatte. »Es muss nichts Schlimmes bedeuten, Madame Perrin. Madeleine mag die Kette verloren haben. Aber dieses Indiz kann uns vielleicht bei der Suche nach ihr weiterhelfen.«

Frédéric untersuchte in der Zwischenzeit den Verschluss. »Er ist kaputt«, stellte er fest. »Deshalb hat sie sie verloren.« Dass er auch bei einem Kampf beschädigt worden sein konnte, merkte er, aus Rücksicht auf die beiden jungen Leute, nicht an. Er befürchtete jedoch, dass genau dies der Fall war.

Pauline wandte sich an das Paar. »Wir fahren jetzt zum Speicherteich, und Sie zeigen uns die Stelle, wo Sie die Kette gefunden haben. Einverstanden?«

»Ja, selbstverständlich«, versicherte Sylvie.

Sie fuhren über die Landstraße Richtung Rocamadour. Dort folgten sie einem Forstweg, der in engen Serpentinen durch einen Wald und vorbei an Almen zu der Hochebene führte. Neben der Sitzbank stellten sie die Autos ab und stiegen aus.

Das Paar zeigte ihnen die Stelle, wo die Kette gelegen hatte. Die Ermittler betrachteten aufmerksam den See und die nähere Umgebung. Dann wechselten Pauline und Frédéric einen kurzen Blick. Er wusste genau, was sie dachte. Die Kommissarin wandte sich an das Pärchen.

»Vielen Dank für Ihre Hilfe. Bleiben Sie länger hier?«

»Vielleicht noch ein paar Tage«, antwortete Benjamin. »Uns gefällt es hier so gut. Wir wollen noch einige Sternwanderungen unternehmen. Bald ist unser Urlaub aber auch schon wieder vorbei, und es geht zurück nach Hause.«

»Ich wünsche Ihnen eine schöne Zeit. Können wir Sie irgendwo hinfahren?«

»Nein danke, wir laufen.«

Sie verabschiedeten sich, und die beiden machten sich auf den Rückweg zum Zeltplatz.

»Ich werde Marcel anrufen«, entschied Pauline. »Er soll uns Taucher schicken, am besten mit dem Helikopter, das geht am schnellsten.« Sie holte ihr Handy aus der Jackentasche.

Mélanie blickte auf den See, der friedlich in der Morgensonne lag. »Du meinst, Madeleine Perrin liegt auf dem Grund des Speicherteichs?«

»Wir können es nicht ausschließen.«

Pauline rief ihren Ex-Mann an und erreichte ihn glücklicherweise sofort. Sie schilderte ihm mit knappen Worten die Situation, und er versprach ihr, sich sofort darum zu kümmern.

»In spätestens einer Stunde wird die Mannschaft eintreffen«, verkündete er.

Während sie auf das Eintreffen der Taucherstaffel warteten, umrundeten sie den Speicherteich und sahen sich weiter um, konnten jedoch nichts Auffälliges entdecken. Ein Mann in Wanderkleidung und mit einem großen Rucksack auf dem Rücken kam ihnen entgegen. Sie grüßten ihn höflich, und er blieb stehen und lächelte sie an.

»*Bonjour, Mesdames et Messieurs les Commissaires.*«

Jetzt erkannte Pauline ihn wieder. Bei ihrer letzten Begegnung hatte er das Gewand eines Messdieners getragen.

»Monsieur George, richtig? Der Abbé hat Sie gestern mit Ihrem Vornamen vorgestellt.«

»Ich heiße George Sagnier.«

»Monsieur Sagnier, ich hätte Sie beinahe nicht erkannt.«

Der Mann lächelte. »Das ist verständlich, wir haben uns ja in einem völlig anderen Kontext kennengelernt.«

Er erinnerte sie an jemanden, doch sie konnte nicht genau sagen, an wen. Dann fiel es ihr plötzlich ein. Der attraktive, etwa fünfzigjährige Mann ähnelte verblüffend dem berühmten französischen Schauspieler Jean Yanne, der in dem Film »Der Schlachter« von Claude Chabrol die mörderische männliche Hauptrolle gespielt hatte. Ihr lief ein Schauder über den Rücken.

»Darf ich fragen, ob Sie die verschwundene Frau in der Zwischenzeit gefunden haben?«

»Nein, leider noch nicht.«

Seine Miene wurde ernst. »Ich hoffe, Sie finden sie bald. Wie heißt sie noch mal?«

»Madeleine Perrin.«

»Ja, natürlich.«

»Ich hoffe, Sie verzeihen mir die Frage, Monsieur Sagnier, aber, nun ja … Ich dachte immer, Ministranten seien jünger?«

Er lachte. »Das werde ich häufig gefragt. Sie haben schon recht. Messdiener wird man in einer katholischen Gemeinde wie der unseren nach der Erstkommunion. Wenn die Jungs in die Pubertät kommen, ist das nicht mehr cool, und die meisten hören auf. Aber mir hat es immer Freude gemacht. Diese Aufgabe gibt mir Kraft, und häufig suchen die Menschen meinen Rat. Nach obenhin gibt es keine Altersbegrenzung. Ich bin fest entschlossen weiterzumachen, solange ich fit bin.«

»Das ist sehr interessant, Monsieur Sagnier. Und wo wandern Sie heute hin?«

»Zu den Höhlen von Lacave.«

»Ich wünsche Ihnen eine schöne Tour.«

»*Merci beaucoup, Madame le Commissaire. Au revoir.*«

Der Mann setzte sich in Bewegung und ging am Wasserreservoir entlang Richtung Norden. Als er die Rotoren des Hubschraubers hörte, drehte er sich noch einmal um und blickte suchend in den Himmel. Der dunkle Punkt kam rasch näher. Dann wanderte Sagnier weiter.

Als der Hubschrauber über den Polizisten stand, war der Lärm ohrenbetäubend. Er drehte ab und landete wenige Meter von ihnen entfernt auf einer Wiese. Der Wind zerrte an ihren Haaren, und Mélanies Halstuch flatterte. Der Pilot legte grüßend die Hand an die Stirn. Zwei Frauen und zwei Männer stiegen aus und trugen ihre Ausrüstung zum Seeufer. Es gab eine kurze Begrüßungsrunde, und Pauline bedankte sich, dass sie so schnell gekommen waren. Eine Frau, die sich als Élodie vorgestellt hatte, ergriff das Wort. »Präfekt Castelot hat uns informiert, dass wir im See nach einer Frau suchen sollen.«

Die Hauptkommissarin nickte. »Ja, sie heißt Madeleine Perrin und wird seit zwei Tagen vermisst. Ihre Halskette wurde am Ufer gefunden.«

»Alles klar. Wir teilen das Gewässer in vier Planquadrate auf, die jeweils ein Taucher absuchen wird.«

Routiniert zogen sie ihre Ausrüstung an und befestigten die Sauerstoffflaschen auf dem Rücken. Dann glitten sie elegant wie Robben in den See, teilten sich auf und verschwanden in der Tiefe. Im trüben Wasser waren sie bald nicht mehr zu sehen, nur ein paar Luftblasen stiegen hier und da an die Oberfläche.

Der Taucher Alain war für den südöstlichen Abschnitt zuständig, an dessen Rand die Halskette gefunden worden war. Er tauchte hinab zum Grund des Speicherteichs, sein Tiefenmesser zeigte dort zwölf Meter an. Dann schwamm er über einen runden Stahldeckel, der einen Durchmesser von ungefähr einem Meter hatte und mit riesigen Schrauben und bogenförmigen Halterungen am Boden befestigt war. Kurz sinnierte er darüber nach, was passieren würde, wenn sich die Abdeckung löste. Der Sog würde ihn mit aller Macht talwärts in ein Röhrensystem ziehen, aus dem es kein Entrinnen gab. Mit einem leichten Schaudern besann er sich wieder seiner Aufgabe und suchte den schlammigen Grund Meter für Meter ab. Schimmerndes Plankton trieb im Wasser. Äste, die offenbar vom Wind hineingeweht worden waren, lagen kreuz und quer auf dem Grund des Sees. Die Sicht betrug circa zwei Meter.

Als ihm auf einmal ein dunkles Auge entgegenstarrte, schrak er zusammen und bewegte sich dann vorsichtig darauf zu. Es war ein toter Kormoran, der halb verwest in einer Astgabel hing. Erleichtert, dass es kein menschliches Auge war, schwamm er weiter und näherte sich einem Astgewirr. Plötzlich nahm er darin etwas wahr, das nicht dort hingehörte. Ein heller, blasser Gegenstand. Er zuckte zusammen. Es war eine Hand.

Er begann, die Zweige zu entfernen, und sah in das bleiche Gesicht einer Frau. Die weit aufgerissenen Augen waren von einem unwirklichen Grün, die Lippen violett verfärbt, die rötlichen Haare schwebten wie Seegras im Wasser. Sie trug ein kariertes Hemd, eine grüne Cargohose und Wanderstiefel. Um die Fußgelenke war ein Seil gebunden, das am anderen Ende um einen großen quadratischen Stein geschlungen war. Als er nach dem Gerät griff, das sich wie eine Armbanduhr an seinem Handgelenk befand, zitterte seine Hand. Per Schmalband-SMS setzte er ein SOS-Signal ab. Kurz darauf erschien Élodie wie aus dem Nichts und schwamm auf ihn zu. Er wies mit der Hand auf seinen Fund und konnte erkennen, wie sie hinter dem Glas ihrer Taucherbrille entsetzt die Augen aufriss.

Mithilfe von Handzeichen tauschten sie sich kurz aus, dann nahm Élodie die tote Frau unter den Achseln, während Alain den Stein packte, der mehrere Kilos wog. Langsam begannen sie aufzusteigen, bis sie die Wasseroberfläche erreicht hatten. Dort glitten sie auf den Uferrand zu.

Zusammen mit ihren Kollegen, die sich ihnen angeschlossen hatten, erklommen sie die steile Böschung und trugen die Tote an Land. Am Rand des Sees legten sie sie behutsam ab.

Die Kommissare, die am Ufer gewartet hatten, blickten erschüttert auf die Wasserleiche. Es handelte sich zweifellos um Madeleine Perrin. Jemand musste sie in den See geworfen und dort versteckt haben. Jemand, der einen Stein an ihre Füße gebunden hatte, damit sie nicht auftauchen konnte. Jemand, der sie offensichtlich erschlagen hatte, denn an ihrem Kopf klaffte deutlich sichtbar eine Wunde. Der Anblick ging selbst den abgehärteten Polizisten nahe.

Als Pauline sich wieder einigermaßen gefangen hatte, forderte sie die Spurensicherung und einen Bestatter an. Der Pilot holte eine Plane aus dem Hubschrauber und breitete sie über die Tote. Die Kommissare verabschiedeten sich von dem Tauchtrupp und bedankten sich für deren Einsatz. Der Helikopter stieg auf, vollführte eine elegante Schleife und verschwand Richtung Bordeaux.

Der Bestatter hatte sich mit dem Leichnam von Madeleine Perrin auf den Weg in das Rechtsmedizinische Institut von Bordeaux gemacht. Die Techniker der Spurensicherung befanden sich noch auf dem Gelände rund um den Speicherteich und suchten nach Hinweisen. Die vier Ermittler jedoch waren zurück in ihre Einsatzzentrale gefahren. Louis stand mit den Händen in den Hosentaschen am Fenster und sah hinaus. Ihn quälte es, dass sie die arme Frau nicht hatten beschützen können. Pauline ahnte, was in ihm vorging.

»Komm, setze dich zu uns, Louis. Lasst uns überlegen, wer wusste, dass Madeleine Perrin pilgern war und sich aktuell hier aufhielt. Wer hatte ein Motiv, sie zu töten? Wer kommt als Täter infrage?«

Mélanie meldete sich zu Wort. »Ihre Eltern haben gewusst, dass sie nach Rocamadour wollte. Nur der Zeitplan ihrer Tochter war ihnen nicht bekannt.«

Frédéric fuhr fort. »Silvio und Giovanni wussten es ebenfalls. Sie waren sogar am Abend ihres Verschwindens mit ihr verabredet.«

»Ferdinand hat es auch gewusst«, merkte Louis an. »Ich frage mich, ob wir ihn ausschließen können? Warum sollte er einem Pilgergast etwas antun? Ich sehe da kein Motiv.«

»Wir schließen vorerst niemanden aus«, antwortete seine Chefin. »Wer weiß, wie viele Leute es noch wussten? Gäste der Herberge? Wanderbekanntschaften, denen sie von ihrem Ziel erzählt hat?« Sie schenkte sich einen Kaffee ein. »Die wirklich wichtige Frage ist, ob die Familie von Régis Bescheid wusste, wohin Madeleine wollte.«

Mélanie nickte. »Wir müssen herausfinden, ob das sein kann. Schließlich hat er sich wegen Madeleine umgebracht. Das nenne ich mal ein starkes Motiv.«

»Ja, aber zunächst müssen wir ihren Eltern die Todesnachricht überbringen. So etwas geht nicht am Telefon, das muss man persönlich machen. Frédéric und du, ihr fahrt bitte nach Moustey und sprecht mit ihnen. Dabei könnt ihr sie auch gleich fragen, ob die Familie von Régis von Madeleines Reiseplänen wusste. Anschließend redet ihr mit der Familie selbst.«

»Alles klar«, entgegnete Frédéric. »Wir machen uns sofort auf den Weg.«

»Louis und ich versuchen unterdessen, etwas über Silvio und Giovanni herauszufinden und ihren Hintergrund zu durchleuchten.« Dann fiel ihr noch etwas ein. »Monsieur Ferdinand hat ausgesagt, dass er in der Nacht, als Madeleine verschwand, früh zu Bett gegangen sei. Ich werde ihn fragen, ob es dafür Zeugen gibt.«

Mélanie und Frédéric parkten vor dem weißen Haus mit den blauen Klappläden, stiegen aus und klingelten an der Tür. Niemand öffnete. Auch auf ihr Klopfen und Rufen hin erfolgte keine Reaktion. Der Wagen der Perrins stand in der Garage, wie Mélanie durch ein kleines Fenster erkannte. Weit konnten sie also nicht sein. Frédéric wies auf die Gartenpforte.

»Lass uns nachsehen, ob sie im Garten sind.«

Sie umrundeten das Haus auf einem Pflasterweg und gelangten zu einer Wiese mit einem großen Kirschbaum. Am Zaun entlang blühten Schwertlilien, Osterglocken und Immergrün. Auf der Terrasse saß das Ehepaar Perrin an einem Tisch und trank Kaffee. Als sie die Besucher bemerkten, tauschten sie überraschte Blicke und erhoben sich.

»Setzen Sie sich doch bitte zu uns«, forderte Madame Perrin sie auf. Die Kommissare nahmen Platz. »Möchten Sie Kaffee oder eine Zitronenlimonade zur Erfrischung? Heute ist es erstaunlich warm.«

Sie lehnten dankend ab.

»Haben Sie Neuigkeiten für uns?«, erkundigte sich Monsieur Perrin hoffnungsvoll. »Haben Sie sie gefunden? Gibt es wenigstens eine Spur von ihr?« Als er in Mélanies ernstes Gesicht blickte, wurde er unruhig. »Was ist passiert? So reden Sie doch.«

Die Kommissare hatten auf der Hinfahrt nach Moustey besprochen, dass Frédéric die Todesnachricht überbringen würde. Er sah von einem zum anderen.

»Wir müssen Ihnen eine schlimme Nachricht überbringen. Ihre Tochter Madeleine wurde heute Morgen tot aufgefunden. Taucher haben sie in der Nähe der Burg von Rocamadour aus einem Wasserreservoir geborgen.«

Guillaumes Gesicht verlor jede Farbe. Er ließ die Schultern sinken und brachte kein Wort hervor. Rosalie ließ ihre Kaffeetasse fallen, die auf dem Boden der Terrasse zerbarst, und sah Frédéric ungläubig an.

»Nein, das glaube ich nicht.«

»Leider besteht kein Zweifel, Madame Perrin. Es tut uns sehr leid.«

Sie begann, an ihrem Ohrring zu zupfen, und schüttelte ruckartig den Kopf. Ihre Lippen bebten.

»Nein! Das ist unmöglich. Madeleine ist eine gute Schwimmerin. Niemals wäre sie ertrunken. Es muss sich um eine Verwechslung handeln.«

Mélanie ergriff das Wort. »Sie ist nicht ertrunken. Die Faktenlage weist eindeutig auf ein Verbrechen hin.«

Madame Perrin sank in sich zusammen und begann, sich vor und zurück zu wiegen, die Arme fest um den Oberkörper geschlungen.

»Woran ist meine Tochter gestorben?« Guillaume bemühte sich um eine feste Stimme.

»Das wissen wir noch nicht. Sie wurde in das Rechtsmedizinische Institut von Bordeaux gebracht und wird dort untersucht. Danach können wir Ihnen mehr sagen.« Den Stein und das Seil erwähnte sie lieber nicht. Es war für die Eltern ohnehin schwer genug.

»Können wir sie sehen?«

»Selbstverständlich. Wir sagen Ihnen Bescheid, wenn die Rechtsmedizin sie freigegeben hat.«

»Wer hat meiner Tochter das angetan?«

»Wir haben eben erst die Ermittlungen aufgenommen, doch wir werden unser Bestes tun, das herauszufinden. Fällt Ihnen jemand ein, der mit Ihrer Tochter Streit hatte oder wütend auf sie war?«

»Wir haben Ihnen ja erzählt, dass Régis sich wegen Madeleine erschossen hat. Meinen Sie, darin könnte das Motiv liegen?«

»Ja, diese Tragödie ist als Auslöser absolut vorstellbar. Ist Ihnen bekannt, ob seine Familie wusste, was Ihre Tochter vorhatte und wo sie sich aufhielt?«

Monsieur Perrin sah sie aufgewühlt an. »Wir haben niemandem davon erzählt. Aber als ich meine Tochter nach Aire-sur-l'Adour gefahren hatte und ihren Rucksack aus dem Kofferraum holte, ist René, einer der Brüder von Régis, auf seinem Motorrad direkt an uns vorbeigefahren und hat uns gesehen. Er hat gehupt wie ein Verrückter und uns den Finger gezeigt.«

»Gut, möglicherweise hat er den Schluss gezogen, dass Madeleine pilgern wollte. Er hat den Rucksack gesehen und weiß vermutlich, dass man von Aire-sur-l'Adour aus in den Pilgerweg einsteigen kann. Aber er kann unmöglich gewusst haben, in welche Richtung sie laufen würde.« Mélanie überlegte. »Es sei denn, er hat in der Nähe angehalten und beobachtet, wohin sie geht.« Es war höchst unpassend, in Gegenwart der Eltern eines Opfers über so etwas zu spekulieren, doch Mélanie konnte sich nicht im Zaum halten.

Monsieur Perrin nickte. »Das ist durchaus möglich. Ich habe mich von Madeleine verabschiedet und nicht weiter auf ihn geachtet.«

»Halten Sie es auch für möglich, dass die Familie den Suizid von Régis gerächt hat? Trauen Sie ihnen einen Mord zu?«, wollte Frédéric wissen.

»Ja«, flüsterte Madame Perrin. »Seinen beiden Brüdern traue ich es zu.«

»Sind Sie sicher? Nicht jeder ist imstande, jemanden zu töten. Da existiert eine mächtige Hemmschwelle. Die meisten Menschen können es nicht.«

»Ich teile die Ansicht meiner Frau«, sagte Perrin

und erzählte, wie aggressiv die beiden Männer sich seit Régis' Tod ihnen und Madeleine gegenüber verhalten hatten. Die Schilderung erschütterte selbst die erfahrenen Kommissare.

»Wie heißen die beiden?«

»René und Roland Bouchez«, antwortete Madame Perrin.

»Können Sie mir die Adresse sagen?«

»Sicher, die Familie wohnt am Kirchplatz 10. Die Straße entlang an der Pilgerstatue vorbei und dann die nächste links.« Daraufhin sank sie in ein Kissen und starrte mit verschleierten Augen in die Ferne. Die Möglichkeit, bei den Ermittlungen hilfreich zu sein, hatte ihr kurz neue Kraft gegeben, doch nun wirkte sie wieder völlig entrückt.

»Danke, Madame Perrin.« Frédéric wandte sich an ihren Mann. »Ihre Frau steht unter Schock. Es wäre gut, wenn ein Arzt nach ihr sehen würde.«

»Ich werde mich darum kümmern.« Er sah dem Kommissar fest in die Augen. »Bitte finden Sie den Mörder meines Mädchens.«

»Ich verspreche Ihnen, dass wir alles tun werden, was in unserer Macht steht.«

Das Gebäude am Kirchplatz 10 war ein weiß verputztes einstöckiges Haus mit einem Walmdach, auf dem zwei Kamine saßen. Fenster und Türen waren von roten und weißen Backsteinen umrahmt. Neben der Haustür stand eine alte Milchkanne, in der Tulpen und Narzissen blühten.

Auf ihr Klingeln hin öffnete eine schwarz gekleidete Frau die Tür und sah sie abwartend an. Ihre kurzen Haare waren grau, das Gesicht blass und von Falten durchzogen, die Augen rot geädert. Sie trug eine Schürze und trocknete sich die Hände an einem Geschirrtuch ab.

Mélanie ergriff das Wort. »Wir sind von der Kriminalpolizei und wollen mit René und Roland Bouchez sprechen. Sind die beiden zu Hause?«

»Nein, sie sind an unserem Fischteich und angeln.« Misstrauisch kniff sie die Augen zusammen. »Was wollen Sie von meinen Söhnen?«

»Das bedarf einer längeren Erklärung. Dürfen wir reinkommen? Wir werden Sie nicht lange aufhalten.«

»Ja, natürlich. Gehen wir in die Küche. Ich habe Essen auf dem Herd.«

In dem schlicht eingerichteten, blitzblanken Raum duftete es nach Rinderbraten in Rotweinsauce. Sie setzten sich um den Tisch.

»Madame Bouchez, verzeihen Sie meine Direktheit«, begann Frédéric, »aber wir wissen, dass Ihr Sohn Régis sich das Leben genommen hat, weil er von Madeleine Perrin verlassen wurde.«

Ihre Augen füllten sich mit Tränen. »Das ist richtig, aber was hat die Polizei damit zu tun?«

»Madeleine wurde heute Morgen tot aufgefunden. Sie ist einem Verbrechen zum Opfer gefallen.«

»Was sagen Sie da? Das ist entsetzlich! Das arme Mädchen.« Sie schlug ein Kreuz. »Wo ist das passiert?«

»In Rocamadour.«

»Was hat sie denn dort gemacht?«

»Sie war auf Pilgerreise.«

»Ach, das habe ich nicht gewusst.« Sie rieb sich müde die Stirn. »Wissen Sie, ich habe sie nie für den Tod meines Sohnes verantwortlich gemacht. Sie hat ihn verlassen, weil er sie geschlagen hat. Das kann ich gut verstehen. Régis hätte sich besser unter Kontrolle haben müssen.« Traurig sah sie Frédéric an. »Madeleine war eine wunderbare junge Frau. Immer so fröhlich und unbeschwert. Ich mache ihr keinerlei Vorwürfe.«

»Sieht Ihr Mann das genauso?«

»Ich bin Witwe.«

»Und Ihre Söhne?«

Sie seufzte. »René und Roland geben ihr die Schuld. Ich kann es ihnen leider nicht ausreden. Sie sind genauso stur wie ihr Vater.«

»Können Sie sich vorstellen, dass Ihre Söhne etwas mit dem Mord an Madeleine Perrin zu tun haben?«

Sie sah ihn fassungslos an. »Nein, *Monsieur le Commissaire*. Nicht meine Jungs.«

Frédéric und Mélanie folgten dem Weg, den Madame Bouchez ihnen beschrieben hatte. Er führte in westlicher Richtung aus dem Dorf, vorbei am örtlichen Schützenverein und einem Pappelwäldchen, dem Friedhof, einem Fischweiher und einer Scheune. Dahinter bogen sie auf einen Forstweg ein, der sie zu einem kleinen Steinhäuschen führte. Auf der anderen Seite eines Damms, auf dem Erlen wuchsen, die Schatten auf das Wasser warfen, lag ein kleiner See. Im Schilf stand reglos ein Reiher. An der Hütte war eine Markise befestigt, unter der eine Bank und ein Tisch standen. Daneben stand ein Grill aus rotem Backstein, von dem Rauchwolken aufstiegen. Über den Teich war ein L-förmiger Holzsteg gebaut, auf dem zwei Männer in Klappstühlen saßen und angelten. Zwischen ihnen stand ein Kasten Bier. Die Ermittler stellten ihr Fahrzeug hinter einem roten Peugeot ab und stiegen aus. Die Männer sahen auf. Einer der beiden polterte: »Das hier ist Privatgelände, Sie haben hier nichts zu suchen. Verschwinden Sie!«

Unbeeindruckt gingen sie um das Häuschen herum und fanden eine Pforte, die offen stand. Nach wenigen Schritten erreichten sie das Ufer und traten auf den Steg.

»Wir sind von der Kriminalpolizei Bordeaux und wollen mit René und Roland Bouchez sprechen. Sind Sie das?«, fragte Mélanie.

Der Mann mit dem Anglerhut und den langen strähnigen Haaren, dessen Gesicht dem einer französischen Bulldogge ähnelte und von einem zerfransten Bart umrahmt war, tippte sich mit dem Finger an die Krempe.

»Ich bin René Bouchez. Habe die Ehre!«

Der andere Mann hatte kurze braune Haare, trug ein rot-weiß kariertes Hemd und war weitaus attraktiver als sein Bruder. Er stellte sich als Roland Bouchez vor.

Die Brüder steckten ihre Angelruten in die Halterungen, nahmen jeder ein frisches Bier aus dem Kasten, ließen die Kronkorken springen und grinsten die Polizisten herablassend an.

»Was wollen Sie von uns?«, fragte René. »Wir sind sehr beschäftigt, das sehen Sie doch. Wir wollen grillen und brauchen noch den Fisch dazu.«

Roland feixte. »Ich habe gar nicht gewusst, dass es bei der Polizei so schöne Frauen gibt.«

Mélanie ging nicht darauf ein. »Madeleine Perrin wurde heute Morgen tot aufgefunden. Sie ist höchstwahrscheinlich ermordet worden. Wissen Sie etwas darüber?«

Die Brüder wechselten einen Blick.

»Weshalb kommen Sie deswegen zu uns?«, fragte Roland ausweichend.

»Ihr Bruder hat sich ihretwegen das Leben genommen. Das ist ein starkes Motiv.«

René schob sich den Anglerhut aus der Stirn. »Sie glauben doch nicht, dass wir etwas damit zu tun haben? Wir sind zwei fleißige unbescholtene Landwirte, die ihrer Mutter dabei helfen, den Hof zu bewirtschaften.« Er warf einen kurzen Blick auf den Schwimmer, der sich bewegt hatte, dann wandte er sich provozierend langsam und desinteressiert wieder der Kommissarin zu. »Die arme junge Frau, das tut mir echt leid.« Seine Stimme troff vor Hohn.

»So unbescholten sind Sie meines Wissens gar nicht, Messieurs«, widersprach Frédéric. »Nach dem Selbstmord Ihres Bruders hat jemand mit Schweineblut ›Hier wohnt eine Mörderin‹ auf die Hausfassade der Perrins geschrieben. So etwas nennt man Verleumdung. Eine Woche später wurde nachts ein Güllefass in deren Garten entleert, wodurch ein großer Schaden entstand. Strafrechtlich betrachtet handelt es sich dabei um Sachbeschädigung. Einige Tage danach fand Monsieur Perrin ein anonymes Schreiben im Briefkasten, in dem Madeleine bedroht wurde. Darin stand in etwa: ›Wenn du unserem Fischteich zu nahe kommst, werden wir dich wie eine junge Katze ertränken.‹ Das ist eine Morddrohung. Unter den Text hatte jemand einen Galgenbaum gezeichnet, an dessen Strick eine Frau mit roten Haaren hing.«

Roland nahm einen Schluck aus der Flasche und schenkte Frédéric ein unschuldiges Lächeln. »Das waren wir nicht. So etwas würden wir niemals tun.«

»Die Gendarmerie hat gründlich ermittelt, aber bedauerlicherweise nichts herausgefunden«, ergänzte René und spuckte in den Weiher. »Es gab keine Zeugen. Das könnte jeder gewesen sein. Aber mein Bruder und ich sind zu solch bösen Aktionen überhaupt nicht fähig.«

»So sieht es aus«, bekräftigte Roland.

René erhob sich und baute sich zu seiner vollen Größe auf. »Ihre Audienz ist beendet. Wir haben uns jetzt lange genug diesen Unsinn angehört. Verlassen Sie sofort unser Grundstück.«

Mélanie ließ sich nicht provozieren. »Sie gehören zum verdächtigen Personenkreis, deshalb benötigen wir ein Alibi von Ihnen. Wo haben Sie sich die letzten beiden Tagen aufgehalten?«

René zündete sich in aller Ruhe eine Gauloises-Zigarette an. »Wir haben gearbeitet und waren hier angeln.«

»Kann das jemand bezeugen?«

»Aber ja, unsere Mutter und wir uns gegenseitig«, sagte Roland.

»Das ist ein schwaches Alibi.«

»Na und? Beweisen Sie das Gegenteil.«

»Waren Sie in diesem Zeitraum in Rocamadour oder dort in der Nähe?«

»Nein!« Seine tiefe Stimme dröhnte über den Karpfenteich. Plötzlich erhob er sich halb aus seinem Campingstuhl, packte die Armlehnen und stieß mit dem Stuhl heftig gegen Mélanies Beine. Sie verlor das Gleichgewicht und taumelte, fing sich aber gerade noch. Um ein Haar wäre sie in den Karpfenweiher gefallen. Wütend funkelte sie Roland an und trat unvermittelt mit dem Stiefel gegen seinen Stuhlbügel. Der Campingstuhl rutschte über den Steg, und er kippte mit einem überraschten Aufschrei rückwärts ins Wasser. Fontänen spritzten hoch, der Reiher flog davon, und ein Entenpaar trat die Flucht an. Dann tauchte Roland schnaubend und prustend wieder auf und drohte Mélanie mit der Faust.

»Das wirst du bereuen, du hinterhältige Polizeischlampe.«

»Das habe ich gehört«, sagte Frédéric. »Noch ein Wort, und ich werde Sie von der Gendarmerie abholen lassen, wegen Beamtenbeleidigung. Bedenken Sie bitte, dass es in einer Arrestzelle kein Bier gibt. *Au revoir*, Messieurs.«

Sie gingen zu ihrem Auto und fuhren über den Waldweg zurück auf die Landstraße.

»Lass uns was essen gehen«, schlug Mélanie vor. »Ich verhungere gleich.«

»Gute Idee.«

Während der Fahrt telefonierte sie mit der Mutter der Bouchez-Brüder, die ihr Alibi bestätigte.

In Moustey fanden sie ein schönes Bistro, das *La Bergerie*, Der Schafstall, hieß. Frédéric fand direkt davor einen Parkplatz. Auf dem Bürgersteig standen einige Bistrotische unter bunten Sonnenschirmen. Die Kellnerin führte sie an einen freien Tisch und brachte ihnen die Speisekarte. Dabei wies sie auf eine Schiefertafel, auf der das Tagesmenü geschrieben stand:

Artischocken mit Remouladensauce

Moules Frites

Mousse au Chocolat

Dazu empfehlen wir einen Muscadet aus dem Loire-Tal

Bon appétit!

»Ich liebe Moules Frites«, freute sich Mélanie. Sie bestellte diese Muscheln in Weißweinsud, Frédéric entschied sich für die Variante mit Tomatensauce. Dazu orderten sie eine Flasche Volvic aus dem Massif central.

Während sie die Artischockenblätter aus dem Strohnest zogen, in das Dressing tunkten und genüsslich kauten, diskutierten sie die vorausgegangenen Befragungen.

»Wie hätten die Bouchez-Brüder Madeleine finden können?«, überlegte die Kommissarin. »An den Pilgerstationen mit der Jakobsmuschel gibt es normalerweise zwei Wegweiser. In diesem Fall wies einer nach Nordosten Richtung Rocamadour, der andere nach Südwesten, wo Saint-Jean-Pied-de-Port liegt.«

Ihr Kollege nahm sich ein weiteres Blatt mit Dip, das nur so auf der Zunge zerging. »René könnte doch tatsächlich sein Motorrad irgendwo abgestellt haben, nachdem er Madeleine mit ihrem Vater gesehen hat. Dann hat er beobachtet, welche Richtung sie einschlägt.«

»Dennoch gibt es unzählige Abzweigungen. Ich kann mir nicht vorstellen, dass die Brüder ihr zwei Wochen lang gefolgt sind. Das macht keinen Sinn, außerdem wäre es aufgefallen, dass sie so lange weg sind.«

»Rocamadour ist ein berühmter Wallfahrtsort, vielleicht haben sie es einfach auf gut Glück probiert. Es gibt überall von den Gemeinden ausgewiesene Zeltplätze ohne Registrierung, wo sie hätten übernachten können. Irgendwann sind sie ihr dann begegnet.«

»Sie locken sie an einen einsamen Ort, erschlagen sie und versenken sie anschließend im Speicherteich. Nach der Tat fahren sie nach Moustey zurück.«

»Genau.« Er wischte sich den Mund mit der Serviette ab. Dann lächelte er grimmig. »Die Mutter der Bouchez-Brüder hat ein recht sonniges Bild von ihren Söhnen gemalt. Sie sind doch eher unsympathisch.«

»Das nenne ich mal eine Untertreibung! Beinahe wäre ich im Teich gelandet.«

»Ob Régis auch so war?«

Sie zuckte mit den Schultern und machte sich über die Muscheln her. »Sie schmecken großartig, Frédéric. Probier mal.«

Ihr Kollege kostete und nickte zustimmend. »Besser geht es nicht.« Er machte ein nachdenkliches Gesicht. »Das, was sie der Familie Perrin bisher angetan haben, ist eine Sache, Mord eine ganz andere. Sie haben ein großes Mundwerk, aber sind sie fähig zu töten?«

Sie griff nach der nächsten Muschel, füllte die Schale mit dem Sud und schob sie sich in den Mund. »Ich denke, ja.«

Frédérics Smartphone signalisierte das Eintreffen einer E-Mail. Er las sie und wurde kalkweiß im Gesicht. Im Zeitlupentempo ließ er seine Gabel sinken. Mélanie sah ihn erschrocken an. »Was ist los?«

Er schluckte. »Die Mail kommt von der Gendarmerie in Biarritz. In einem spirituellen Bhagwan-Zentrum dort ist ein totes Mädchen aufgefunden worden, das wie Emma aussieht. Ich soll sofort kommen.«

Mélanie riss die Augen auf. »Das ist ja furchtbar. Los, ich fahre dich hin. Keine Widerrede, du brauchst jetzt jemanden, der dir beisteht.«

Sie bezahlten und liefen eilig zum Wagen. Mélanie setzte sich hinter das Steuer, startete den Motor, steckte das Blaulicht aufs Dach und fuhr, so schnell es ging, durch das Dorf, noch bevor Frédéric, der eindeutig unter Schock stand, sich angeschnallt hatte. Nachdem sie Moustey hinter sich gelassen hatten, gab sie noch mehr Gas und raste über die Landstraße auf die Autobahn zu. Mit der flachen Hand schlug sie auf das Lenkrad. »*Mon Dieu*, lass es nicht Emma sein! Bitte nicht!«

Frédéric starrte apathisch auf den Asphalt und gab keine Antwort.

An der Mautstelle zog Mélanie ein Ticket und gab »Bhagwan-Zentrum Biarritz« in das Navi ein. Das Zentrum lag hundertneununddreißig Kilometer von ihrem jetzigen Standort entfernt.

Sie raste über die Autobahn, beschleunigte, wann immer möglich, auf die Höchstgeschwindigkeit, wechselte die Spur und überholte, wenn ihr ein Fahrzeug im Weg war. Wann immer ein Lastwagen einen anderen überholte, veranstaltete sie ein Hupkonzert. Während der ganzen Fahrt sagte Frédéric kein Wort.

Nach vierzig Minuten erreichten sie das mondäne Seebad Biarritz. Sie fuhren am Strand Grande Plage vorbei, auf dem einige Spaziergänger unterwegs waren und erste Badegäste in der Sonne lagen. Weit draußen in der Bucht vollführten Surfer zwischen bizarren Felsen waghalsige Manöver. Die Villa Belza thronte malerisch auf einer Felsformation, gegen die kobaltblaue Wellen klatschten.

Dann passierten sie das Casino und den Leuchtturm, und nachdem sie den Hafen Port-Vieux und den Rocher de la Vierge, den Jungfrauenfelsen, hinter sich gelassen hatten, bogen sie in die Avenue Beaurivage. Das Navi lotste sie auf eine schmale Küstenstraße, und nach etwa zwei Kilometern erreichten sie das Bhagwan-Zentrum. Die Schranke war geöffnet, und sie fuhren vorbei an kleinen Chalets bis zum würfelförmigen Haupthaus, auf dessen Dach sich eine Glaskuppel wölbte. Davor stand ein Auto der Gendarmerie, an dessen Fahrertür ein Polizist in blauer Uniform lehnte.

Mélanie stellte den Dienstwagen ab, und sie stiegen aus. Sie stellten sich dem Polizisten vor.

»Das Mädchen liegt bei einem Wasserfall«, informierte er sie. »Dorthin kann man nur zu Fuß gelangen. Kommen Sie bitte mit mir, ich zeige Ihnen den Weg.«

Sie stiegen einen Hügel hinauf, wo zwischen Oleandersträuchern und Hibiskus weitere Chalets lagen. Hin und wieder begegneten sie kleinen Gruppen von Bhagwan-Jüngern, die orangefarbene Gewänder und lange Halsketten mit roten Perlen trugen, sehr fröhlich wirkten und freundlich grüßten. Sie folgten einem von Strandkiefern gesäumten Pfad bis zu einem ovalen Teich, der von flachen glatten Felsen umgeben war. Das Wasser war von einem strahlenden Türkisblau. Gespeist wurde der Teich von einem Wasserfall, der in etwa drei Metern Höhe über Steine und einen Moosteppich rauschte und sich dann wirbelnd in die Tiefe ergoss. Der Gendarm wies hinauf. »Dort oben auf dem Plateau liegen die Sachen der jungen Frau, eine Tasche und ein Badetuch. Diese Stelle wird von den Jüngern gerne genutzt, um ein Sonnenbad zu nehmen. Wir vermuten, dass sie abgestürzt ist. Sie hat eine große Wunde am Hinterkopf. Kommen Sie, wir sind gleich da.«

Sie kletterten über Steine und Felsbrocken, bis sie den Wasserfall erreicht hatten. Jetzt befanden sie sich ungefähr einen halben Meter über dem Teich. Hinter dem Wasserfall gähnte der Zugang zu einer Höhle. Auf beiden Seiten erstreckten sich flache Steine und bildeten ein zweites Plateau. Auf der rechten Seite standen eine Gendarmin und ein Mann in einem wallenden weißen Gewand und mit einem langen grauen Bart. Der Polizist stellte ihn vor: »Das ist der Leiter des Zentrums, Yascha Bhat. Eine Frau, die in dem Zentrum lebt, hat die Leiche gefunden und ihn informiert. Er hat allen Sannyasins verboten, sich der Stelle zu nähern, und sofort die Polizei alarmiert. Wir –«

»Wo ist das Mädchen?«, unterbrach Frédéric ihn ungeduldig.

»Wir müssen hinter dem Wasserfall durchgehen, um auf die andere Seite zu gelangen. Wundern Sie sich nicht, wir haben vorsichtshalber eine Decke über das Mädchen gebreitet.«

Frédéric drängte sich an ihm vorbei und folgte dem beschriebenen Weg. Wasser spritzte ihm ins Gesicht und auf sein Hemd, doch er bemerkte es nicht. Mélanie eilte ihm hinterher, die Gendarmen und Yascha Bhat folgten ihnen. Auf der anderen Seite des Wasserfalls lag eine zierliche Gestalt unter einer Decke. Die nackten Füße waren unbedeckt. Sie waren klein und zart, wie die von Emma. Die Zehennägel waren purpurrot lackiert. Das Mädchen lag auf dem Rücken. Frédéric spürte sein Herz schmerzhaft in der Brust pochen, als er in die Hocke ging, um die Decke anzuheben. Mélanie war erschrocken über seinen Gesichtsausdruck, der Panik und tiefes Leid widerspiegelte. Vorsichtig zog er die Decke vom Gesicht des Mädchens, bis hinunter zu den Schultern. Es hatte lange braune Haare, so wie Emma. Es hatte eine Stupsnase, so wie Emma. Es hatte schön geschwungene volle Lippen, ebenso wie Emma. Die großen grünen Augen mit den goldenen Tupfern sahen aus wie Emmas. Selbst das Grübchen am Kinn fehlte nicht.

Aber sie war es nicht. Große Erleichterung und Freude durchströmten Frédéric. Das Mädchen tat ihm unendlich leid, aber es war nicht seine Emma.

Als er aufstand, wurde er von einem Schwindel erfasst und wankte. Mélanie ergriff seinen Arm und hielt ihn fest. Auch ihr war sofort klar gewesen, dass es sich nicht um Emma handelte.

»Das ist nicht meine Tochter«, erklärte er.

»Lass uns gehen«, sagte Mélanie sanft. »Wir sollten Pauline und Louis Bericht erstatten.«

Die beiden italienischen Studenten kamen gerade von einer Wanderung im Gouffre de Padriac zurück. Auf dem Rückweg hatten sie sich in der Metzgerei eines kleinen Dorfes Steaks gekauft, die sie später grillen wollten. Mit müden Beinen gingen sie am Speicherteich vorbei und nahmen dann den Schotterweg zum Campingplatz. Dabei schwärmten sie von ihrem Ausflug.

»Ich bin total verschwitzt«, stellte Giovanni fest und wischte sich mit dem Ärmel die Stirn ab. »Als Erstes gehe ich unter die Dusche.«

»Ich auch«, entgegnete Silvio. »Danach werfen wir den Grill an. Ich freue mich auf ein saftiges Stück Fleisch und ein kühles Bier.«

»Wir haben noch Tomaten und Zwiebeln, damit werde ich uns einen feinen italienischen Salat zubereiten.«

»Köstlich!«

»Wir könnten doch die beiden hübschen Mädels, die gestern Abend angekommen sind, zum Essen einladen.«

Sie hatten die Neuankömmlinge dabei beobachtet, wie sie ihr rosa Kugelzelt aufbauten, und waren sich sicher gewesen, dass sie es zum ersten Mal taten. Hilfe hatten sie aber abgelehnt.

Silvio grinste. »Das halte ich für eine sehr gute Idee. Vielleicht haben sie ja Lust auf ein bisschen männliche Gesellschaft.«

Sie wunderten sich, dass am Rand des Camps ein Polizeiauto parkte. Daneben standen zwei Gendarmen. Als die beiden Männer mit einem höflichen Gruß an ihnen vorbeilaufen wollten, stellten die Polizisten sich ihnen in den Weg.

»Sind Sie Silvio Calabrese und Giovanni Leone?«, wollte Paul Guerlain wissen.

Die Männer nickten.

»Ja, das sind wir«, bestätigte Silvio. »Worum geht es?«

»Die Kommissare wollen Sie befragen«, erklärte der Gendarm. »Wir sollen Sie nach Alvignac bringen.«

»Warum denn das?«, fragte Giovanni überrascht.

»Das werden sie Ihnen selbst erklären. Steigen Sie bitte in das Fahrzeug.«

»Und wenn wir uns weigern?«

Guerlain zeigte auf die Handschellen, die an seinem Gürtel hingen. »Dann nehmen wir Sie trotzdem mit.«

»Dürfen Sie das?«, erkundigte sich Silvio verwundert.

»Ja, das dürfen wir.«

»Dann bleibt uns wohl nichts anderes übrig.«

Der Polizist öffnete die Tür, und die Studenten nahmen auf dem Rücksitz Platz. Ihre Rucksäcke stellten sie zwischen die Füße.

Auf der Fahrt nach Alvignac unterhielten sich die Gendarmen über das Fußballspiel am vergangenen Sonntag zwischen der Mannschaft von Rocamadour und dem Team von Lavergne und schimpften über die katastrophale Leistung der Spieler. Wenigstens hatte Rocamadour sechs zu fünf gewonnen. Die Abseitsentscheidung des Schiedsrichters war unter großem Protest der gegnerischen Mannschaft zu ihren Gunsten ausgefallen.

Silvio und Giovanni sagten keinen Ton und grübelten darüber nach, was die Kriminalpolizei wohl von ihnen wollte.

Schließlich erreichten sie die Pilgerherberge von Alvignac und wurden in die Einsatzzentrale geführt, wo Pauline und Louis bereits auf sie warteten. Sie bedankten sich bei den Gendarmen für die Amtshilfe, die beiden salutierten stolz und verließen dann den Raum.

Die Hauptkommissarin begrüßte Silvio und Giovanni und deutete auf zwei freie Stühle. »Setzen Sie sich bitte.«

Als sie der Aufforderung nachgekommen waren, fragte Silvio: »Dürfen wir jetzt bitte wissen, worum es geht? Wir verstehen das alles nicht.«

Pauline sah sie ernst an. »Madeleine Perrin ist heute Morgen tot aufgefunden worden. Sie ist erschlagen und dann im Speicherteich versenkt worden. Wir ermitteln in einem Tötungsdelikt.«

Die Studenten wechselten einen schockierten Blick. Giovanni fand als Erster die Sprache wieder. »Das ist schrecklich. Ich war fest davon überzeugt, dass es ihr gut geht und sie einfach weitergepilgert ist.«

Silvio nickte. »Es tut mir sehr leid, was ihr passiert ist. Aber ich verstehe nicht, was Sie von uns wollen. Wir haben Ihnen doch erzählt, dass wir sie nach der gemeinsamen Wanderung nicht mehr gesehen haben.«

Pauline lehnte sich zurück, klopfte mit ihrem Stift auf den Tisch und fixierte die beiden jungen Männer. »Ja, so lautete Ihre Aussage. Aber wir dachten, Sie hätten vielleicht doch mehr zu sagen über jene Nacht.« Pauline legte eine kurze Pause ein und versuchte es dann mit einer altbewährten Verhörstrategie: direkte Konfrontation. »Wo und wann haben Sie am besagten Abend das Opfer getroffen? Aus welchem Grund haben Sie sie getötet? Wir wollen Ihr Motiv verstehen.«

Silvio starrte sie perplex an. »Wir haben sie nicht getroffen, das schwöre ich.«

»Wirklich nicht«, bekräftigte Giovanni. »Und warum hätten wir ihr etwas antun sollen?«

»Sie haben im *Chez Amadour* einige Armagnacs getrunken, daraufhin sind Sie angeblich zum Zeltplatz zurückgekehrt und haben sich schlafen gelegt. Wir denken, dass sich das Ganze anders abgespielt hat. Sie haben Madeleine getroffen und sind vielleicht ein Stück mit ihr gegangen, bis Sie das Dorf hinter sich gelassen hatten. Möglicherweise haben Sie sie eingeladen, in Ihrem Zelt zu übernachten, weil der letzte Bus schon lange weg war. Da Sie jede Menge Alkohol getrunken hatten, haben Sie angefangen, sie sexuell zu belästigen. Sie konnten sich nicht beherrschen. Madeleine war eine sehr schöne junge Frau, und Sie wollten Sex mit ihr. Aber sie wollte nicht. Sie hat sich gewehrt. Sie hat Sie angefleht, sie in Ruhe zu lassen. Sie jedoch haben nicht damit aufgehört, die junge Frau zu bedrängen. Gegen zwei Männer hatte sie keine Chance. Auf einmal hat sie angefangen zu schreien. Sie mussten etwas unternehmen und haben ihr den Mund zugehalten. Irgendjemand würde sie sonst mit Sicherheit hören. Doch sie gab keine Ruhe, trat um sich und wollte sich losreißen. Da wussten Sie sich nicht mehr anders zu helfen und haben sie mit irgendeinem Gegenstand erschlagen, sie zum Wasserreservoir getragen und mit einem Stein versenkt, damit ihre Leiche nicht auftauchen kann.« Sie funkelte die beiden an. »Geben Sie es zu! So war es, habe ich recht? Wer von Ihnen hat sie erschlagen?«

Silvio schüttelte entsetzt den Kopf. »Nein, so war das nicht.«

»Wie war es dann?«

»Gar nichts war. Wir haben Sie nicht getroffen, das müssen Sie uns glauben.«

Giovanni nickte. Er war blass geworden. »Ich verstehe nicht, weshalb Sie auf diese Idee kommen? Wir sind zwei harmlose Studenten und haben uns noch nie etwas zuschulden kommen lassen. Wir pilgern doch nicht durch Frankreich und bringen Frauen um.«

Louis ergriff das Wort. »Wir haben Recherchen über Sie angestellt. Sie haben vor drei Monaten auf einer Feier in einem Studentenwohnheim in Padua ihrer Kommilitonin Claudia Russo K.-o.-Tropfen, auch bekannt als Vergewaltigungsdroge, GHB oder Liquid Ecstasy, in ihr Getränk geschüttet und sie anschließend, als sie völlig wehrlos und ohne Bewusstsein war, in einem unbenutzten Zimmer vergewaltigt. Die junge Frau hält sich seitdem in einer Klinik in Florenz auf und wird wegen einer posttraumatischen Belastungsstörung und schweren Depressionen behandelt.«

Silvios Gesicht verfärbte sich knallrot. Aufgeregt fuhr er mit der Hand durch seine Locken. »Das stimmt nicht. Claudia hat sich das ausgedacht, um uns eins auszuwischen, weil wir keine Lust hatten, ihr bei einer Seminararbeit zu helfen.«

»Sie hat gelogen, das Biest«, fauchte Giovanni. »Mein Vater ist Rechtsanwalt. Er hat erreicht, dass das Verfahren gegen uns eingestellt wurde. Als sie zur Polizei ging, konnten keine K.-o.-Tropfen in ihrem Blut festgestellt werden. Es gab auch keinerlei Anzeichen für eine Vergewaltigung, weder innere noch äußere Verletzungen. Claudia hatte einen Filmriss und konnte sich an nichts erinnern.«

Louis sah ihn an. »Diese Tropfen werden schnell abgebaut und können nach einigen Stunden nicht mehr im Körper nachgewiesen werden. Die junge Frau war bewusstlos, sie konnte sich nicht wehren.«

»Es stand Aussage gegen Aussage, und es gab weder Beweise noch Zeugen,« meinte Giovanni trotzig.

Louis und Pauline verfügten bereits über diese Informationen. Dennoch hatten sie gehofft, dass sich die beiden Männer in Bezug auf den Mord an Madeleine Perrin in Widersprüche verstricken würden.

»Sie können gehen«, sagte die Kommissarin knapp. »Wie lange bleiben Sie noch hier?«

»Ein, zwei Tage«, antwortete Silvio. »Dann müssen wir nach Padua zurück.«

»Nun gut, wir wissen ja, wo wir Sie finden.«

Zum *dîner* gab es Gemüsesuppe, Quiche Lorraine mit buntem Salat und zum Dessert Tarte Tatin. Ferdinand hatte sich wieder einmal selbst übertroffen. Danach saßen die Kommissare allein im Gastraum und tranken ein Glas Wein, während Ferdinand und Luise in der Küche herumwerkelten. Frédéric sah noch immer angeschlagen aus. Pauline hatte ihm vorgeschlagen, nach Hause zu fahren, doch das hatte er abgelehnt.

Mélanie und er berichteten den Kollegen von ihren Befragungen.

»Ich halte die Bouchez-Brüder durchaus für imstande, Madeleine Perrin getötet zu haben«, erklärte Mélanie. »Wir haben aber keinerlei Beweise gegen sie in der Hand. Zeugen gibt es bisher auch keine.«

»Die Eltern von Madeleine können sich vorstellen, dass sie die Täter sind«, ergänzte Frédéric. »Zumal sie die Familie schon zuvor belästigt und bedroht haben.«

»Wie haben ihre Eltern die Nachricht aufgenommen?«, wollte Pauline wissen.

»Der Vater wirkte gefasst, ihre Mutter stand unter Schock.«

»Das Schlimmste, was Eltern passieren kann, ist, ihr Kind zu verlieren.«

»Wem sagst du das«, meinte Frédéric bitter.

Sie sah ihn erschrocken an. »Entschuldige bitte, Frédéric. So habe ich das nicht gemeint.«

»Ich weiß, ist schon gut.«

Aufmunternd lächelte sie ihn an. »Du wirst Emma finden. Davon bin ich fest überzeugt.«

Er nickte und schenkte sich Wasser nach. »Ja, das werde ich. Um jeden Preis.«

Pauline ergriff erneut das Wort und schilderte den Verlauf der Befragung von Silvio Calabrese und Giovanni Leone. »Die beiden haben sich aalglatt aus der Sache herausgewunden. Wir sind keinen Schritt weitergekommen.«

»Die Vergewaltigung ihrer Kommilitonin konnte ihnen nicht nachgewiesen werden«, warf Louis ein.

»Das ist richtig«, antwortete sie. »Aber wenn Väter als Rechtsanwälte arbeiten, ihre Kinder bei der Verteidigung unterstützen und alle Register ziehen, bin ich grundsätzlich misstrauisch.«

»Dennoch haben wir nichts gegen sie in der Hand.«

»Ja, ich weiß. Es ist zum Haare raufen.«

Pauline berichtete, dass sie Ferdinand gefragt hatte, wo er sich in der Nacht von Madeleines Verschwinden aufgehalten hatte. »Er war allein in seinem Bett. Es gibt keinen Zeugen.«

Frustriert trank sie ihren Wein aus. »Wir stecken fest.«

Émanuelle Colbert verzog das Gesicht. Ihre neuen Wanderstiefel drückten. Dabei waren sie so teuer gewesen. Kurz entschlossen stieg sie zu einem Bach hinunter, der sich durch eine Wiese schlängelte. Dort ließ sie sich auf einem Stein nieder und zog stöhnend die Stiefel aus. Der dumpfe Schmerz ließ sofort nach. Dann kamen die roten Wandersocken an die Reihe. Sie tauchte die nackten Füße in das kühle Wasser, schloss die Augen und hielt ihr Gesicht in die Sonne. Nur das Glucksen des Wasserlaufs und das Zwitschern der Vögel waren zu hören. In der Luft lag das Aroma von wildem Salbei. Émanuelle entspannte sich und genoss den Augenblick.

Sie lebte in Aurillac, einem Städtchen, das am Fuß eines Vulkans in den Ausläufern des Massif central lag. Dort war sie vor zwei Tagen zu ihrer Wanderung aufgebrochen. Gestern hatte sie in der Pilgerherberge Saint-Jacques in Sousceyrac übernachtet, heute wollte sie bis Rocamadour pilgern. Ihr Ziel aber war der Wallfahrtsort Lourdes am Rand der Pyrenäen. Es war ihr großer Wunsch, einmal im Leben an der feierlichen Prozession mit Gesängen, geschmückten Kreuzen und fackelnden Lichtern teilzunehmen. Ihre Mutter hatte oft davon erzählt.

Nachdem sie zur Stärkung eine Banane gegessen hatte, trocknete sie ihre Füße ab, zog die Stiefel wieder an und machte sich auf den Weg zu ihrem nächsten Etappenziel, Lavergne. Dort trank sie in einem Bistro einen *café au lait* und studierte die Landkarte. Nach Rocamadour waren es noch etwa zwölf Kilometer.

Die Wanderroute war schön und abwechslungsreich. Sie beschloss, nicht am Fluss entlang, sondern über die felsigen Hügel und durch dunklen unberührten Wald zu dem Wallfahrtsort zu laufen. Unterwegs begegnete sie keiner Menschenseele. Am Rand eines Forstwegs bemerkte sie einen schwarzen Renault mit einem verbeulten Kotflügel. Er war leer. Als sie die letzte Anhöhe fast erreicht hatte, kam sie an einer leeren Futterkrippe vorbei.

Am Waldrand setzte sie sich auf einen umgestürzten Baumstamm und genoss den Ausblick auf das weite Tal und die Burg von Rocamadour. Die Sonne saß als roter Feuerball auf grauen und rosa Wölkchen. Durstig trank sie aus ihrer Wasserflasche. In der Ferne hörte sie ein Motorengeräusch, das näher kam und schließlich verstummte. Wahrscheinlich war ein Förster unterwegs in seinem Revier. Wenige Minuten später raschelte hinter ihr das Laub, und ein Ast knackte. Das Geräusch durchdrang die Stille und ihre Gedanken. Erschrocken fuhr sie herum. Zwei Männer mit Strumpfmasken über den Gesichtern kamen entschlossenen Schrittes auf sie zu und packten sie an den Armen, ehe sie reagieren konnte. Einer hielt ihr den Mund zu. Als sie sich zur Wehr setzte, verpasste ihr der andere einen Faustschlag auf die Schläfe. Émanuelle verlor das Bewusstsein.

28. APRIL

Förster Nicolas Ardent, ein athletischer Mann mit breiten Schultern und einem gepflegten Bart, saß mit seiner Frau Nanette und den beiden Kindern am Frühstückstisch. Gerade aß er ein zweites Stück des Marmorkuchens, den seine Frau gebacken hatte.

»Der Kuchen schmeckt großartig«, lobte er.

»Danke, *chéri*! Und, was steht heute so bei dir an?«

»Ich muss endlich dieses tote Reh aus dem Wald holen und zum Abdecker bringen.«

»Das hast du noch nicht gemacht?«

»Nein, ich war gestern mit den Waldarbeitern unterwegs. Wir mussten einige Bäume fällen, die der Sturm beinahe entwurzelt hätte. Die Gefahr war sehr groß, dass sie auf die Straße fallen und womöglich jemanden erschlagen könnten.«

»Wann musst du los?«

Er sah auf seine Armbanduhr. »Jetzt, *chérie.*« Er trank seinen Kaffee aus, stand auf und gab seiner Frau und den Kindern einen Abschiedskuss. »*Salut*, bis heute Abend.«

Im Korridor schlüpfte er in seine Försterjacke und machte sich mit dem Jeep auf den Weg. Er ließ Lavergne hinter sich und fuhr über Alvignac nach Rocamadour. Vor dem Ort bog er rechts ab und folgte der schmalen Straße, die stetig bergan führte. Neben einer Wandertafel begann ein Forstweg, der zu der Futterkrippe führte, in der die Feuerwehrkommandantin Mireille Poulac das tote Reh gefunden hatte. Er stellte den Jeep ab und wollte zu der Futterkrippe gehen, als er aus dem Augenwinkel etwas wahrnahm, das seine Neugier weckte. In einem Graben am Waldrand hinter einem umgestürzten Baumstamm lag etwas, das vom Weg aus nicht klar zu erkennen war. Er näherte sich und erschrak, als sein Blick auf eine Frau fiel, die zusammengekrümmt wie ein Embryo im Mutterleib in der Senke lag. Neben ihrem Kopf befand sich ein Rucksack.

Als Erstes fiel ihm auf, dass sie keine Schuhe anhatte. Ihre Füße steckten in roten Wandersocken. Sie trug auch keine Jacke. In Hose und Shirt lag sie in der Kühle des Morgens auf der Seite und rührte sich nicht. Beunruhigt stieg er in den Graben und hockte sich neben sie. Er sah, dass sie an der Schläfe einen großen blauen Fleck hatte. Behutsam legte er zwei Finger an ihren Hals. Zu seiner Erleichterung stellte er fest, dass sie noch lebte. Der Pulsschlag war allerdings unregelmäßig und schwach. Nicht gut.

Nicolas war ehrenamtlich bei SAMU, dem medizinischen Notfalldienst, tätig, und ihm war sofort klar, dass er selbigen anfordern musste. Schnell setzte er einen Notruf ab und wandte sich wieder der Frau zu. Sie regte sich ein wenig und schien zu zittern. Er zog seine Jacke aus und breitete sie über ihren Körper. Dann berührte er sie an der Wange. »Können Sie mich hören? Ich bin Nicolas, der hiesige Förster, und werde Ihnen helfen. Haben Sie keine Angst, der Rettungswagen ist unterwegs.« Seine tiefe Stimme klang so sanft, wie sie es sonst nur war, wenn er seinen Kindern eine Gutenachtgeschichte vorlas, dabei schätzte er die Frau vor sich auf Anfang vierzig. Sie drehte leicht den Kopf und öffnete die blauen Augen. Voller Entsetzen starrte sie ihn an. »Bitte, tun Sie mir nichts.« Ihre Stimme klang heiser und schwach.

»Bleiben Sie ganz ruhig, ich werde Ihnen nichts tun. Ich habe Sie gerade gefunden und will Ihnen helfen.« Er sah ihr fest in die Augen. »Ich bin Nicolas, der Förster. Vertrauen Sie mir.«

Sie schien sich ein wenig zu beruhigen.

»Sind sie weg?«

»Wen meinen Sie?«

»Ich bin gestern Abend von zwei Männern überfallen worden. Der eine hat mich geschlagen, ich muss ohnmächtig geworden sein.«

»Haben Sie Schmerzen?«

»Mein Kopf platzt gleich.«

Er nickte. »Sie haben einen Bluterguss an der Schläfe, daher der Schmerz. Der Notarzt wird sich die Wunde sofort ansehen. Tut es sonst noch irgendwo weh?«

Vorsichtig streckte sie die Beine aus und bewegte die Finger. »Ich glaube nicht. Aber mir ist so kalt.«

»Können Sie aufstehen?«

»Ich denke schon.«

Mit seiner Hilfe erhob sie sich langsam und hatte sogleich Probleme mit dem Gleichgewicht. Er hielt sie fest und führte sie zu seinem Jeep. Dort holte er eine Decke aus dem Kofferraum, wickelte sie darin ein und verfrachtete sie auf den Beifahrersitz. Dann stieg er selbst in den Wagen und schaltete die Heizung auf die höchste Stufe.

»Ich habe solchen Durst«, sagte sie. Ihre Stimme klang fester, nicht mehr so verwaschen.

»Meine Frau gibt mir immer eine Thermoskanne mit Tee mit. Möchten Sie einen Schluck?«

»Gern.«

Er füllte die heiße Flüssigkeit in den Becher und half ihr beim Trinken. Als sie ein paar Schlucke genommen hatte, bedankte sie sich bei ihm. »Der Tee schmeckt sehr gut, ich nehme auch immer viel Zucker.«

»Das freut mich. Wie heißen Sie eigentlich?«

»Émanuelle Colbert. Ich komme aus Aurillac und bin auf einer Pilgerreise nach Lourdes.«

»Und was genau ist gestern Abend geschehen?«

»Ich habe eine Pause gemacht und etwas getrunken. Plötzlich standen sie hinter mir und haben mich gepackt. Gleich darauf verspürte ich einen heftigen Schmerz am Kopf. An mehr kann ich mich nicht erinnern.«

In der Ferne erklang ein Martinshorn.

Émanuelle erschauderte. »Irgendwann bin ich aufgewacht. Es war dunkel, nur ein paar Sterne leuchteten am Himmel. Ich wusste zunächst nicht, wo ich mich befand. Ich fror entsetzlich, und mein Schädel pochte. Dann fiel mir wieder ein, was passiert war. Ich hatte schreckliche Angst, dass die Männer zurückkommen und mir noch mehr antun würden. Ich lauschte angestrengt in die Nacht und fuhr bei jedem Geräusch zusammen. Einmal hörte ich einen Automotor und bekam Todesangst. Ich wollte fliehen, mich im Wald verstecken, aber ich konnte es einfach nicht. Ich war wie gelähmt und zitterte am ganzen Körper.«

Er legte beruhigend den Arm um sie. »Jetzt sind Sie in Sicherheit. Alles ist gut.«

»Irgendwann muss ich in diesem Graben eingeschlafen sein.«

»Ja, das sind Sie wohl – Sie sind ganz unterkühlt. Heute Nacht war es ziemlich kalt«, meinte der Förster und schenkte Émanuelle ein freundliches Lächeln. »Die Heizung läuft auf Hochtouren. Wird Ihnen ein wenig wärmer?«

Sie nickte und versuchte zurückzulächeln. »Ja, es ist schon besser.«

»Schauen Sie, da vorne kommt der Rettungswagen. Er wird Sie ins Krankenhaus bringen. Dort werden Sie untersucht und behandelt.«

»Danke, Nicolas. Tausend Dank. Sie haben mir das Leben gerettet.«

Nachdem die Rettungssanitäter Émanuelle Colbert auf eine Fahrtrage gelegt hatten, wurde eine Wärmedecke über sie gebreitet. Die Notärztin untersuchte sie.

»Abgesehen von dem Hämatom an der Schläfe kann ich keine Verletzungen feststellen«, verkündete sie. »Wir bringen sie jetzt ins Krankenhaus.«

»In welches Krankenhaus?«, fragte der Förster.

»Nach Brive-la-Gaillarde.«

Die Trage wurde ins Fahrzeug geschoben und die Flügeltüren geschlossen. Langsam ruckelte der Rettungswagen über den Feldweg und steuerte die Landstraße an. Nicolas Ardent sah ihm nachdenklich hinterher. Der Tierarzt Raymond Aubrac war tot in einer Schlucht aufgefunden worden. Madeleine Perrin war ermordet und im Speicherteich versenkt worden. Und jetzt dieser Überfall auf Émanuelle Colbert. Was war plötzlich los in seinem sonst so friedlichen Forstrevier?

Entschlossen setzte er sich in seinen Jeep und fuhr den Weg zurück nach Alvignac. Er musste dringend mit den Kommissaren aus Bordeaux sprechen. Er fand sie in ihrer Einsatzzentrale und stellte sich vor. »*Bonjour, Mesdames et Messieurs*. Ich bin der Revierförster Nicolas Ardent. Haben Sie einen Moment

Zeit für mich? Ich muss eine wichtige Meldung machen.«

Pauline lächelte ihn an. »*Bonjour,* Monsieur Ardent. Selbstverständlich haben wir Zeit für Sie. Nehmen Sie doch bitte Platz. Möchten Sie einen Kaffee?«

»Nein, danke.«

Er setzte sich zu ihnen an den Tisch.

»Was möchten Sie denn melden?«, fragte die Kommissarin.

»Ich habe vor etwa einer Stunde im Wald eine Frau gefunden, die gestern Abend von zwei Männern überfallen wurde. Sie heißt Émanuelle Colbert.« Er schilderte den Polizisten den Tathergang.

»Wie geht es ihr?«, wollte Mélanie wissen.

»Sie hat eine Wunde am Kopf, und ihr Puls war schwach. Ansonsten scheint sie keine weiteren Verletzungen zu haben.«

»Wo ist sie jetzt?«

»Sie wird gerade in das Krankenhaus von Brive-la-Gaillarde gebracht.«

Pauline bedankte sich bei ihm. »Es ist gut, dass Sie sofort zu uns gekommen sind.«

»Das ist doch selbstverständlich.«

Er stand auf und verabschiedete sich. »Ich wünsche Ihnen viel Erfolg bei Ihren Ermittlungen. In meinem

Forst muss wieder Ruhe einkehren, sonst kann ich nachts bald nicht mehr schlafen.«

»Wir tun, was wir können.«

Als er aus der Tür war, sahen sie sich an. »Es geht Schlag auf Schlag«, stellte Frédéric fest. »Zumindest scheint die Frau nicht ernsthaft verletzt zu sein. Wisst ihr, was mich beunruhigt?«

Mélanie beugte sich interessiert vor. »Was denn?«

»Es gibt kein Muster. Jeder der drei Fälle ist anders. Und wie viele Täter gibt es überhaupt? Was ist ihr Motiv? Wollen sie sich durch Raubüberfälle bereichern?«

Mélanie runzelte die Stirn. »Und aus welchem Grund wurde Madeleine Perrin getötet, Émanuelle Colbert aber nicht?«

»Genau. Es ergibt alles keinen Sinn.«

Ihre Chefin ergriff das Wort. »Wir müssen dringend mit Émanuelle Colbert sprechen, womöglich hat sie entscheidende Hinweise für uns, die uns endlich zu dem Täter oder den Tätern führen. Seit Madeleine Perrin im Wasserreservoir gefunden wurde, spielt die Presse verrückt. Sie wollen Antworten.«

»Wir dürfen uns nicht unter Druck setzen lassen«, meinte Louis.

»Nein, natürlich nicht.« Sie trank einen Schluck

Kaffee und sah auf ihre Notizen. »Wir haben heute Vormittag einen Termin in der Rechtsmedizin. Docteur Richard hat die Obduktion durchgeführt. Das übernehmen Frédéric und ich.« Sie wandte sich an Mélanie und Louis. »Ihr fahrt in die Klinik und redet mit Émanuelle Colbert.«

Pauline, Frédéric und die Rechtsmedizinerin hatten sich in deren Büro um den Besprechungstisch versammelt. »Möchten Sie einen Kaffee?«, fragte Denise Richard, die wie immer einen blütenweißen Kittel trug, aus dessen geöffnetem Kragen eine blaue Seidenbluse hervorlugte. Ihre dunkel gerahmte Brille ließ sie immer sehr seriös und ernst wirken.

Die Polizisten nickten. »Gerne«, sagte Pauline.

Madame le Docteur füllte die Tassen und reichte der Kommissarin dann eine dünne Mappe. »Das ist der Bericht der Kriminaltechnik.«

Pauline schlug sie auf und überflog den Inhalt. »Die Techniker haben weder am Ufer des Speicherteiches noch in der näheren Umgebung irgendwelche Hinweise gefunden. Auch auf dem Stein gab es keinerlei Fingerabdrücke oder DNA.«

»Der Stein lag mehrere Stunden unter Wasser«, meinte die Ärztin. »Sicher ist das der Grund.«

Frédéric nahm einen Schluck vom Kaffee. »Oder der Täter trug Handschuhe.«

»Warum gab es keine Schleifspuren?«, wunderte sich Pauline. »Irgendwie muss der Täter sie doch zum Speicherteich befördert haben.«

Frédéric überlegte. »Es könnten zwei Täter gewesen sein. Einer nahm den Stein, der andere Madeleine. Wenn wir es mit einem Täter zu tun haben, wäre es schwierig für ihn gewesen, den leblosen Körper zusammen mit dem schweren Stein zum Wasser zu tragen. Ich stelle mir das so vor, dass er Madeleine Perrin am Ufer abgelegt und dort ihre Fußgelenke und den Stein mithilfe des Seils verbunden hat. Mit den Knoten hat er sich Mühe gegeben, sie waren fest verzurrt. Als er damit fertig war, hat er sie die letzten Zentimeter die Böschung hinuntergerollt, bis sie im Wasser lag. Dann hat er das Gewicht in den Teich geworfen, und die Frau wurde durch den Stein in die Tiefe gezogen.«

»Hast du immer ein Seil in deiner Hosentasche?«, wollte Pauline wissen.

»Nein, er hat es eingesteckt, weil er einen Plan gefasst hatte.«

»Wo?«

»Am Tatort.«

»Du meinst, er hat sie woanders getötet? Nicht am Wasserreservoir?«

»Genau das meine ich.«

»Der Fundort ist nicht der Tatort? Und am eigentlichen Tatort befand sich ein Seil?«

»Exakt.«

»Das ist eine interessante Theorie.«

Denise Richard ergriff das Wort. »Madeleine Perrin hatte Wasser in der Lunge. Das bedeutet, dass sie noch gelebt hat, als sie versenkt wurde.«

Die Kommissare sahen sich bestürzt an. »Wenn der Täter sie nicht im Teich versenkt hätte, wäre sie noch am Leben?«, wollte Frédéric wissen.

Docteur Richard nickte. »Wahrscheinlich ja. Der Schlag traf sie oberhalb des linken Ohres. Er war heftig, der Schädel ist dabei verletzt worden. Es entstand eine Einkerbung, von der aus sich sternförmige Haarrisse ausbreiteten. Das ist sehr ernst, aber nicht zwingend tödlich. Man hätte sie retten können.«

Sie schlug eine weitere Akte auf, holte mehrere Fotografien daraus hervor und legte sie auf den Tisch. Dann deutete sie auf eine Vergrößerung. »Sehen Sie, hier können Sie den Abdruck der Waffe deutlich erkennen.«

Die Abbildung zeigte eine acht Zentimeter lange und einen Zentimeter breite Einkerbung, die fünf Millimeter tief und bläulich unterlaufen war. Die Maße waren am Rand notiert. Die Verletzung verlief beinahe senkrecht über dem Ohr und am oberen Ende zeichnete sich der Beginn eines Bogens als Verlängerung des Abdrucks ab. Die Kommissare betrachteten die Abbildung eingehend.

»Um welche Waffe handelt es sich?«, fragte Pauline die Rechtsmedizinerin.

»Ich weiß es leider nicht, und ich habe auch keine Ideen.«

»Was könnte das sein?«, wandte die Kommissarin sich an ihren Kollegen.

Frédéric schüttelte den Kopf. »Mir fällt nichts dazu ein. Der Bogen ist merkwürdig.«

»War sie bewusstlos, als sie sich im Wasser befand?«, fragte Pauline.

»Mit an Sicherheit grenzender Wahrscheinlichkeit ja«, antwortete Richard.

»Wurde sie vergewaltigt?«

»Nein. Ich konnte keinerlei Verletzungen im Genitalbereich feststellen.«

»Was können Sie uns zum Todeszeitpunkt sagen?«, wollte der Kommissar wissen.

»Bei Wasserleichen ist das immer schwierig. Ich denke, der Tod trat zwischen Mitternacht und zwei Uhr in der Früh ein.«

Pauline griff noch einmal nach dem Bericht der Spurensicherung und suchte eine bestimmte Stelle, denn ihr war noch etwas eingefallen. Auf der zweiten Seite fand sie die Information. »In der Bauchtasche von Madeleine Perrin befanden sich ihr Portemonnaie mit hundertvierzig Euro, etwas Kleingeld, der Personalausweis, zwei Kreditkarten und ihr Handy.«

»Also war es kein Raubmord?«, folgerte Frédéric.

Sie schüttelte den Kopf. »Es sieht nicht danach aus.«

»Welcher Räuber macht sich auch die Mühe, sein Opfer in einem See zu verstecken?«

»Eine typische Verhaltensweise ist das jedenfalls nicht. Im Bericht steht noch etwas über das Seil. Auch darauf konnten keinen Spuren sichergestellt werden. Es handelt sich um handelsübliche Ware, die man in jedem Supermarkt kaufen kann.«

»Na, toll! Das ist ja sehr hilfreich.«

»Wollen Sie die Frau noch einmal sehen?«, erkundigte sich die Rechtsmedizinerin.

»Nein, das ist nicht nötig, wir haben sie nach der Bergung gesehen.« Pauline seufzte. »Sie sah genauso schön aus wie auf dem Selfie mit ihren Wanderbegleitern.«

Docteur Richard lächelte traurig. »Manchmal ist es schwer, den nötigen Abstand zu wahren.«

Nachdem die Kommissare das Rechtsmedizinische Institut verlassen hatten, übernahm Pauline das Steuer. Als sie in den Verkehr einfädelte, wandte sie sich an Frédéric. »Macht es dir was aus, wenn ich kurz zu Hause vorbeischaue, bevor wir nach Alvignac zurückfahren? Ich möchte Sarah sehen. Ehrlich gesagt habe ich ein schlechtes Gewissen. Ich ermittle hier in der Provinz, anstatt mich um sie zu kümmern.«

Ihr Kollege lächelte. »Das kann ich gut verstehen. In der Zwischenzeit trinke ich in der Bar-Tabac in Romagne einen Kaffee und rufe Agnès an. Ich möchte wissen, wie es ihr geht.« Seine Frau hatte sich gestern, als sie von den Vorfällen im Bhagwan-Zentrum von Biarritz erfahren hatte, so aufgeregt, dass ihr der Hausarzt eine Beruhigungsspritze geben musste. »Außerdem kann ich dann in Ruhe Zeitung lesen.«

Sie setzte Frédéric vor der Bar-Tabac ab. Als er ausstieg und darauf zuging, sah sie ihm nach. Es war ihr unbegreiflich, wie er unter diesen Umständen arbeiten konnte. Wenn ihr Kind verschwunden wäre, würde sie sich wahrscheinlich in der Psychiatrie befinden. Sie vermutete, dass ihn die Ermittlungsarbeit ablenkte.

Im Château Montfort fand sie Dominic und Sarah auf der Terrasse, wo sie zusammen zu Mittag aßen. Gerade lachten sie über irgendetwas und fuchtelten mit ihren Gabeln herum. Als Sarah ihre Mutter erblickte, stieß sie einen Freudenschrei aus, ließ die Gabel fallen, stürzte auf sie zu und fiel ihr um den Hals. »*Maman*, *Maman*! Ich freue mich so, dich zu sehen.«

»Ich freue mich auch, mein Schatz. Wie geht es dir?«

»Super. Ich habe sehr gute Noten in Französisch und in Geografie bekommen. Dominic hat mit mir gelernt.«

Ihr Freund hatte sich ebenfalls erhoben und nahm sie in die Arme. Sie tauschten Wangenküsschen. Dann sah er sie mit seinem unwiderstehlichen Lächeln an. »Deine Tochter und ich sind ein gutes Team. Gestern hat sie mir den ganzen Nachmittag im Weinberg geholfen. Sie ist schon eine richtige kleine Winzerin.« Er drückte Pauline noch einmal fest an sich. »Du siehst übrigens wunderschön aus.«

Sarah führte sie an den Tisch. »Du musst unbedingt mit uns essen. Dominic und ich haben zusammen gekocht. Es gibt Spaghetti bolognese und Tomatensalat. Das schmeckt total lecker.«

»Das passt ja prima, ich habe einen Riesenhunger.« Sie setzten sich um den Tisch, und sie probierte die Pasta. »Großartig!«, lobte sie, ohne jegliche Übertreibung. Dann gab sie sich einen Ruck. »Es tut mir leid, aber ich muss gleich wieder zurück nach Alvignac. Gestern Abend wurde eine Frau überfallen. Mélanie und Louis besuchen sie im Krankenhaus. Wir hoffen auf Hinweise von ihr. So wie es aussieht, müssen wir noch vor Ort bleiben.«

Sarah lächelte sie an. »Das macht nichts, *Maman*. Mach dir keine Sorgen, Dominic und ich kommen prima zurecht. Außerdem wirst du den Fall bald lösen und wieder heimkommen.« Geschickt wickelte sie Spaghetti um ihre Gabel und ließ sie im Mund verschwinden. »Stell dir vor, Papa hat alle Termine abgesagt, und wir werden das Wochenende zusammen verbringen. Wir wollen auf dem Campingplatz von Cap Ferret zelten und eine Radtour um das Bassin von Arcachon machen. Anschließend gehen wir in der Markthalle schick essen. Zurück fahren wir mit dem Boot. Ist das nicht mega?« Die Kleine war außer sich vor Begeisterung.

Pauline musste schmunzeln. »Das ist total mega.« Sie freute sich, dass ihr Ex-Mann sich so liebevoll um die gemeinsame Tochter kümmerte.

Dominic schaute betrübt. »Ich werde hier alleingelassen und muss arbeiten.«

Sarah lachte. »Du bist bestimmt froh, wenn ich dich mal eine Zeit lang nicht in Monopoly fertigmache.«

Er grinste und zwinkerte ihr zu. »Ich gestehe, das hat was. Ich werde unseren Nachbarn besuchen, ein Glas Wein mit ihm trinken und über das einsame Winzerleben philosophieren.«

Sarahs Teller war inzwischen leer. »*Maman*, darf ich raus? Ich bin mit Aurélie verabredet. Wir wollen mit den Hunden einen Spaziergang machen.«

»Aber sicher, *chérie*. Viel Spaß mit deiner Freundin.«

Das Mädchen sprang auf, umarmte seine Mutter und gab ihr einen dicken Kuss. »*Salut, Maman.*« Dann war sie aus der Tür.

Dominic und Pauline sahen sich an.

»Bist du verärgert, weil ich so viel arbeiten muss?«, fragte sie besorgt.

»Aber nein! Es ist alles in Ordnung. Was meinst du, wann du zurückkommst?«

»Ich weiß es noch nicht genau, hoffentlich bald. Es ist wirklich zu umständlich, ständig hin- und herzufahren. Wir haben inzwischen zwei Tote und eine Frau, die überfallen wurde.«

»Das ist ja schrecklich. Ich hoffe, ihr findet die Verantwortlichen. Mach dir keine Sorgen um Sarah und mich, wir kommen klar.«

Er stand auf, zog sie sanft vom Stuhl und setzte sie auf den Tisch. Sie schlangen die Arme umeinander und küssten sich leidenschaftlich. Dann machte er sich mit einer Hand ungeduldig an ihrem Jeansgürtel zu schaffen. Mit der anderen liebkoste er ihre Brust. »Ich liebe dich, *Madame le Commissaire*«, flüsterte er in ihr Ohr.

»Ich liebe dich auch.«

Mélanie und Louis nahmen die A20 Richtung Norden und erreichten Brive-la-Gaillarde nach einer guten halben Stunde. Die Stadt lag in der Region Nouvelle-Aquitaine und hatte knapp fünfzigtausend Einwohner. Sie fuhren durch das Zentrum und passierten den hohen Tour de Neslé, das Rathaus und das Tourismusbüro. Letzteres war in einem Turm mit gläserner Kuppel untergebracht, der an einen Leuchtturm erinnerte.

Das Allgemeine Krankenhaus befand sich in der Avenue du Printemps. Der schlichte dreistöckige Bau mit einem Hubschrauberlandeplatz auf dem Dach lag inmitten eines Parks, in dem sich beeindruckend große Libanonzedern und Kastanien erhoben, unter denen weiß lackierte Bänke zum Verweilen einluden. Auf einer davon saß ein alter Mann im Pyjama, der eine Zigarre paffte und in einer Zeitschrift blätterte. Auf dem Parkplatz am Eingang zog Louis ein Ticket und klemmte es hinter einen Scheibenwischer. Als sie auf die gläsernen Türen zugingen, kam ihnen auf dem Gehsteig eine motorisierte Rollstuhlfahrerin entgegen, über deren Beine eine Decke gebreitet war. Auf dem Schoß lagen ihre Sonnenbrille und eine Klarsichthülle mit Unterlagen. Ein plötzlicher Windstoß fegte die Gegenstände von ihren Beinen und wehte sie in alle Richtungen. Papiere flatterten durch die Luft und landeten im Blumenbeet. Louis rannte hinterher, sammelte sie ein, hob die Brille auf und brachte sie der Frau zurück. Sie bedankte sich herzlich und rollte weiter.

Im Empfangsbereich gab es einen halbrunden Tresen, hinter dem eine Krankenschwester im blauen Kittel saß und sie fragend ansah. Mélanie stellte sie vor. »Kriminalpolizei Bordeaux. Wir möchten zu Émanuelle Colbert. Sie ist heute Morgen eingeliefert worden.«

»Einen Moment bitte.« Sie sah auf ihren Computerbildschirm und tippte kurz auf der Tastatur herum. »Madame Colbert ist im ersten Stock, Zimmer 1–9, untergebracht. Sprechen Sie bitte zuerst mit dem zuständigen Arzt, Docteur Meunier. Er wird Ihnen sagen, ob sie schon in der Lage ist, mit Ihnen zu reden.«

Über eine gewundene Treppe gelangten sie in den ersten Stock und erkundigten sich im Stationszimmer, wo sie den Arzt finden konnten. Die Schwester wies auf einen kleinen Balkon, der vom Flur aus zu erreichen war. »Dort drüben ist er. Er hat eigentlich seit drei Stunden Feierabend und macht gerade eine kleine Pause.«

Der große schlanke Mann, der unter seinem geöffneten Kittel Jeans und ein Hemd mit Krawatte trug, hielt einen Becher Kaffee in der Hand und rauchte eine Zigarette. Er war jung, und sein Haar war vom Wind zerzaust. Als er die Besucher bemerkte, musterte er sie durch seine randlose Brille. Seine Augen blickten müde drein. »*Bonjour*, Madame et Monsieur, was kann ich für Sie tun?«

Die Kommissarin zeigte ihm ihre Legitimation. »Wir möchten mit Émanuelle Colbert reden. Ist das möglich?«

»Ah, das Überfallopfer. Die Frau wurde heute Morgen eingeliefert. Ich habe das Hämatom ärztlich versorgt, die Wunde ist oberflächlich und wird bald verheilen. Durch den Schlag hat sie eine leichte Gehirnerschütterung davongetragen. Sie war bei der Einlieferung dehydriert und unterkühlt, jedoch nicht weiter verletzt. Sie hat wohl Glück im Unglück gehabt. Ihr schlimmes Erlebnis hat jedoch einen Schockzustand ausgelöst, weshalb ich ihr eine Beruhigungstablette gegeben habe.«

»Ist sie sexuell missbraucht worden?«, erkundigte sich Louis.

»Nein, das kann ich ausschließen.«

»Dürfen wir zu ihr?«

»Ich habe keine Einwände, aber bitte bleiben Sie nicht zu lange und regen Sie sie nicht auf.«

»Selbstverständlich.«

Sie folgten dem hellen Korridor, an dessen Wänden bunte Zeichnungen in weißen Rahmen hingen.

Mélanie klopfte an die Zimmertür, und ein schwaches »Herein« erklang. Émanuelle Colbert lag im Bett und trug ein geblümtes Krankenhaushemd. Ihr Kopf war bandagiert, in ihrem Arm steckte eine Kanüle, die mit einer Flasche an einem Ständer verbunden war. Ihr Gesicht war blass, die blauen Augen müde. Auf dem Nachttisch standen eine Tasse Tee und ein Teller mit Madeleines. Sie traten an das Bett.

Mélanie lächelte die Patientin an. »Ich bin Mélanie Leroy, und das ist mein Kollege Louis Pierrot. Wir sind von der Kripo Bordeaux und möchten Ihnen zu dem Überfall gestern Abend einige Fragen stellen.«

Die Frau nickte schwach.

»Fühlen Sie sich in der Lage dazu, oder sollen wir lieber später noch einmal vorbeikommen?«

Sie blinzelte mit den Augen. »Es geht schon. Fragen Sie ruhig.«

»Wie fühlen Sie sich?«

»Es geht mir schon viel besser. Alle hier sind sehr nett und kümmern sich gut um mich.«

»Das freut uns zu hören. Können Sie uns bitte erzählen, was gestern passiert ist?«

»Ja, also … Wo soll ich anfangen? Ich bin auf einer Pilgerreise nach Lourdes und wollte gestern Abend bis Rocamadour wandern und dort übernachten. Wissen Sie, meine Mutter ist vor einigen Wochen nach langer Krankheit verstorben. Sie hat immer gerne von einer Wallfahrt erzählt, die sie als junge Frau nach Lourdes unternommen hat. Deshalb habe ich mich entschlossen, auch dorthin zu pilgern und in der Kirche eine Kerze für sie anzuzünden.« Sie schwieg für einen Moment und sah unendlich traurig aus. Dann versuchte sie nach der Tasse zu greifen. Es gelang ihr nicht, und ihre Hand fiel kraftlos auf die Bettdecke. Louis half ihr, und sie trank einige Schlucke. »Danke«, sagte sie, als ihr Durst gestillt war. »Sie sind sehr freundlich.« Dann fuhr sie mit ihrer Geschichte fort. »Kurz vor Rocamadour habe ich eine Pause eingelegt. Plötzlich hörte ich im Wald ein Rascheln. Dann kamen schon zwei Männer auf mich zu. Ich war so erschrocken, dass ich mich nicht wehren konnte. Einer von ihnen schlug mich nieder, und ich bin bewusstlos geworden. Heute Morgen hat mich ein Förster gefunden und die Rettung gerufen.«

»Können Sie die Männer beschreiben?«, fragte Louis.

»Ich habe sie nur kurz gesehen, es ging alles so schnell. Sie haben mich überrumpelt.«

»Wie sahen ihre Gesichter aus? Gab es auffällige Merkmale? Eine große Nase zum Beispiel?«

»Ich weiß es nicht, sie trugen Strumpfmasken.«

»Wie war ihre Statur?«

»Sie erschienen mir groß und kräftig. Geradezu riesig! Aber vielleicht kam es mir in meiner Angst auch nur so vor. Sie wirkten auf mich ungeheuer gefährlich. Ich habe um mein Leben gefürchtet.«

»Können Sie sich erinnern, welche Kleidung sie trugen?«

Sie überlegte. »Ich glaube, sie hatten Jeans und dunkle Jacken an. Es könnten Lederjacken gewesen sein. Vielleicht trug der eine Sportschuhe.«

Er nickte ihr aufmunternd zu. »Sie machen das sehr gut.«

»Kann ich noch einen Schluck Tee haben?«

»Selbstverständlich.«

»Haben die Männer etwas gesagt?«, wollte Mélanie wissen. »Hatten sie einen bestimmten Akzent, oder sprachen sie einen Dialekt?«

»Sie haben kein Wort gesagt.«

»Konnten Sie vielleicht einen bestimmten Geruch wahrnehmen?«

»Jetzt, wo Sie mich danach fragen – der eine hat stark nach Schweiß und Tabak gerochen.«

Mélanie zeigte ihr das Foto von Silvio, auf dem die Gesichter der beiden Italiener zu sehen waren. »Könnten es die beiden gewesen sein?«

»Ich kann es Ihnen nicht sagen.«

»Die beiden Männer sind mittelgroß und schlank.«

»Tut mir leid, ich weiß es wirklich nicht.«

»Nun gut. Ihr Rucksack wurde bei Ihnen im Graben gefunden. Die Männer haben ihn nicht mitgenommen. Haben Sie nachgesehen, ob etwas fehlt?«

»Ja, eine Krankenschwester hat mir dabei geholfen. Ich bin ausgeraubt worden. Mein Smartphone ist weg, ebenso mein Geldbeutel mit circa zweihundert Euro, Ausweispapieren und einer Kreditkarte. Die Schwester war so freundlich und hat mir ihr Handy gegeben, damit ich bei meiner Bank anrufen und die Karte sperren lassen konnte.«

»Vermissen Sie sonst noch etwas?«

»Ja, es fehlen meine Stiefel und meine Wanderjacke, die müssen sie mir ausgezogen haben. Beide Kleidungsstücke waren neuwertig und teuer. Außerdem vermisse ich ein Bettlerarmband, ein Geschenk meiner Mutter. Ich hatte es als Talisman dabei. Die Anhänger sind aus Gold und Silber gefertigt. Es ist sehr wertvoll, vom ideellen Wert ganz zu schweigen.«

»Sind Ihnen auf Ihrer Wanderung andere Menschen begegnet? Hat sich eine Person Ihnen gegenüber seltsam benommen?«

»Ich war die ganze Zeit allein.«

»Haben Sie unterwegs eine Beobachtung gemacht, die wichtig sein könnte? Ist Ihnen irgendetwas aufgefallen?«, hakte Louis nach.

»Ja, Moment, da war etwas!« Sie schien sich zu freuen, dass es doch etwas zu berichten gab. »An einem Feldweg, nicht weit von der Stelle, an der ich überfallen wurde, stand ein schwarzer Renault mit einem zerbeulten Kotflügel.«

»Können Sie sich an das Kennzeichen erinnern?«

»CC-004-AZ.«

Er war verblüfft. »Sicher?«

»Absolut sicher. Ziffern- und Buchstabenfolgen kann ich mir gut merken. Ich habe in der Hinsicht so was wie ein fotografisches Gedächtnis.«

»Wunderbar, womöglich bringt uns dieser Hinweis weiter.«

»Das würde mich freuen.«

»Was haben Sie jetzt vor?«

»Mein Bruder besucht mich morgen. Er bringt mir etwas Bargeld mit. Ich werde weiterpilgern, das bin ich meiner Mutter schuldig – und mir auch!«

»Das ist ein mutiger Entschluss, Madame. Passen Sie gut auf sich auf.«

»Das werde ich.«

Die Tür wurde geöffnet. Der Stationsarzt steckte den Kopf durch den Spalt und runzelte die Stirn. »Sie sind ja immer noch da. Ich muss Sie leider auffordern, jetzt zu gehen. Meine Patientin braucht Ruhe.«

Mélanie nickte. »Wir sind schon weg.«

Als Pauline und Frédéric in Alvignac eintrafen, fanden sie ihre Kollegen in der Einsatzzentrale vor. Sie berichteten von ihrem Gespräch mit Denise Richard und zeigten ihnen einige Abzüge von den Fotos, die die Wunde an Madeleine Perrins Schläfe zeigten. Mélanie und Louis betrachteten den sonderbaren Abdruck.

»Ich habe keine Ahnung, um welche Waffe es sich handeln könnte«, stellte die Kommissarin fest. »Ich glaube nicht, dass ich so eine Verletzung schon einmal gesehen habe.«

Louis fuhr sich durch die Locken. »Diese Form erinnert mich an etwas. Aber ich komme nicht darauf woran.«

»Frédéric vermutet, dass der Fundort nicht der Tatort ist«, erklärte ihre Chefin. »Vielleicht wurde sie in einem Haus oder einer Scheune niedergeschlagen, also an einem Ort, wo so eine Waffe zu finden ist, und erst danach zum Speicherteich gebracht.«

»Welches Haus könnte das gewesen sein, mitten in der Wildnis?«, fragte Mélanie. »Und was hat sie dort gemacht?«

»Genau das müssen wir herausfinden. Wie war es im Krankenhaus?«

»Émanuelle Colbert geht es den Umständen entsprechend gut«, erzählte Louis. »Sie konnte keine genaue Beschreibung der Täter abgeben, aber sie hat in der Nähe der Stelle, an der sie überfallen wurde, einen schwarzen Renault mit einem verbeulten Kotflügel bemerkt. Bemerkenswerterweise konnte sie sich an das Kennzeichen erinnern: CC-004-AZ. Ich habe bereits den Halter ermittelt. Es handelt sich um einen gewissen Raoul Lelouche, achtunddreißig Jahre alt, wohnhaft in Lavergne 203. Der Mann ist aktenkundig. Er ist wegen einiger Diebstähle und einem Raubüberfall vorbestraft. Vor etwa einem Jahr ist er aus dem Gefängnis entlassen worden.«

»Gute Arbeit«, lobte Pauline ihn. »Das würde passen.«

Louis strahlte. »Und wie gehen wir vor?«

»Lass uns zu ihm fahren.«

Alle vier stiegen in den Dienstwagen, mit Mélanie am Steuer. Sie folgte den Anweisungen des Navis und bog links auf die Hauptstraße von Alvignac ab. Nachdem sie das Dorf verlassen hatten, fuhren sie über eine Straße, die in einer weiten Kurve bergauf durch einen Wald führte. Dann passierten sie einen Aussichtsplatz, von dem aus man einen weiten Blick ins Tal hatte. Sie kamen auf einen schmalen asphaltierten Weg, der auf der einen Seite von Tannen und auf der anderen von Wiesen und Feldern gesäumt war. Sie ignorierten die Abbiegung nach Lavergne und folgten stattdessen einer schlecht ausgebauten Straße, bis sie einen kleinen Feldweg erreichten. Unter einem Baldachin aus Haselnusssträuchern und Erlen hindurch erreichten sie einen Platz. Dort stand eine gelbe, in die Jahre gekommene Villa mit einem roten Dach, in das Bullaugenfenster eingelassen waren. Frédéric betrachtete sie mit schief gelegtem Kopf. »Dieses Haus haben wir von Weitem hinter einem Pappelwäldchen gesehen, als wir nach Raymond Aubrac gesucht haben. Das war an der Weggabelung nach Lavergne, an der er sich verlaufen hat.«

»Du hast recht«, stimmte Mélanie ihm zu. »An die Bullaugenfenster kann ich mich erinnern. Seht mal, im Hof steht der schwarzer Renault mit eingebeultem Kotflügel und dem entsprechenden Kennzeichen.«

»Frédéric und ich gehen rein«, entschied die Chefin. »Ihr bleibt im Wagen und haltet die Augen offen. Wir sollten da besser nicht zu viert reinschneien.«

Die beiden stiegen aus und sahen sich um. Die Villa lag friedlich in der Nachmittagssonne, im Inneren regte sich nichts. Auf einem der Schornsteine saß ein Storchennest. In den Bäumen zwitscherten Spatzen und hüpften von Ast zu Ast. Alles war friedlich. Am Eichenportal befand sich ein Türklopfer in der Form eines Basilisken, dessen Augen die Besucher leuchtend gelb fixierten. Pauline grinste, während sie ihn benutzte. »Man darf ihm nicht in die Augen sehen, sonst erstarrt man zu Stein.«

Ihr Klopfen hallte mit einem gewaltigen Echo durch das gesamte Anwesen. Keine Reaktion. Sie klopfte erneut. »Polizei! Öffnen Sie sofort die Tür!«, rief sie. »Wir müssen dringend mit Ihnen sprechen, Monsieur Lelouche!«

Plötzlich wurde das Portal aufgerissen. Ein großer kräftiger Mann mit einem ungepflegten Bart stand im Türrahmen. Er trug eine Jeans, eine dunkle Lederjacke und Sportschuhe. Die kleinen schwarzen Augen unter den buschigen zusammengewachsenen Brauen blitzten wütend. Seine Nase war knollig und saß schief im Gesicht.

»Hören Sie auf mit dem Krach! Was wollen Sie von mir?«

Pauline hielt ihm ihren Ausweis hin. »Wir möchten mit Ihnen reden. Dürfen wir reinkommen?«

Einen Moment lang hatte es den Anschein, als wolle er ihnen die Tür vor der Nase zuschlagen. Dann besann er sich eines Besseren. »Also gut. Kommen Sie rein«, knurrte er.

Die Kommissare betraten das Foyer, das sich über zwei Stockwerke erstreckte und mit karmesinroter Stofftapete verkleidet war. An den Wänden hingen goldgerahmte Ölgemälde, und oben an der Decke hing ein mächtiger Kristallleuchter. Eine Wendeltreppe führte in die oberen Stockwerke.

Frédéric sah sich um. »Schön haben Sie es hier. Wie kann man sich so etwas leisten?«

»Es geht Sie zwar nichts an, aber ich habe die Villa von meiner Tante geerbt.«

Auf einmal trat aus einem angrenzenden Zimmer ein zweiter Mann. Pauline schätzte ihn auf Anfang vierzig. Seine Gesichtszüge waren weich und unscheinbar, der Mund schmallippig. »Was ist hier los, Raoul?«

»Die Herrschaften sind von der Polizei.«

Pauline wandte sich an Lelouche. »Wer ist das?«

»Mein Kumpel Joël. Er wohnt zurzeit bei mir.« Unwirsch zupfte Lelouche an seinem Bart. »Ich frage Sie noch einmal. Was wollen Sie hier?«

»Gestern Abend wurde in der Nähe von Rocamadour eine Frau überfallen. Ihr Wagen parkte in der Nähe. Was haben Sie dort gemacht?«

Die Männer sahen sich an und grinsten.

»Wir waren spazieren«, erklärte Joël. »Das ist doch nicht verboten, oder?«

»Ist Ihnen dabei etwas Ungewöhnliches aufgefallen? Haben Sie etwas gesehen oder gehört, das uns weiterhelfen könnte?«

»Nein, wir sind niemandem begegnet. Es war ein ruhiger Abend.«

»Sie behaupten also, mit dem Raubüberfall nichts zu tun zu haben?«

»Aber nein, natürlich nicht«, versicherte Lelouche. »Ich weiß gar nicht, wie Sie darauf kommen.«

»Sie sind einschlägig vorbestraft.«

»Ich habe meine Strafe abgesessen. Jetzt bin ich

sauber. Sie können mir nichts anhaben. Verlassen Sie mein Haus!«

»Wenn Sie mit der Tat nichts zu tun haben, wird es Sie doch sicherlich nicht stören, wenn wir uns ein wenig umsehen?« Sie begann, die Treppe hinaufzusteigen. »Fangen wir oben an.«

»Halt!« Lelouche stürzte ihr hinterher, packte sie am Arm, zog eine Waffe und hielt ihr die Mündung an die Schläfe. Frédéric erstarrte für einen Augenblick, hob dann beschwichtigend die Hände und wollte etwas sagen. Dabei machte er einen Schritt auf Pauline zu. Wie aus dem Nichts hatte auch Joël eine Pistole in der Hand und richtete sie auf ihn.

»Stopp! Keine Bewegung.«

Der Kommissar sah sofort, dass es sich um eine Heckler & Koch USP Compact Kaliber neun Millimeter handelte. Mit Waffen kannte er sich aus. Und Joël wirkte, als wäre er nur allzu bereit, die Waffe abzufeuern. Er tat, was der Mann von ihm verlangte.

»Wir sperren euch in den Keller, da könnt ihr verrotten«, schrie Lelouche. »Das habt ihr von eurer Herumschnüffelei. Los, bewegt euch.« Er versetzte Pauline einen Stoß, der sie taumeln ließ. Dann packte er sie erneut und hielt sie von hinten fest. Der Lauf der Pistole drückte schmerzhaft gegen ihren Kopf. Abrupt warf sie sich nach vorne und schleuderte ihn über ihre Schulter. Die Waffe fiel klappernd zu Boden und schlitterte über das Parkett. Lelouche prallte hart auf, sprang, geschmeidig wie eine Katze, wieder hoch und stürzte sich auf sie. Sie wich seinen Faustschlägen aus und trat ihm fest in den Bauch. Stöhnend krachte er an die Wand. Dann ergriff er einen Stuhl und ging erneut auf sie los. Sie duckte sich unter dem Angriff weg, rollte sich ab und griff wieder an. Sie trat ihm in die Kniebeuge, rammte ihm den Ellbogen in die Rippen und verpasste ihm einen Kinnhaken. Sie bekam eine massive Vase zu fassen und zertrümmerte sie auf seinem Schädel. Der Mann sank in sich zusammen und rührte sich nicht mehr.

Währenddessen zielte Joël auf Pauline, konnte jedoch die Heckler & Koch nicht abfeuern, da sie und ihr Angreifer sich so schnell bewegten, dass er Gefahr lief, seinen Freund zu treffen. Stattdessen richtete er die Pistole auf Frédéric. »Keine Bewegung, sonst knalle ich dich ab«, brüllte er. Als er schnell wieder Pauline ins Visier nahm, nutzte der Kommissar seine Chance, rannte ihn um und begann, auf ihn einzuprügeln. Joël gelang es, die Hände um seinen Hals zu legen, und er drückte mit aller Kraft zu. Frédéric bekam keine Luft mehr. Ihre Blicke begegneten sich.

Beide Männer schäumten vor Wut. Ruckartig ließ der Kommissar seine Stirn auf Joëls Nase krachen und zertrümmerte sie dabei. Joël schrie vor Schmerz und lockerte seinen Griff. Frédéric verpasste ihm einen Handkantenschlag auf die Halsschlagader und setzte ihn damit außer Gefecht. Dann nahm er ihm die Waffe ab und steckte sie ein. Er stand auf und rieb sich den Hals.

Draußen im Wagen wurde Mélanie langsam unruhig. »Was machen die da drin so lange? Ich schaue mal nach.«

Sie verließ den Wagen, stieg auf einen großen Blumentopf und machte am Fenstersims einen Klimmzug. Sie sah den Kampf, sprang vom Bottich und machte Louis ein Zeichen. Mit gezogener Waffe rannte sie in die Villa. Louis folgte ihr, ebenfalls mit der Pistole im Anschlag.

Als sie im Foyer ankamen, waren ihre Kollegen gerade dabei, den beiden Männern Handschellen anzulegen. Pauline hatte eine Wunde an der Stirn, aus der ein rotes Rinnsal direkt in ihr linkes Auge floss. Ungeduldig wischte sie das Blut weg. »Mélanie! Ruf die Gendarmerie von Rocamadour an. Sie sollen die beiden abholen und auf der Wache einsperren. Wir vernehmen sie später.«

Sie wandte sich an Lelouche und Joël, die sie ungläubig anblinzelten. »Sie sind vorläufig festgenommen.«

Dann streckte sie die Finger ihrer schmerzenden Hand aus und versuchte vorsichtig, eine Faust zu machen.

Zwei Gendarmen hatten die Männer abgeholt und transportierten sie gerade zur Polizeistation von Rocamadour. Die Kommissare beschlossen, nach der vermuteten Diebesbeute zu suchen. Pauline und Fréderic machten zunächst einen Rundgang durch das Erdgeschoss. Die altmodische Küche war ordentlich aufgeräumt, das Badezimmer ebenso. Durch eine Schiebetür gelangte man in einen großen Salon, der verstaubt war und unbenutzt wirkte. Auf einem Tisch, in den ein Schachbrett eingelassen war, standen Cognac- und Likörflaschen. Durch die Bodenfenster konnte man in den Garten blicken, wo Pauline einen Brunnen und einige ausgetriebene Rosenstöcke sehen konnte, die ein Spalier bildeten.

Im ersten Stock befanden sich zwei Schlafzimmer. Das eine war geschmackvoll eingerichtet und wurde von einem riesigen Flachbildschirm dominiert. Auf dem Nachttisch lagen Sportmagazine und ein Reiseführer von Mauritius. Der andere Raum wirkte eher wie ein vorläufiges Lager, das jemand ohne jede Sorgfalt aufgeschlagen hatte. Das Bett war nicht gemacht, Kleidungsstücke lagen verstreut auf dem Teppich herum, Bierflaschen reihten sich an der Wand, ein Aschenbecher quoll über. Das Zimmer war nicht gelüftet, und es roch nach Schweiß und Tabak. Am Ende des Flurs befand sich noch eine Tür, die in eine Art Büro führte. Den Mittelpunkt des Raumes bildete ein wuchtiger alter Schreibtisch, dessen Oberfläche, abgesehen von einer altmodischen Tiffany-Lampe, vollkommen leer war. Zwischen zwei Fenstern stand ein ornamentierter Holzschrank. Der Schlüssel steckte im Schloss. Pauline öffnete ihn und staunte nicht schlecht. Ordentlich aufgereiht lagen dort Uhren, Schmuckstücke, Portemonnaies, eine Schachtel mit Kreditkarten, eine Kristallschale mit Ausweisdokumenten, eine Mappe mit etwa fünftausend Euro sowie hochwertige Wanderausrüstung – Schuhe, Jacken, Rucksäcke, sogar Pilgerstöcke. Frédéric war neben sie getreten und inspizierte den Fund. Schon bald hatte er den Personalausweis und die Bankkarten sowie das wertvolle Taschenmesser von Raymond Aubrac identifiziert. Auch die Gegenstände, die man Émanuelle Colbert gestohlen hatte, befanden sich im Schrank. Pauline betrachtete das Bettlerarmband. Es war wirklich schön. »Jetzt haben wir sie.«

Mélanie und Louis hatten unterdessen festgestellt, dass das Kellerlicht kaputt war. Deshalb hatte der junge Kommissar zwei Taschenlampen aus dem Dienstwagen geholt. Sie stiegen die Steinstufen der Treppe hinab in den Keller. Dort gelangten sie zu einem Gang, der parallel zum Garten durch das Untergeschoss führte. Ihre Lampen warfen gelbe Lichtkegel an die Wände, die teilweise mit grellgrünen Flechten überzogen waren. In den Ecken hingen Spinnenweben, es roch nach Moder und feuchter Erde.

Sie durchsuchten systematisch ein Abteil nach dem anderen. In einem davon waren leere Weinkisten gelagert, ebenso wie eine Hollywoodschaukel, Sonnenschirme und Gartengeräte. In einem anderen Raum befand sich eine Werkstatt. Am Rand der Arbeitsplatte war ein Schraubstock montiert, und auf dem hellen Holz zeichnete sich ein dunkler Fleck ab, der aussah wie Blut. Werkzeuge waren an einem Brett mit Halterungen aufgereiht.

Im hintersten Abteil war Holz gelagert, es war bis unter das vergitterte, mit Mücken verklebte Fenster geschichtet. Plötzlich ertönte ein aggressives Fauchen. Mélanie fuhr erschrocken herum und richtete den Strahl ihrer Taschenlampe wieder auf den Holzstapel. Eine riesige fette Ratte hatte sich dort auf die Hinterbeine gestellt und zischte böse. Dabei bleckte sie die gelben Zähne, und ihre obsidianschwarzen Augen funkelten diabolisch. Schon machte sie sich zum Sprung bereit. Die Kommissarin zog in Windeseile ihre Waffe, richtete sie auf das Tier und drückte ab. Ein ohrenbetäubender Knall hallte durch das gesamte Untergeschoss. Das Vieh sackte zusammen, kippte vom Stapel auf die Erde und rührte sich nicht mehr. Blut sickerte auf den sandigen Boden. Louis sah seine Kollegin verblüfft an. »Ich hasse Ratten«, erklärte sie.

Durch den Schuss alarmiert kamen Pauline und Frédéric in den Keller gerannt. »Was ist passiert?«, wollte Pauline wissen. Mélanie leuchtete auf die Ratte.

»*Mon Dieu*«, sagte Pauline. »Ich dachte, jemand hat auf euch geschossen.«

»Habt ihr oben etwas entdeckt?«, wollte Louis wissen.

»Wir haben das Diebesgut gefunden. Die gestohlenen Gegenstände von Raymond Aubrac und Émanuelle Colbert sind auch dabei.«

»Großartig! Fahren wir nach Rocamadour und knöpfen uns die Burschen vor.«

Die Polizeiwache von Rocamadour war mitten im Ort in einem Granitsteinhaus untergebracht. Es lag an einem Platz, der von einer Platane beschattet wurde und auf dem ein Springbrunnen plätscherte. Die Kommissare wurden von Paul Guerlain und seinem Kollegen empfangen. »Wir haben die beiden Männer in zwei verschiedene Zellen gesperrt, damit sie sich nicht absprechen können«, berichtete er.

»Sehr gut«, lobte Pauline. »Wo können wir sie vernehmen?«

»Wir haben ein kleines Besprechungszimmer, den Korridor entlang, die erste Tür rechts.«

»Bitte bringen Sie die Männer dorthin. Wir gehen schon mal vor.«

»Jawohl.«

»Ach, und haben Sie ein Aufnahmegerät?«

»Selbstverständlich.«

Das Besprechungszimmer war mit einem groben Holztisch eingerichtet, um den sich Stühle und eine Bank gruppierten. Auf einer Kommode standen eine Kaffeemaschine und Tassen. Daneben gab es einen Kühlschrank. Durch das Fenster sah man die Platane, deren Blätter im Wind vibrierten.

Pauline sah sich um. »Wir setzen uns um den Tisch, die Vernehmung führen Frédéric und ich.«

Kaum hatten sie Platz genommen, als der Gendarm und sein Kollege die beiden Männer, die nach wie vor Handschellen trugen, hereinführten. Sie setzten sich auf die Stühle, die Louis für sie bereitgestellt hatte. Guerlain legte das Aufnahmegerät auf den Tisch, dann stellten er und sein Kollege sich an die Wand und ließen die verhafteten Männer nicht aus den Augen.

Pauline, die ein Pflaster auf der Stirn hatte, schaltete das Gerät ein und sprach die erforderlichen Angaben in das Mikrophon. Dann wandte sie sich den mutmaßlichen Räubern zu. Lelouche versuchte, einen gleichgültigen Eindruck zu machen, Joël kochte vor Wut und konnte es kaum verbergen.

»Nehmen Sie uns die Fesseln ab«, forderte er.

Pauline ging nicht darauf ein. »Auf Sie kommt einiges zu, meine Herren. Angriff auf zwei Polizisten,

Bedrohung mit der Waffe, Körperverletzung, um nur einige Delikte zu nennen.«

Sie lehnte sich zurück. »Wir haben die Diebesbeute im Schrank gefunden. Das heißt natürlich, dass es keinen Sinn mehr hat, die Taten abzustreiten. Wenn Sie kooperieren, kann sich das strafmildernd auswirken.«

Lelouche, dessen Lippe aufgeplatzt war, schnaubte aggressiv.

»Wie haben Sie Ihre Opfer gefunden?«, wollte Frédéric wissen. »Wie sind Sie vorgegangen?«

Er bekam keine Antwort. »Jetzt reden Sie schon«, fuhr er sie an. »Sie sind überführt. Wenn Sie keine Aussage machen wollen, werden Sie sofort nach Bordeaux in das Untersuchungsgefängnis gebracht. Für uns spielt das keine Rolle.« Er machte den Gendarmen ein Zeichen.

»Sie sagen uns Strafmilderung zu?«, hakte Lelouche nach.

»Natürlich nicht, das entscheidet der Richter. Meine Kollegin hat gesagt, dass es möglich sei.«

»Gut, ich werde kooperieren.«

»Halte den Mund, du Idiot«, fauchte Joël, dessen blaues Auge sich langsam violett färbte.

»Das hat doch keinen Sinn mehr«, herrschte Lelouche ihn an. »Sie haben die Sachen gefunden.«

Frédéric ergriff das Wort. »Würden Sie bitte meine Frage beantworten?«

Lelouche nickte. »Wir haben die Pilger vom Dachfenster aus mit dem Fernglas beobachtet und sind ihnen gefolgt. Oder wir sind einfach in der Gegend herumgefahren, bis wir auf jemanden trafen, der uns geeignet erschien. Es war ganz einfach. Viele Pilger sind allein unterwegs und total arglos.«

»Was wollen Sie mit den Kreditkarten? Die Leute lassen sie doch sofort sperren.«

»Nicht alle, manche vergessen es. Außerdem kann man sie, ebenso wie die Personalausweise, auf dem Schwarzmarkt verkaufen. Sie sind sehr begehrt.«

Joël rollte resigniert die Augen. »Erzähl ihnen doch gleich deine ganze Lebensgeschichte, du Idiot. Wie kann man nur so blöd sein?«

»Was haben Sie mit Raymond Aubrac gemacht?«, fragte Pauline unbeirrt.

»Dafür können wir nichts«, verteidigte sich Lelouche. »Das schwöre ich. Er war selbst schuld, warum ist er auch davongelaufen? Da ist er eben in die Schlucht gestürzt. Das wollten wir nicht. Aber wo er sie ja nun nicht mehr brauchte, haben wir die wertvollen Sachen aus seinem Rucksack genommen und sind abgehauen.«

»Sie hätten ihm helfen können.«

Er blies die Luft aus und zuckte mit den Schultern. »Es war ein Unfall.«

»Émanuelle Colbert liegt im Krankenhaus, dafür werden Sie sich verantworten müssen. War das auch ein *Unfall*?«

»Wir haben der Kleinen nichts weiter getan. Es ging uns ausschließlich um das Geld.«

»Wie viele Pilger haben Sie noch überfallen?«

»Och, vielleicht noch den ein oder anderen. Es waren nur ein paar, das versichere ich Ihnen.«

Joël stöhnte über so viel Dummheit.

»Darum wird sich das Raubdezernat kümmern. Uns interessiert der Mord an Madeleine Perrin. Weshalb haben Sie sie getötet?«

Auf Joëls Gesicht erschien ein Ausdruck des Entsetzens. Lelouche sah sie schockiert an. »Was? Wer ist das? Wir haben niemanden umgebracht.«

Pauline zeigte ihnen das Foto der jungen Frau mit den beiden Italienern. »Das ist Madeleine Perrin. Sie wurde schwer am Kopf verletzt und in einem Speicherteich versenkt. Da hat sie noch gelebt. Weshalb haben Sie ihr das angetan?« Ihre Stimme wurde lauter. »Und erzählen Sie mir nicht, es sei auch ein Unfall gewesen!«

Lelouche wurde weiß wie die Wand. »Ich habe die Frau schon einmal gesehen. Das ist die hübsche kleine Rothaarige, die wir überfallen wollten. Sie ist uns entwischt. Wir haben sie gesucht, aber nicht gefunden.«

»Das soll ich Ihnen glauben?«

»Ja, verdammt. Wir sind Räuber, okay, aber keine Mörder. Wir wollten sie ausrauben, aber wir hätten ihr bestimmt kein Haar gekrümmt. Wir haben sie nicht getötet. Warum hätten wir das tun sollen? Das war jemand anderes.«

»Sie sind eben von Ihrem üblichen Schema abgewichen«, stellte Frédéric die Behauptung in den Raum.

»Nein, das sind wir nicht. Es tut mir ehrlich leid, was mit der Kleinen passiert ist.« Auffordernd rempelte er seinen Freund an.

»Mir tut es auch leid«, versicherte Joël hastig.

Pauline schaltete das Aufnahmegerät aus. »Sie werden jetzt von den Gendarmen in das Untersuchungsgefängnis von Bordeaux gebracht. Der Haftrichter wird entscheiden, ob Sie bis zur Gerichtsverhandlung dort bleiben müssen.«

Die junge Frau saß auf einer Bank in der Nähe der Marienkapelle Notre-Dame de Rocamadour, als der Mann sie ansprach. »Sie sehen so traurig aus. Wollen wir einen kleinen Spaziergang machen? Wenn Sie möchten, können Sie mir dabei erzählen, was Sie bedrückt. Wir können selbstverständlich auch schweigen.«

Die dunkelhaarige Schönheit erkannte ihn vom Gottesdienst wieder und nickte dankbar. »Gerne.«

Sie schlenderten an der kleinen Kirche Saint Jean-Baptiste vorbei, passierten das Museum für sakrale Kunst und blieben eine Weile vor dem Zentrum für geistliche Musik stehen. Dort lauschten sie einem Konzert, das im Innenhof stattfand. Ein Organist spielte die »Serenata notturna« von Mozart. Währenddessen senkte sich die Dämmerung über den Wallfahrtsort. Als sie weitergingen, unterhielten sie sich ein wenig. Über ihren Kummer wollte sie nicht sprechen.

»Haben Sie Lust auf ein Glas Rotwein?«, fragte der Mann.

»Ja, warum nicht?«

»Meine Wohnung ist ganz in der Nähe, von der Terrasse aus hat man einen herrlichen Blick auf das Dorf, den Fluss und den Sternenhimmel.«

Kurz darauf saßen sie dort auf einer Bank, hinter der sich Weinlaub über die Fassade rankte. Er hatte nicht zu viel versprochen, die Aussicht war überwältigend. Der kleine Hafen am Fluss wurde von Scheinwerfern bestrahlt, die ihn in sanftes blaues und grünes Licht tauchten. Jenseits der Steinmauer, auf der Tontöpfe mit Sukkulenten standen, führte ein schroffer Abhang senkrecht in die Tiefe.

Ihr Gastgeber hatte ein paar Kerzen entzündet, die im Abendwind flackerten. Sie nahmen ihre Gläser und stießen an. Dabei blickte der Mann ihr intensiv in die Augen. Sie begann, sich unwohl zu fühlen. Irgendetwas stimmte hier nicht. Dann griff er nach ihrer Hand und drückte sie sanft. Mit der anderen strich er zärtlich eine Haarsträhne aus ihrem Gesicht und streichelte ihre Wange.

»Du bist so schön«, flüsterte er. Sie stieß seine Hände weg und sprang auf. Jetzt hatte sie Angst. »Ich möchte lieber gehen.«

»Bleib doch noch!« Er versuchte sie festzuhalten, doch sie riss sich los, rannte durch den Salon und den Korridor auf die Eingangstür zu und stürzte aus dem Haus.

»Ich werde Sie bei der Polizei anzeigen«, drohte sie.

Sie lief, so schnell sie konnte, den Pfad entlang, der zur Burg führte. Der Mann folgte ihr. Da der Weg stetig bergan verlief, musste sie ihr Tempo bald verlangsamen. Sie bekam kaum noch Luft. Seine Schritte kamen immer näher. Plötzlich stürzte er sich auf sie, und sie fielen zu Boden. Sie schrie auf. Er hielt ihr den Mund zu, tastete nach einem Stein und zertrümmerte ihren Schädel. Die junge Frau war sofort tot.

29. APRIL

Louis saß vor der Pilgerherberge in Alvignac an einem Gartentisch. Die langen Beine vor sich ausgestreckt genoss er die ersten Sonnenstrahlen, die sein Gesicht erwärmten. Er wollte telefonieren und hatte gerade sein Smartphone aus der Hemdtasche gezogen, als ein Junge auf einem Fahrrad um die Ecke sauste und vor ihm abbremste. Er trug einen schwarzweißen Trainingsanzug von Adidas und einen blauen Helm. Als er ihn abnahm, fielen dunkle Locken um sein hübsches Gesicht mit der kecken Stupsnase.

»*Bonjour, Monsieur le Commissaire*! Meine *maman* hat mich geschickt. Ich möchte eine Aussage machen.«

Louis musterte ihn und überlegte. Dann fiel es ihm wieder ein. »*Bonjour*, Luc. In dem coolen Sportanzug habe ich dich nicht gleich wiedererkannt. Im Ministrantengewand siehst du anders aus.«

Der Junge grinste. »Sie haben sich schnell erinnert.«

Louis grinste zurück. »Schließlich bin ich Polizist. Du bist also gekommen, um eine Aussage zu machen?«

»Ja.«

»Dann hole ich jetzt meine Chefin. Sie will bestimmt auch dabei sein.«

»Nein, bitte nicht. Ich möchte lieber ein Gespräch unter vier Augen, von Mann zu Mann. Ihnen vertraue ich. Ich habe nämlich was Dummes getan.«

»Okay … Magst du dich zu mir setzen?«

»Gerne!« Der Kleine nahm neben ihm Platz.

»Soll ich dir eine Limonade holen?«

»Nein, danke!« Er wies auf sein Fahrrad. »In der Flasche habe ich Wasser.«

»Also gut, was möchtest du mir erzählen?«

Er wirkte verlegen. »Als Sie mich bei der Ministrantenbesprechung mit dem Abbé gefragt haben, ob ich Madeleine Perrin nach dem Gottesdienst noch einmal gesehen habe, habe ich Ihre Frage verneint.«

»Richtig.«

»Das stimmte aber nicht.«

»Du hast nicht die Wahrheit gesagt?«

»Nicht ganz.«

»Warum nicht?«

»Ich habe mich vor den anderen nicht getraut.«

»Das verstehe ich. Sagst du mir jetzt die Wahrheit?«

»Ja. An diesem Abend habe ich Madeleine Perrin nach der Messe noch einmal gesehen.«

»Wo?«

»Auf dem Friedhof.«

»Was hat sie dort gemacht?«

»Sie hat sich mit Frank unterhalten.«

»Mit Frank Bunel, dem Totengräber?«

»Ja.«

»Kannst du die Situation beschreiben? Ich meine, gingen die beiden freundlich miteinander um, oder wirkten sie aggressiv, haben sich angeschrien oder so?«

»Oh, nein. Es sah sehr freundlich aus.«

»Hattest du den Eindruck, dass die beiden sich kannten?«

»Das weiß ich nicht.«

»Was ist dann passiert?«

»Ich bin nach Hause gegangen. *Maman* hat auf mich gewartet.«

»Warum kommst du erst jetzt damit zu mir?«

»Weil die Frau tot ist.«

»Woher weißt du das?«

»Das weiß jeder hier.«

Louis lächelte ihn an. »*Merci*, Luc. Diese Information ist wichtig für uns.«

Lucs Augen blickten besorgt. »Sind Sie böse auf mich?«

»Aber nein!«

Der Junge strahlte. Der Kommissar deutete auf sein Rad. »Du hast ein tolles Bike.«

»*Maman* hat es mir zum Geburtstag geschenkt. Sie hat lange darauf gespart. Es hat 29-Zoll-Reifen und 21 Gänge. Das Bike geht ab wie die Feuerwehr.«

»Wow!«

»Ich will Radrennfahrer werden, so wie Eddi Merckx. Er ist mein großes Vorbild. Haben Sie gewusst, dass er die Tour de France fünfmal gewonnen hat?«

»Nein, wusste ich nicht. Eine tolle Leistung.«

»O ja. Ich trainiere regelmäßig, um es ihm eines Tages nachtun zu können.«

»Du bist den ganzen Weg von Rocamadour bis Alvignac mit dem Rad gefahren?«

»Klar.«

»Respekt! Die Strecke ist nicht ohne, mit den vielen Steigungen.«

Luc strahlte vor Stolz. Dann sah er auf seine Uhr. »Ich muss zurück. Der Schulbus fährt in einer halben Stunde.«

»Das wird knapp. Was hältst du davon, wenn ich dich mit dem Dienstwagen zurückfahre? Wir laden dein Bike ein.«

»Super! Mit Blaulicht und Martinshorn?«

Louis grinste. »Sicher, schließlich handelt es sich um einen Notfall.«

Der Schäfer Hubertus Stadler, ein Mann um die fünfzig mit breiter Brust und muskulösen Armen, der mit seiner goldgerahmten Brille eher wie ein gut gebauter Intellektueller wirkte, trank seinen Kaffee aus und setzte seinen Weg fort. Die Schafe und seine Schäferhündin Gretchen folgten ihm gemächlich über die Wiese. Wenn ein Tier sich zu weit von der Herde entfernte, scheuchte Gretchen es energisch zurück. Widerspenstigen Tieren versetzte sie einen Schubs mit der Schnauze.

Stadler war Deutscher und stammte aus Würzburg.

Lange Jahre war er für ein global agierendes Industrieunternehmen tätig gewesen und hatte die ganze Welt bereist. Seine Familie bekam er selten zu Gesicht. Vor vier Jahren hatte er auf dem Flug von Dubai nach Frankfurt einen Herzanfall erlitten und wäre beinahe gestorben. Noch im Krankenhaus waren ihm die Scheidungspapiere seiner Frau zugeschickt worden.

In diesem Moment hatte er beschlossen, ein neues Leben anzufangen. Im Poitou hatte er eine Ausbildung als Schäfer absolviert und war danach in Südwestfrankreich geblieben. Er liebte dieses schöne wilde Land ebenso wie die Einsamkeit und die Ruhe.

Dennoch hatte er sich in letzter Zeit nach ein wenig Zweisamkeit gesehnt – und sie auch gefunden. Der Gedanke an Éloise zauberte ein Lächeln auf sein gebräuntes Gesicht. Sie arbeitete als Bedienung in der Bar-Tabac von Lavergne, wo er sie kennengelernt hatte. Ihr Bild erschien vor seinem inneren Auge: die rotblonden Locken, die auf ihre zarten Schultern fielen, die türkisgrünen sanften Augen, der sinnliche Mund. Wunderschön. Inzwischen hatte er sie zu einem Kaffee und wenige Tage später zum *dîner* eingeladen. Heute Abend waren sie bei seinem Schäferwagen verabredet. Am Nachmittag wollte er im Krämerladen Wein, Baguette, Käse und Obst für ein rustikales Mahl besorgen.

Entschlossen wischte er diese Gedanken beiseite, schließlich musste er sich darauf konzentrieren, seine Herde zu hüten. Sie hatten die Wiese durchquert und folgten nun einem Pfad, der bergan führte. Auf dem Hügel thronte die Burg von Rocamadour. Bald würden sie auf den Weg stoßen, der weiter zum Hochplateau führte. Sein Ziel waren die Wiesen in der Nähe des Speicherteiches, auf der wilde Kräuter wuchsen, die seine Schafe besonders gern fraßen. Plötzlich lief Gretchen laut bellend in den Wald. Er stieß einen gellenden Pfiff aus. »Komm sofort zurück!«

Nichts passierte. Verwundert schüttelte er den Kopf. Normalerweise gehorchte der Hund aufs Wort.

»Hierher!«, rief er. Wieder keine Reaktion. Ärgerlich stapfte er ihr durch das Unterholz hinterher. Es war nicht schwer, sie zu finden. Sie stand vor einer kleinen Erhebung aus Zweigen und Blättern und heulte und bellte abwechselnd. Ihr Schwanz war in Habtachtstellung, die Nackenhaare aufgestellt.

»Sei still«, befahl er, doch sie hörte nicht. Er trat näher an den Haufen und erschrak, als er einen blauen Sportschuh sah. Ein Fuß, mit einer weißen Socke bekleidet, steckte darin. Darüber war helle Haut zu sehen. Ein silbernes Fußkettchen, auf dem sich Delphine reihten, glänzte in der Morgensonne. Es war ein ziemlich kleiner Fuß. Langsam ging er zu dem oberen Ende der Anhäufung. Zwischen Laubblättern war ein Frauenohr zu sehen, das mit einem Piercing geschmückt war.

Stadler wusste aus Kriminalfilmen, dass man an einem potenziellen Tatort nichts anfassen und schon gar nichts verändern durfte. Doch was, wenn die Frau noch am Leben war? Er musste ihr doch helfen. Der ehemalige Manager traf eine Entscheidung. Zunächst fotografierte er den Fundort aus allen möglichen Perspektiven, dann ging er in die Hocke und schob vorsichtig das Laub zur Seite, da, wo er Gesicht und Hals vermutete. Er legte zwei Finger an ihre Halsschlagader und stellte fest, dass sie keinen Puls mehr hatte. Ihr Antlitz war blass, über die blauen Augen hatte sich ein Schleier gelegt. Sie blickten starr und etwas verwundert in die Baumwipfel, die sich im Morgenwind bogen. Durch die Äste tanzten goldene Punkte, die sie nicht mehr sehen konnte.

Ihm wurde übel, und er versuchte, tief durchzuatmen. Schwer erschüttert fuhr er sich durch die streichholzkurzen Haare. Gretchen jaulte noch ein letztes Mal auf, setzte sich und verstummte. Ihre traurigen Augen betrachteten das Gesicht der toten Frau. Der Schäfer erhob sich. »Brav, Gretchen.« Dann setzte er einen Notruf ab.

Als die Kommissare am Fundort der Leiche eintrafen, erhob sich Hubertus Stadler von einem Baumstumpf und ging auf sie zu. Sie stellten sich vor. »Wo ist die Frau?«, wollte Pauline wissen.

»Nur ein paar Meter vom Weg entfernt. Kommen Sie, ich zeige Ihnen die Stelle.«

Nach wenigen Schritten standen sie vor der Toten. Die Kommissarin traute ihren Augen nicht und wechselte einen entsetzten Blick mit Louis.

»Das ist Sylvie Picard, die Hobby-Schatzsucherin«, sagte sie erschüttert. Ihre Kollegen nickten. Sie hatten die junge Frau auch sofort wiedererkannt. Keiner sagte ein Wort. Sie ging in die Hocke und prüfte routinemäßig den Puls der Frau. »Sie ist tot«, bestätigte sie das Offensichtliche. Dann betrachtete sie das bleiche Gesicht. Die Lippen waren trocken und rissig. Aus den Augen, die bei ihrer letzten Begegnung geleuchtet hatten, war der Glanz gewichen.

»Ich habe das Laub von ihrem Gesicht entfernt«,

erklärte der Schäfer. »Ich musste doch überprüfen, ob sie noch am Leben ist. Aber ich habe Bilder vom Fundort gemacht, so wie ich ihn vorgefunden habe.«

Pauline nickte. »Das ist schon in Ordnung. Sie können die Fotos auf mein Handy schicken. Ich werde Ihnen die Nummer geben.«

Die Kommissarin zog Einmalhandschuhe über und strich eine von Sylvies Haarsträhnen beiseite. »Sie hat seitlich am Kopf eine Verletzung, die blutverkrustet ist. Es scheint eine tiefe Wunde zu sein. Womöglich ist sie mit einem schweren Gegenstand erschlagen worden.«

Frédéric betrachtete die Verletzung. »Vielleicht mit einem Stein. Darauf müssten dann Blutspuren sein.«

»Wir brauchen die Spurensicherung und müssen einen Bestatter informieren. Die Gendarmen aus Rocamadour sollen den Fundort sichern.«

»Das erledige ich«, erklärte Mélanie und zog ihr Smartphone aus der Hosentasche. Louis begann, den Fundort abzuschreiten und nach der Tatwaffe zu suchen. Auf den ersten Blick konnte er nichts Ungewöhnliches entdecken.

»Sie könnte woanders erschlagen worden sein«, überlegte er. »Danach hat der Täter ihre Leiche hier versteckt. Oder er hat die Tatwaffe mitgenommen.«

Pauline nickte und stand auf. Sie wandte sich an Stadler. »Ist Ihnen auf dem Weg hierher irgendetwas aufgefallen?«

Der Schäfer schüttelte den Kopf. »Es war alles wie immer. Ich wäre an der toten Frau vorbeigelaufen. Mein Hund Gretchen hat Witterung aufgenommen und sie entdeckt.«

»Okay. Wir nehmen Ihre Personalien auf, dann können Sie gehen.« Sie reichte ihm ihre Visitenkarte. »Melden Sie sich bitte, wenn Ihnen noch etwas einfällt.«

»Das mache ich. *Au revoir*!«

Er drehte sich um und pfiff nach seinem Hund. Als er zu seiner Herde ging, hingen seine Schultern traurig herab.

Die Nachricht von Sylvies Tod verbreitete sich wie ein Lauffeuer im ganzen Dorf.

Nachdem Paul Guerlain und sein Kollege eingetroffen waren, fuhren die Kommissare über holprige Forstwege zum Campingplatz. Dort stellten sie den Dienstwagen ab und gingen zum Zelt von Sylvie und Benjamin.

Der Reißverschluss war zugezogen, im Inneren rührte sich nichts. Um die Feuerstelle lagen leere Wein- und Wodkaflaschen. Ein Campingstuhl lag umgekippt im Gras. »Hier ist die Kripo Bordeaux«, rief Louis. »Sind Sie im Zelt, Benjamin? Kommen Sie bitte heraus, wir müssen dringend mit Ihnen sprechen.«

Sie hörten ein Stöhnen, die Stoffwände bewegten sich, dann wurde der Reißverschluss geöffnet. Kurz darauf erschien das verschlafene Gesicht von Sylvies Freund. Seine Augen waren gerötet, die Haare standen ihm in allen Richtungen vom Kopf ab. »Was ist denn los?«, fragte er. »Ich habe noch geschlafen.« Er kroch aus dem Zelt, stand auf und rieb sich den Schlaf aus den Augen. »*Mon Dieu*, ich habe solche Kopfschmerzen.«

Pauline deutete auf einen Stuhl. »Setzen Sie sich bitte, wir müssen mit Ihnen reden.«

Benjamin folgte auf unsicheren Beinen ihrer Aufforderung und ließ sich auf den Stuhl sinken. Louis entdeckte neben dem Zelt eine volle Wasserflasche, die er dem Jungen reichte. Benjamin schraubte den Verschluss ab und trank in gierigen Schlucken. Plötzlich erstarrte er und blickte zurück in das Zelt.

»Wo ist Sylvie?«, fragte er verwundert. Seine Stimme klang ängstlich.

Pauline gab sich einen Ruck. »Deshalb sind wir hier, Benjamin. Ich muss Ihnen eine schlimme Nachricht überbringen. Sylvie wurde heute Morgen hier in der Nähe tot aufgefunden. Offenbar ist sie einem Verbrechen zum Opfer gefallen. Ich möchte Ihnen mein aufrichtiges Beileid aussprechen.«

Er sah sie ungläubig an. »Unmöglich!«

»Leider gibt es keinen Zweifel.«

»Wer war das?«

»Wir wissen es noch nicht.«

Benjamins Hand begann zu zittern, und die Wasserflasche fiel ihm aus der Hand. Seine Augen füllten sich mit Tränen. »Das kann nicht sein.«

»Wenn Sie wollen, bringen wir Sie zu einem Arzt. Wir können Sie auch später befragen.«

Er schüttelte den Kopf und sah sie an. Seine Verzweiflung war deutlich zu spüren. »Bitte fragen Sie. Ich bin schuld, ich hätte auf sie aufpassen müssen. Ich hätte sie nicht allein lassen dürfen. Aber ich hätte doch nie gedacht, dass so etwas passiert.«

»Weshalb glauben Sie, dass Sie schuld sind?«

»Wir hatten Streit. Heftigen Streit.«

»Wann?«

»Gestern Abend.«

»Worum ging es dabei?«

Er rieb sich die Stirn und seufzte. »Es ging um die Schatzsuche. Ich wollte nach Rennes-le-Château, um weiter danach zu suchen. Sylvie jedoch hatte genug von diesen alten Geschichten und dem ganzen Hokuspokus, wie sie es nannte. Sie wollte weiter nach Spanien pilgern. So sind wir in einen schlimmen Streit geraten, keiner wollte nachgeben. Ich schlug vor, mit den anderen zu grillen und am nächsten Tag weiterzureden. Ich hatte keine Lust mehr zu streiten, ich wollte einfach nur feiern.« Er legte den Kopf in sein Hände. »Sylvie war total sauer. Sie ist einfach gegangen.«

»Wissen Sie, wohin?«

»Sie wollte die Abendmesse besuchen.«

»Sind Sie ihr nachgegangen?«

»Nein. Ich habe mit Christophe und den Italienern die halbe Nacht Party gemacht und getrunken.«

»Haben Sie sich nicht gewundert, als Ihre Freundin nicht zurückkam?«

»Ich habe nicht darauf geachtet. Es … es war mir egal. Als wir zu Bett sind, waren wir alle ziemlich betrunken.« Eine Träne lief über seine Wange. »Ich bin für ihren Tod verantwortlich.«

Der Reißverschluss von Christophes Zelt öffnete sich, er kam heraus und sah überrascht auf die Szene, die sich ihm bot.

»Ist was passiert?«, fragte er besorgt.

»Sylvie ist tot«, sagte Benjamin mit tonloser Stimme.

»Was?«

»Jemand hat sie getötet.« Er stand auf und ging auf seinen Freund zu. Christophe umarmte ihn. »Ich kann das gar nicht glauben. Es tut mir so leid«, sagte er völlig fassungslos.

»Können Sie sich um Ihren Freund kümmern?«, fragte Louis ihn. »Er braucht jetzt Beistand.«

»Natürlich, kein Problem.« Er wandte sich wieder an Benjamin. »Lass uns erst mal einen Kaffee trinken.«

Der Kommissar blickte hinüber zu dem Rechteck aus niedergedrückten Grashalmen. »Wo sind die Italiener?«

Christophe sah ihn verblüfft an. »Ich weiß es nicht. Sie müssen sich heute Nacht aus dem Staub gemacht haben.«

In der Einsatzzentrale begannen die Kommissare, die Informationen zu ordnen und mögliche Verdächtige zu eruieren. Die Tatsache, dass zwei Tage nach der Bergung des Leichnams von Madeleine Perrin eine weitere tote Frau gefunden worden war, erschütterte sie. Damit hatte keiner von ihnen gerechnet.

Louis stellte sich an das Whiteboard, das Ferdinand organisiert hatte, und griff nach einem Stift. Damit schrieb er die erste Notiz:

Ein Täter oder mehrere?

»Es ist unwahrscheinlich, dass hier gleichzeitig zwei Mörder rumlaufen, die es auf junge Frauen abgesehen haben. Möglicherweise haben wir es mit einem Serienmörder zu tun«, überlegte Mélanie.

Frédéric nickte. »Das sehe ich auch so.«

Bouchez-Brüder scheiden aus – keine erkennbare Verbindung zwischen Madeleine Perrin & Sylvie Picard

»Überprüf es trotzdem«, meinte Pauline.

Räuber sitzen in U-Haft, scheiden auch aus

Alle nickten.

Silvio Calabrese & Giovanni Leone sind verschwunden

»Bitte veranlasse eine Großfahndung nach ihnen«, bat Pauline Louis.

Kommt Benjamin als Täter infrage?

»Der junge Mann hat ein Alibi«, merkte Frédéric an. »Er war mit Christophe und den Italienern zusammen.«

»Er hätte sich davonschleichen können, als die anderen bereits geschlafen haben«, mutmaßte Louis.

»Aber warum sollte er seine Freundin töten? Nur, weil sie nicht mit ihm nach Rennes-le-Château wollte? Das ist doch kein ausreichendes Motiv.«

»Benjamin erscheint mir glaubwürdig«, sagte Mélanie. »Seine Trauer wirkte echt.«

Totengräber Frank Bunel hat sich nach der Abendmesse mit Madeleine Perrin unterhalten (Aussage Luc)

»Wir werden ihn vernehmen«, entschied Pauline. Ihr Handy klingelte, und sie nahm den Anruf entgegen.

»*Bonjour.*«

»*Salut, Madame le Commissaire.* Hier ist Joe.«

»Welcher Joe?«

»Der Barkeeper im *Chez Amadour.* Sie haben mich neulich nach der vermissten Frau gefragt.«

»Ach ja, jetzt erinnere ich mich.«

»Ich möchte eine Aussage machen.«

Sie schaltete den Lautsprecher des Smartphones ein und legte es auf den Tisch. »Die Kollegen hören mit. Welche Informationen haben Sie für uns?«

»Ich habe gehört, dass Sylvie getötet wurde.«

»Das ist richtig. Woher kannten Sie sie?«

»Sie war einige Male mit ihrem Freund auf ein Bier im *Chez Amadour.*« Er schwieg für einen Augenblick, dann fuhr er fort. »Ich hatte gestern meinen freien Tag und bin am Abend in ein Billardcafé gegangen, das sich in der Nähe der Marienkapelle Notre-Dame de Rocamadour befindet. Auf dem Kirchplatz stand Sylvie und hat mit George Sagnier geredet.«

»Sie meinen den Messdiener?«

»Genau den. Er ist Stammgast bei uns.«

»Um wie viel Uhr war das?«

»Nach der Abendmesse, so um Viertel vor zehn.«

»Welchen Eindruck machten die beiden auf Sie? Haben sie sich gestritten?«

»Nein, überhaupt nicht. Es sah aus, als würden sie sich nett unterhalten.«

»Ist Ihnen sonst noch etwas aufgefallen?«

»Nein, das war alles.«

»*Merci bien*, Monsieur Joe.«

»Hören Sie, Sylvie war eine sehr nette junge Frau. Es tut mir so leid, was mit ihr passiert ist. Finden Sie dieses Monster!«

»Wir tun, was wir können.« Sie beendete das Gespräch. Louis schrieb die letzte Notiz auf das Whiteboard.

Sylvie Picard hat nach der Messe mit George Sagnier geredet

»George Sagnier ist also ebenfalls verdächtig«, sagte Pauline. »Den beiden Männern werden wir jetzt auf den Zahn fühlen.«

Mélanie hatte in der Verwaltung der Pfarrgemeinde von Rocamadour angerufen und sich erkundigt, wo sich Frank Bunel und George Sagnier aufhielten. Vom persönlichen Referenten des Abbé Pierre-Marie hatte sie erfahren, dass in dem Backsteinhaus mit dem Glockenturm eine Besprechung stattfand, an der die beiden Männer teilnahmen. Sie verabredeten sich vor dem Gebäude.

Als die Kommissare eintrafen, wartete der Referent bereits auf sie. Er trug eine Soutane mit einem weißen Stehkragen, und seine lockigen braunen Haare reichten ihm fast bis zu den Schultern. Mélanie war überrascht, wie jung er war. Sie begrüßten sich und stellten sich vor. »Kommen Sie bitte mit, ich habe dem Abbé Ihren Besuch bereits angekündigt.«

Sie betraten das Gebäude und gingen durch den Eingangsbereich. Dann klopfte er an die Tür des Besprechungszimmers und öffnete sie. Um den Tisch saßen die Messdiener, unter ihnen auch der kleine Luc, sowie der Totengräber und der Abbé, der eine purpurne Robe trug und sie bei ihrem Eintreten gütig anlächelte.

Er erhob sich und begrüßte sie. »*Bonjour, Mesdames et Messieurs les Commissaires*. Es freut mich, Sie erneut in meinem Haus empfangen zu dürfen. Was führt Sie diesmal zu uns?«

»Entschuldigen Sie die Störung, Abbé«, sagte Pauline. »Aber es ist wichtig. Sylvie Picard, eine Pilgerin, die mit ihrem Freund auf dem Campingplatz zeltete, ist tot. Sie wurde heute Morgen von einem Schäfer im Wald gefunden. Alles deutet darauf hin, dass sie einem Verbrechen zum Opfer gefallen ist.«

Er nickte betroffen und schlug ein Kreuz. »Wir haben schon davon gehört. Die Dorfbewohner sprechen von nichts anderem mehr. Es ist eine entsetzliche Tragödie. Bereits die zweite Tote innerhalb von wenigen Tagen. Wir werden heute Abend einen feierlichen Gedenkgottesdienst für die beiden Frauen und den Pilger Aubrac abhalten, da wir dem Grauen etwas entgegensetzen wollen. Deshalb die Besprechung.«

»Das ist eine schöne Idee, Abbé. Wir sind gekommen, weil wir mit Frank Bunel und George Sagnier sprechen müssen. Jetzt sofort. Dafür brauchen wir zwei Räume.«

Die genannten Männer sahen sich erstaunt an. Bunels Wangen färbten sich rot. Sagnier fuhr sich hektisch durch die Haare.

Wenn der Abbé überrascht war, ließ er es sich nicht anmerken. »Selbstverständlich, *Madame le Commissaire*, mein Referent wird Ihnen geeignete Räumlichkeiten zur Verfügung stellen. Falls Sie noch etwas brauchen, wenden Sie sich an ihn.«

»Danke, Abbé.«

Pauline und Louis setzen sich in der Bibliothek an einen Tisch und forderten den buckligen Totengräber auf, ebenfalls Platz zu nehmen. Er trug einen schwarzen Anzug, ein weißes Hemd und eine dunkle Krawatte. Auf seinem Kopf saß schräg die Baskenmütze. Sein Gesicht war verschlossen, die Augen funkelten unergründlich. »Was wollen Sie von mir? Ich habe nichts getan.«

Pauline begann mit der Befragung. »Monsieur Bunel, warum haben Sie uns nicht gesagt, dass Sie an dem Abend, als Madeleine Perrin verschwand, mit ihr geredet haben?«

»Ich hielt es nicht für wichtig. Wir haben ein paar Minuten geplaudert, weiter nichts.«

»Worüber? Und wie genau kam es dazu?«

»Ich bin nach der Messe auf den Friedhof gegangen. Das mache ich jeden Tag, um nach dem Rechten zu sehen. Schließlich bin ich dafür verantwortlich. Die junge Frau stand vor einem Grab und hat gebetet. Sie ähnelte einer Frau, die ich sehr geliebt habe, und wirkte unendlich traurig. Sie zog unweigerlich meinen Blick auf sich. Als sie mich bemerkte, hat sie mich angesprochen. Sie sagte, es sei ein wunderschöner Friedhof in einer herrlichen Lage. Dann erzählte sie, dass sie einen geliebten Menschen verloren habe und dass die Atmosphäre auf dem Friedhof sie trösten würde. Besonders in der Dämmerung, wenn die Grablichter brennen und Stille eingekehrt ist.«

»Was ist dann passiert?«

»Wir haben uns verabschiedet.«

»Wo sind Sie hingegangen?«

»Nach Hause.«

»Gibt es dafür Zeugen?«

»Nein, ich lebe allein.«

»Hat Madeleine Perrin gesagt, was sie an dem Abend noch vorhatte?«

»Nein.«

Unvermittelt ging Louis ihn an. »Madeleine hat Ihnen gut gefallen. Sie sah Ihrer großen Liebe ähnlich. Deshalb sind Sie ihr nachgegangen. Sie wollten noch länger mit ihr reden, wollten sie berühren. Sie haben sie bedrängt, aber sie hatte kein Interesse an Ihnen. Sie wollte, dass Sie sie in Ruhe lassen. Als sie sich wehrte und zu schreien begann, haben Sie sie niedergeschlagen und im Wasserreservoir versenkt.«

Bunel sah ihn entgeistert an. »Nein, ich, ich war das nicht. Ich könnte niemandem etwas zuleide tun.« Er wurde immer nervöser und begann zu stottern. Mit einem Fuß klopfte er auf den Boden.

Pauline hakte nach. »Sie können also niemandem etwas antun? Das bezweifle ich. Wir haben Nachforschungen über Sie angestellt. Sie haben vor zehn Jahren bei einer Kneipenschlägerei in Lavergne einen Mann halb totgeschlagen und ihm mit einem Jagdmesser den Ringfinger der rechten Hand abgeschnitten.«

»Er hat es nicht besser verdient.«

»Sie waren dafür elf Monate im Gefängnis.«

»Ich bin wegen guter Führung vorzeitig entlassen worden.«

»Das wissen wir. Sie haben sich immer geweigert, Ihr Motiv zu nennen.«

»Ja, das ist richtig.«

»Wenn Sie wollen, dass wir im Falle Madeleine Perrin an Ihre Unschuld glauben, müssen Sie mir das erklären. Aus welchem Grund haben Sie diesen Mann so schwer verletzt?«

Bunel holte ein Taschentuch aus seiner Jacke und wischte sich die Schweißtropfen von der Stirn. »Also gut. Es ist das erste Mal, dass ich darüber spreche. Ich war in eine Frau verliebt, eine wunderschöne Frau. Sie hieß Gabrielle. Doch aufgrund meines Aussehens habe ich mich nicht getraut, um sie zu werben. Ich hatte Angst, dass sie mich zurückweist. Ein Freund von mir, Bruno, eben der, dem ich den Finger abgeschnitten habe, hatte sich ebenfalls in sie verguckt.

Er wollte ihr ganz altmodisch Liebesbriefe schreiben, weil er das romantisch fand, hatte aber keinerlei Begabung. Also habe ich es übernommen«. Bunel lächelte bitter. »Es war ein bisschen wie in der Geschichte über unseren berühmten Cyrano de Bergerac. Brief um Brief habe ich an Brunos Stelle geschrieben und habe mich dabei von Cyranos Gedichten inspirieren lassen. Was soll ich sagen, der Plan hat funktioniert. Gabrielle hat sich in Bruno verliebt, und nach fünf Monaten haben sie geheiratet. Kurz darauf wurde sie schwanger. Die beiden waren unendlich glücklich, und ich habe es ihnen von Herzen gegönnt.« Er schluckte. »Bei der Geburt ist sie gestorben, das Baby auch. Es war ein Mädchen.«

»Wie kam es zu der Schlägerei?«, wollte Louis wissen. »Er war doch Ihr Freund?«

»Nach dem Tod der beiden wurde aus Bruno ein anderer Mensch. Er hat getrunken und ist immer verzweifelter und aggressiver geworden. Dadurch hatte er auch seine Arbeit verloren. An dem Abend in der Kneipe haben wir zusammen getrunken, um unsere Trauer zu ertränken. Was sage ich, gesoffen haben wir. Auf einmal ist die Stimmung gekippt, und Bruno ist böse geworden. Er hat behauptet, ich sei schuld daran, dass es ihm so dreckig ginge. Wenn ich die Briefe nicht geschrieben hätte, hätte sich Gabrielle nicht in ihn verliebt, und er wäre jetzt nicht so todunglücklich. Dann ist er auf mich losgegangen und hat mir ins Gesicht geschlagen. Sein Vorwurf hat mich sehr getroffen. Er hat auf Gabrielles Liebe zu ihm herumgetrampelt. Dankbar hätte er sein müssen, dass er mit ihr zusammen sein durfte. Stattdessen hätte er die ganze Geschichte am liebsten rückgängig gemacht. Das versetzte mich komplett in Rage. Ich habe ihn verprügelt, und als er auf dem Boden lag, habe ich ihm den Ringfinger abgeschnitten, an dem er noch seinen Ehering trug. Ein heiliges Versprechen, das er gebrochen hat.«

Erschöpft verstummte Bunel. Pauline und Louis wechselten einen raschen Blick. Sie konnten ihm nichts nachweisen. Es gab weder Zeugen noch Beweise, die darauf hinwiesen, dass er Madeleine irgendetwas angetan hatte.

»Sie können gehen, Monsieur Bunel«, sagte Pauline.

Der Referent hatte Mélanie und Frédéric für die Vernehmung von George Sagnier sein Büro zur

Verfügung gestellt. Dort saßen sie jetzt mit ihm. Er wirkte ruhig und entspannt und duftete nach einem teuren Eau de Toilette.

Die Kommissarin sah ihn an. »Monsieur Sagnier, uns liegt eine Zeugenaussage vor, der zufolge Sie gestern Abend nach der Messe mit Sylvie Picard gesprochen haben. Das hätten Sie uns sagen müssen.«

»Ich habe erst in unserer Besprechung von ihrem Tod erfahren. Selbstverständlich hätte ich Ihnen das noch mitgeteilt. Allerdings ist mir nicht klar, warum das wichtig ist. Wir haben uns kurz unterhalten, das ist alles.«

»Kannten Sie sie?«

»Ich habe sie ein-, zweimal im *Chez Amadour* mit ihrem Freund gesehen.«

»Wie sind Sie ins Gespräch gekommen?«

»Nach dem Gottesdienst habe ich mich umgezogen und die Marienkapelle verlassen. Da sah ich sie auf dem Kirchplatz stehen. Sie wirkte irgendwie verloren, deshalb habe ich sie angesprochen und gefragt, ob alles in Ordnung sei.«

»Was hat sie gesagt?«

»Sie hat mir erzählt, dass sie Streit mit ihrem Freund hatte. Sie hatte Angst, dass er sie verlassen würde, wenn sie nicht nachgab. Daraufhin habe ich versucht, sie zu trösten. Ich habe ihr versichert, dass sie sich bestimmt bald wieder versöhnen würden. Wegen einer Meinungsverschiedenheit trennt man sich doch nicht.«

»Wie hat sie reagiert?«

»Sie hat mich angelächelt und sich bei mir bedankt. Dann haben wir uns verabschiedet.«

»Hat sie gesagt, was sie vorhatte?«

»Nein, aber ich bin davon ausgegangen, dass sie zum Zeltplatz zurückgeht.«

»Sie haben sie nicht begleitet?«, hakte Frédéric nach.

»Nein, warum sollte ich?«

»Weil sie jung und schön war? Weil Sie mehr von ihr wollten?«

»Aber nein.«

»Raus mit der Sprache, was haben Sie mit ihr gemacht?«

Sagnier wurde ärgerlich. »Nichts habe ich gemacht. Ich stehe nicht auf junge Frauen, und ich bin kein Mörder. Ich habe es nicht nötig, mir mit Gewalt Befriedigung zu verschaffen. Frauen mögen mich.«

»Wo waren Sie an dem Abend, als Madeleine Perrin getötet wurde?«

»Zu Hause. Ich habe gelesen und Musik gehört.«

»Gibt es dafür Zeugen?«

»Nein.«

»Wie haben Sie gestern den Abend verbracht?«

»Das möchte ich nicht sagen.«

»Monsieur Sagnier, das ist eine Mordermittlung. Da gibt es keine Geheimnisse. Beantworten Sie bitte meine Frage.«

»Können Sie mir Stillschweigen zusichern?«

»Nein, das kann ich nicht. Es kommt darauf an, ob Ihre Aussage ermittlungsrelevant ist.«

»Also gut, wenn es sein muss. Ich war mit einer Frau verabredet.«

»Wie ist ihr Name?«

Er seufzte. »Sie heißt Marie-Claire Merlant und ist die Frau des Bürgermeisters von Rocamadour. Er ist passionierter Jäger, Choleriker und extrem eifersüchtig. Wenn er mitbekommt, dass seine Frau und ich eine Affäre haben, erschießt er mich.«

»Wo waren Sie mit ihr verabredet?«

»Ein Freund von mir besitzt ein kleines Hotel außerhalb von Alvignac und ist sehr diskret. Dort treffen wir uns, wenn Marie-Claires Mann auf die Jagd geht. Zurzeit hält er sich in den Pyrenäen auf und schießt auf Gämsen.«

»Wir brauchen die Kontaktdaten Ihres Freundes.«

»Ich schreibe sie Ihnen auf.«

»Wann sind Sie in dem Hotel eingetroffen?«

Er überlegte. »Gegen halb elf.«

»War Madame Merlant schon da?«

»Nein, sie traf kurze Zeit später ein.« Er sah von einem zum anderen. »Fragen Sie meinen Freund und von mir aus auch Marie-Claire. Aber bitte nicht ihren Mann.«

»Wenn wir die erforderlichen Auskünfte bekommen, sehe ich keinen Grund, mit ihm zu sprechen.«

»Danke!« Sagnier zupfte einen Fussel von seinem Messdienergewand. »Um Ihren Verdacht gegen mich gänzlich auszuräumen, bitte ich Sie, Folgendes zu bedenken: Glauben Sie im Ernst, ich töte eine junge Frau und treffe mich danach in aller Ruhe mit meiner Geliebten?«

Als der Referent sie alle vier zum Ausgang begleitete, kam ihnen der Abbé entgegen. In seiner purpurnen Robe sah er würdig und unnahbar aus. Er machte seinem Mitarbeiter ein Zeichen, der sich daraufhin eilig zurückzog. Dann wandte er sich den Ermittlern zu.

»*Mesdames et Messieurs*, ich halte Sie für äußerst fähige Polizisten. Deshalb bin ich mir sicher, dass Sie herausgefunden haben, dass Frank vorbestraft ist. Ich habe ihn dennoch eingestellt, weil ich der Meinung bin, dass jeder eine zweite Chance verdient. Und unser George ist absolut integer. Er mag eben die Frauen, auch verheiratete Frauen. Das ist seine Privatangelegenheit. Ich lege für beide Männer meine Hand ins Feuer. Sie sind gute Menschen, keine Mörder.«

Pauline lächelte ihn an. »Danke für Ihre Einschätzung, Abbé Pierre-Marie. Wir nehmen sie zur Kenntnis.«

Er erwiderte ihr Lächeln. Was für ein charismatischer Mann, dachte sie.

»Mir ist klar, dass Sie bei Ihren Ermittlungen massiv unter Druck stehen. Erst stirbt der arme Raymond Aubrac, und jetzt wurden zwei junge Frauen aus dem Leben gerissen. Ich wünsche Ihnen viel Kraft und Erfolg und gebe Ihnen meinen Segen mit auf den Weg.«

»*Merci beaucoup*, Abbé.«

Pauline hatte die untere Matratze des Stockbettes gewählt und starrte auf den Lattenrost über ihr. Sie hatte sich hin und her gewälzt und keinen Schlaf gefunden. Eine zweite Frau war ermordet worden, und sie hatten es nicht verhindern können. Schuldgefühle quälten sie, auch wenn sie nicht wusste, was sie hätten anders machen sollen.

Ein Blick auf die Armbanduhr sagte ihr, dass es kurz nach zwei Uhr morgens war. Müde schloss sie die Augen und hörte den leisen Atem von Mélanie. Als sie sich bewegte, knarzte das Bett.

Plötzlich klopfte jemand an die Zimmertür. »*Madame le Commissaire*! Hören Sie mich? Ich muss Sie dringend sprechen. Es ist wichtig.« Es war die Stimme von Ferdinand. Mélanie, die einen leichten Schlaf hatte, erwachte und setzte sich schlaftrunken auf. »Was ist denn los?«

»Ich weiß nicht. Ferdinand steht vor der Tür.« Sie stieg aus dem Bett, drehte den Schlüssel im Schloss und öffnete die Zimmertür. Der Herbergsvater trug einen gestreiften Pyjama und Hausschuhe. Im Nachtlicht, das den Flur spärlich erhellte, sah er aus, als hätte er den Teufel gesehen. Sein Gesicht war kalkweiß, die Augen weit aufgerissen.

»Ist etwas passiert?«, fragte Pauline erschrocken.

»Luise ist weg.«

»Wie, weg?«

»Sie wollte in die Abendmesse von Rocamadour und ist nicht zurückgekommen.«

»Woher wissen Sie das? Haben Sie in ihrem Zimmer nachgesehen?«

»Ja, ich wollte mich vergewissern. Wir waren verabredet, *Madame le Commissaire.*« Er errötete. »Wir wollten uns näherkommen. In meinem Zimmer. Ich habe für dieses Rendezvous extra Austern und Champagner gekauft, um sie zu überraschen. Sie wollte den Bus nehmen und hätte kurz vor Mitternacht wieder hier eintreffen müssen.«

Mélanie kletterte über die Leiter nach unten und stellte sich neben Pauline. »Kann es sein, dass sie es sich anders überlegt hat?«

Ferdinand schüttelte den Kopf. »Das glaube ich nicht. Sie meinte vorhin noch, wie sehr sie sich darauf freue.«

»Haben Sie versucht, sie auf ihrem Handy zu erreichen?«

»Ja, aber ist anscheinend ausgeschaltet.« Ferdinand starrte die beiden Kommissarinnen entsetzt an. »Glauben Sie, diese Bestie hat wieder zugeschlagen?«

In dem Moment öffnete sich die Tür nebenan, und Louis und Frédéric kamen auf den Flur. »Was ist los?«, fragte der jüngere Kommissar. Er wirkte beunruhigt.

Pauline sah ihn an. »Luise Berger ist verschwunden. Sobald die Sonne aufgeht, beginnen wir mit der Suche.«

30. APRIL

Um sechs Uhr achtundvierzig lugte die Sonne hinter einem Bergmassiv hervor und schickte ihre ersten Strahlen in das Tal. Die Kommissare saßen um den Tisch in der Einsatzzentrale. Ferdinand hatte ihnen starken Kaffee gebracht. Er war am Boden zerstört und sah übernächtigt aus. Luise Berger war nicht in die Pilgerherberge zurückgekehrt.

»Was haben wir?«, fragte Pauline.

Louis schlug eine Mappe auf. »Der Bericht der Kriminaltechnik kam vorhin per Fax. Die Kollegen haben den Fundort von Sylvie Picard und die Umgebung gründlich abgesucht und nichts gefunden. Auch die Tatwaffe nicht.«

Ein leises Pling seines Laptops kündigte eine neue E-Mail an. »Der Obduktionsbericht ist da. Bei der Waffe handelt es sich wahrscheinlich um einen schweren stumpfen Gegenstand, wie vermutet. Der Schlag führte zu einer Schädelfraktur, die ursächlich für ihren Tod war. Es konnten keine Spuren einer Vergewaltigung festgestellt werden, ebenso wenig wie Abwehrverletzungen. Der Todeszeitpunkt liegt zwischen 22.00 Uhr und Mitternacht.«

Mélanie blätterte in ihren Notizen. »Der Hotelbesitzer hat ausgesagt, dass George Sagnier nicht um 22.30 Uhr eingetroffen sei, sondern erst kurz nach 23.00 Uhr. Der Messdiener hat uns nicht die Wahrheit gesagt.« Sie tippte mit ihrem Stift auf das Blatt. »Das ändert die Sachlage erheblich. Zwischen 22.00 Uhr und 22.30 Uhr hätte Sagnier es nicht schaffen können, Sylvie Picard zu töten. Man braucht für die Fahrt von Rocamadour bis zu dem Hotel bei Alvignac circa zwanzig Minuten. Außerdem musste er noch zu seinem Auto laufen. Er hatte aber eine halbe Stunde mehr Zeit und hätte die Tat begehen können. Vorausgesetzt, er hat sich beeilt.«

Pauline nickte nachdenklich. »Das ist eine Möglichkeit.« Dann fasste sie noch einmal das Opferprofil zusammen: »Betroffen sind zwei schöne junge Pilgerinnen und die ältere, aber auch sehr attraktive Luise Berger. Alle drei wollten den Abendgottesdienst besuchen und sind danach verschwunden.«

»Was sagt uns das?«, fragte Frédéric.

»Vielleicht etwas über das Vorgehen des Täters. Er nimmt während oder nach dem Gottesdienst Kontakt zu diesen Frauen auf, dann tötet er sie.«

»Warum?«

»Er will etwas von ihnen, das sie ihm nicht geben wollen.«

»Weshalb lässt er sie dann nicht einfach laufen?«

»Weil sie ihn gesehen haben? Weil er sich auf eine Art und Weise benommen hat, die ihn in Schwierigkeiten bringen könnte?«

»Möglich.«

Es klopfte an der Tür. Paul Guerlain und Feuerwehrkommandantin Mireille Poulac betraten den Raum und wünschten einen guten Morgen. Louis hatte sie in aller Frühe über das Verschwinden von Luise Berger informiert und sie gebeten, so schnell wie möglich zu kommen. Sie setzten sich zu den Kommissaren und nahmen gerne eine Tasse Kaffee an. Dann begannen sie mit der Organisation der Suche nach Luise Berger. Sie beschlossen, erneut Suchtrupps einzusetzen, und auch die Besatzung der Bergrettung von Lavergne sollte die Gegend erneut mit dem Hubschrauber abfliegen.

»Wir könnten die sozialen Netzwerke aktivieren und einen Aufruf auf Facebook starten«, schlug Poulac vor.

»Nutzen wir den Gruppenchat des Fußballvereins«, meinte Guerlain. »Und einige Bauern haben nach der letzten Suche angeboten, mit ihren Traktoren die Feldwege abzufahren.«

»Allesamt gute Ideen. Vielen Dank für Ihre Unterstützung.«

»Soll die Landfrauenvereinigung im Gemeindehaus wieder Kaffee und Kuchen für die Suchtrupps anbieten?«

»Das wäre sehr freundlich von ihnen. Wir führen Befragungen durch. Am späten Nachmittag treffen wir uns wieder hier.«

Der Gendarm und Poulac verließen den Raum.

»Und wenn sie im Speicherteich liegt?«, mutmaßte Mélanie.

»Ich weiß nicht«, antwortete ihre Chefin nachdenklich. »Bisher haben wir zwei verschiedene Fundorte. Ob der Täter das Wasserreservoir noch einmal benutzen würde?«

»Meinst du, Luise Berger ist noch am Leben?«

»Wir können nur hoffen.«

Gegen Mittag waren die Kommissare mit den Befragungen durch. Niemand hatte Luise Berger gesehen, und keiner konnte einen entscheidenden Hinweis auf ihren Verbleib geben. Ob sie tatsächlich die Abendmesse besucht hatte, blieb unklar. Die organisierte Suche war bisher ergebnislos verlaufen. Sagnier und sein Freund, der Hotelbesitzer, hatten auf ihren Aussagen beharrt und gemeint, der andere hätte sich wohl bei der Zeitangabe geirrt, was durchaus möglich war. Zeugenaussagen waren nicht immer furchtbar verlässlich.

Louis tigerte in der Einsatzzentrale hin und her und machte ein nachdenkliches Gesicht. Pauline sprach ihn schließlich an. »Alles in Ordnung mit dir?«

»Was ist, wenn wir wieder unsere Zeit verschwenden, wie bei der letzten Suche? Luise kann inzwischen tot sein. Wir müssen uns etwas einfallen lassen. Die Zeit drängt.«

»Hast du eine Idee?«

Ein Lächeln erschien auf seinem Gesicht. »Ja! Ich werde die Gegend abfliegen und nach ihr suchen.«

»Wie meinst du das?«

»Mit dem Flugdrachen.« Louis war begeisterter Drachenflieger und liebte es, in seiner Freizeit von der Düne von Pilat aus über dem Atlantik und den

Seekiefernwäldern zu schweben. Dabei fühlte er sich unglaublich frei.

»Würdest du das tun? Du kennst die Gegend hier kaum.«

»Das spielt keine Rolle, ich kann überall fliegen.«

»Es wird ein paar Stunden dauern, bis du deine Ausrüstung geholt hast.«

»Ich brauche sie nicht zu holen. Ich habe mich mit Juliette Simon von der Bergrettung unterhalten. Sie ist auch Hobby-Drachenfliegerin. Sicher ist sie bereit, mir ihr Sportgerät auszuleihen.«

»Ich finde die Idee großartig«, unterstützte ihn Mélanie.

Frédéric nickte zustimmend. »Vielleicht kannst du Stellen einsehen, die ein Hubschrauber nicht anfliegen kann, oder Gebiete, zu denen die Suchtrupps nicht vordringen können. Wir dürfen uns nichts vormachen, bei einer solchen Aktion kann man nie jeden Quadratmeter überprüfen. Einen Versuch ist es wert.«

Louis sah zu seiner Chefin. »Bist du einverstanden?«

Pauline nickte. »Okay, du fliegst.«

Er griff nach seinem Telefon und rief die Bergrettung von Lavergne an. Tatsächlich erreichte er Juliette und schilderte ihr sein Anliegen. Sie war sofort einverstanden und bot ihm an, ihre Ausrüstung vorbeizubringen. In einer halben Stunde würde sie in Alvignac sein.

Während sie auf die Bergretterin warteten, suchten sie auf einer Landkarte und auf Google Earth einen Platz, der innerhalb ihres etwa fünfundzwanzig Quadratkilometer großen Zielgebietes lag und von dem aus Louis starten konnte. Es handelte sich um einen schwer zugänglichen Höhenzug mit Schluchten, Felsabbrüchen und Höhlen, der von Macchia überzogen war und an dessen Flanken sich Kiefern festkrallten.

Louis befestigte die Tasche mit dem Drachenflieger auf dem Dachgepäckträger des Dienstfahrzeuges, und sie machten sich auf den Weg zu einer Region, die westlich von Rocamadour lag. Über eine schmale Straße, die in Serpentinen verlief, fuhren sie stetig bergauf. Dann ging es weiter auf Forstwegen durch ein großes Waldgebiet. Schließlich erreichten sie eine Hochebene, auf der sich Weiden erstreckten. Säulenförmiger Wacholder und bizarre Felsformationen erhoben sich entlang der Weiden. Sie stellten den Wagen ab und gingen die letzten Meter zu Fuß, bis sie einen Abhang erreichten, der hinunter zu einer Abbruchkante führte, die senkrecht in eine Schlucht fiel.

Louis baute den Drachen zusammen, setzte den Helm auf und befestigte das Gurtzeug an seinem Körper. Als er fertig war, wandte er sich an seine Kollegen. »Es kann losgehen.«

»Viel Erfolg!«, wünschte Mélanie.

Dann nahm Louis sechs Schritte Anlauf und spürte, wie die Aufwinde die Flügel trugen. Sanft hob er ab und schwebte wie ein Adler über der Schlucht. Er zog weite Kreise und sah sich um. Die Perspektive war eine ganz andere. Er sah leuchtendblaue Wasserfälle, die über Felsnasen in die Tiefe stürzten und auf einmal in Höhlen verschwanden. Teppiche aus grüngrauen Moosen und Flechten überzogen bizarre Steingebilde. Auf den Lichtungen leuchteten Frühlingsblumen. Das Gelb der Schlüsselblumen strahlte besonders intensiv. Im Osten erhob sich der Kirchturm von Rocamadour mit seiner roten Spitze, darüber thronte die ockerfarbene Burg. Der Speichersee glänzte wie ein Türkis in der Sonne. Er war fasziniert von dem Kaleidoskop der Farben. Am Boden hatte es nach Gras, Wildkräutern und Mineralien gerochen, hier oben nahm er nur den frischen Wind wahr. Mit den Augen suchte er die Felswände ab, erforschte Nischen, Spalten und undurchdringliches Buschwerk. Auf einmal entdeckte er etwas, das seine Aufmerksamkeit erregte, und prägte sich rasch den Standort ein. Durch die kurze Ablenkung kam er einer Felsnadel gefährlich nahe. Geschickt wich er aus, zog weiter Kreise und steuerte dann das Hochplateau an, auf dem seine Kollegen standen und die Aktion beobachteten. Schließlich landete er kontrolliert auf der Wiese. Er stieg aus den Gurten und nahm den Helm ab.

»Hast du etwas entdeckt?«, wollte Mélanie wissen.

»Unterhalb der Abbruchkante gibt es eine Steinhütte. Man kann sie von hier oben wegen eines Felsüberhangs nicht sehen. Die sollten wir uns näher anschauen.«

»Wie kommen wir dahin?«, fragte Pauline.

»Wir müssen den Weg ein Stück zurückfahren und dann auf eine Schotterpiste abbiegen.«

Nachdem Louis den Drachen zerlegt und verstaut hatte, brachen sie auf.

Das Steinhaus lag auf einer kleinen Lichtung und hatte winzige, quadratische und vergitterte Fenster. Auf einer Blautanne, die sich daneben erhob, saßen ein paar zwitschernde Vögel. Es gab keine Anzeichen menschlichen Lebens.

Pauline stieg drei Stufen empor und pochte mit der Faust gegen die schwere Eichentür, die mit einem Bügelschloss versperrt war. In der anderen Hand hielt sie ihre entsicherte Waffe. »Hier ist die Polizei. Machen Sie die Tür auf!«

Kurz herrschte Stille, dann begann eine Frauenstimme, laut um Hilfe zu schreien. Frédéric holte ein Stemmeisen aus dem Kofferraum und brach das Schloss auf. Pauline öffnete die Tür.

Vor ihr stand Luise Berger. Ihr Gesicht hatte jede Farbe verloren, die Augen waren verweint, die blonden Haare zerzaust. Ihr kariertes Hemd hing aus der Jeans. Sie fiel Pauline um den Hals und brach in Tränen aus. »Das irre Schwein hat mich hier eingesperrt«, schluchzte sie. Offenbar stand sie unter Schock und sprach deshalb deutsch. Pauline sah Louis, der die deutsche Sprache ganz gut beherrschte, fragend an. »Was hat sie gesagt?«

»Ein verrücktes Schwein hat sie hier eingeschlossen.«

Luise erzählte auf Französisch weiter. »Ich habe versucht hinauszukommen, aber es ging nicht. Die Fenster sind vergittert, die Tür war von außen verriegelt. Ich wollte das Schloss aufbrechen, aber in dieser verdammten Hütte gibt es nichts, was man dafür hätte benutzen können. Die ganze Zeit hatte ich panische Angst davor, dass er zurückkommt und mir wehtut.«

Die Kommissarin legte ihr sanft einen Arm um die Schultern. »Jetzt sind Sie in Sicherheit.« Sie sah Luise in die Augen. »Hat er Ihnen etwas getan?«

»Nein. Ich muss bewusstlos gewesen sein, als er mich hierhergebracht hat. Als ich aufwachte, war er verschwunden.«

»Sind Sie verletzt? Brauchen Sie einen Arzt?«

»Es geht schon.«

Mélanie hatte auf dem Tisch – neben einer Flasche Wasser und einer Keksdose – eine Notiz entdeckt und las sie laut vor:

»Liebe schöne Luise, ich bin bald zurück, dann reden wir. Alles ist gut! Dein P.-M.«

»Wer zum Teufel ist P.-M.?«

Pauline ahnte es bereits.

»Dieser perverse Pfarrer«, fauchte Luise.

Sie fanden Abbé Pierre-Marie in seinem Büro. Sein Referent hatte ihnen den Zutritt verweigern wollen und sich vor der Tür aufgebaut, da der Geistliche nicht gestört werden sollte. Pauline hatte ihn energisch beiseitegeschoben, und sie waren eingetreten. Pierre-Marie saß hinter seinem prächtigen Schreibtisch und sah ihnen erstaunt entgegen. Louis schien es, als habe seine purpurne Robe an Glanz verloren. Der Gesichtsausdruck des Mannes war unergründlich.

»Was führt Sie zu mir?«, fragte er.

Pauline sagte nur einen Satz. »Wir haben Luise Berger gefunden.« Ihre Stimme war kalt.

Seine Miene versteinerte. Dann stand er auf, umrundete seinen Schreibtisch und hielt ihr die gekreuzten Handgelenke hin. »Es ist vorbei«, sagte er mit heiserer Stimme. Er wich ihrem Blick nicht aus.

»Ich denke, auf Handschellen können wir verzichten. Sie sind vorläufig festgenommen. Ihnen werden die Morde an Madeleine Perrin und Sylvie Picard sowie Körperverletzung, Freiheitsberaubung und Entführung von Luise Berger zur Last gelegt. Ich lasse Sie in das Untersuchungsgefängnis von Bordeaux bringen. Kommen Sie mit.«

Als sie den Backsteinbau mit dem Glockenturm verließen, starrte der Referent ihnen ungläubig hinterher.

1. MAI

Am nächsten Morgen trafen die Kommissare um neun Uhr im Untersuchungsgefängnis von Bordeaux ein. Eine Polizeianwärterin führte sie über eine Treppe in einen Vernehmungsraum im Kellergeschoss.

Das Zimmer hatte kahle Wände, eine kalte Neonbeleuchtung und einen Tisch, der im Boden verschraubt war. Pauline und Louis, die die Vernehmung durchführen würden, setzten sich an den Tisch. Mélanie und Frédéric nahmen auf Stühlen an der Wand Platz. Kurz darauf wurde die Tür geöffnet, und zwei Polizisten führten Abbé Pierre-Marie herein. Der Geistliche trug einen blauen Overall und Sportschuhe ohne Senkel. Aufgrund seines hohen Amtes hatte man ihm keine Handfesseln angelegt. Seine würdige Aura jedoch war verschwunden. Sein goldenes Kreuz hatte man ihm abgenommen. Er sah müde aus, und in seinen Augen lag tiefe Hoffnungslosigkeit.

Pauline schaltete das Aufnahmegerät ein und nannte die erforderlichen Daten. Dann wandte sie sich dem Verdächtigen zu. »Bin ich richtig informiert, dass Sie auf einen Rechtsbeistand verzichten?«

»Ja, *Madame le Commissaire*. Das stimmt.«

»Wie Sie wollen.« Sie sah ihn forschend an. »Was ist mit Madeleine Perrin passiert?«

Er fuhr sich durch die Haare und sammelte sich. Dann begann er. »Die junge Frau ist mir gleich aufgefallen, als sie nach der Messe noch auf der Bank sitzen blieb und betete. Sie war völlig versunken und nahm mich nicht wahr. Ich war wie geblendet von ihrer Schönheit. Sie sah aus wie ein Engel, den der Herr mir geschickt hat. Ich zog mich um und trat kurze Zeit später auf den Kirchplatz. Von dort aus sah ich sie erneut. Sie war auf dem Friedhof und unterhielt sich mit Frank, der sich bald von ihr verabschiedete und ging. Dann verließ sie ebenfalls den Gottesacker.« Der Abbé schien in Gedanken versunken.

»Madeleine sah irgendwie verloren aus, als wüsste sie nicht, wo sie hinsollte. Ich habe sie angesprochen und sie gefragt, ob sie einen kleinen Spaziergang mit mir machen wolle, und sie willigte ein. Bei unserem

Rundgang haben wir uns ein wenig unterhalten.« Er schluckte. »Sie war eine intelligente und sensible Frau, man konnte gut mit ihr reden. Anschließend habe ich sie zu einem Glas Wein in meine Wohnung eingeladen. Wir saßen im Salon vor dem offenen Kaminfeuer und beobachteten das Flammenspiel. Die Stimmung schien mir sehr romantisch. Deshalb begann ich, sie zu streicheln. Aber sie stieß mich weg. Es kam zu einem Handgemenge. Dann sprang sie auf, griff nach einem Schürhaken und ging auf mich los. Ich riss ihn ihr aus der Hand und schlug zu. Ich habe mich nur zur Wehr gesetzt. Auf keinen Fall wollte ich sie töten. Es war ein Unfall.« Mehrere Sekunden lang starrte er stumm die Wand an.

»Wie ging es weiter?«, fragte Louis schließlich.

»Sie lag auf dem Boden und rührte sich nicht mehr. Aus der Wunde am Kopf rann Blut. Ich geriet in Panik und wusste nicht, was ich tun sollte. Ich zermarterte mir das Hirn und fasste schließlich den Entschluss, sie im Speicherteich zu versenken, um alle Spuren zu beseitigen.«

»Wie haben Sie das bewerkstelligt?«

»Ich habe sie auf den Schultern hochgetragen, es ist nicht weit. Und um diese Zeit ist auf dem Pfad zum Hochplateau so gut wie nichts mehr los, deshalb bin ich das Risiko eingegangen. Am Rand des Sees habe ich einen Stein an ihre Fußgelenke gebunden.«

»Woher hatten Sie die Schnur?«

»Ich hatte sie von zu Hause mitgenommen. Dann habe ich sie ins Wasser gerollt und den Stein hinterher, bis er mit ihr versank.«

Louis fiel auf, wie kräftig und breitschultrig er war. Unter seinen Gewändern war das bisher verborgen geblieben. Er nahm den Faden wieder auf. »Sie hat noch gelebt, als Sie sie versenkt haben.«

Der Geistliche sah ihn entsetzt an. »Ich dachte, sie sei tot.«

»Nein, das war sie nicht.«

Pauline ergriff das Wort. »Erzählen Sie uns von Sylvie Picard.«

Angespannt rieb er sich die Hände. »Auch sie habe ich angesprochen, nachdem George das Gespräch mit ihr beendet hatte und davongeeilt war. Wahrscheinlich hatte er wieder ein Rendezvous. Ich bin auch mit ihr spazieren gegangen. Sie war so eine wunderschöne Frau, temperamentvoll und voller Lebensenergie. Diese dunklen Locken! Diese feurigen Augen! Wie eine Kriegerin aus der Antike sah sie aus. Bei einem Glas Wein auf der Terrasse liebkoste ich ihre Wange und ihre Hand. Ich musste sie einfach berühren. Aber ich wollte ihr nichts tun, ich wollte zärtlich sein, das schwöre ich. Doch sie ist vor mir davongelaufen. Dabei hat sie gedroht, alles der Polizei zu erzählen. Das konnte ich nicht zulassen. Wenn sie mich angezeigt hätte, wäre mein Ruf ruiniert gewesen, und ich hätte augenblicklich mein Amt verloren.« Er verfiel in Schweigen.

»Sie sind ihr also hinterher?«

»Ja. Rasch holte ich sie ein und hielt sie fest. Wir stürzten auf den Boden. Als sie zu schreien begann, bin ich in Panik geraten, habe ihr den Mund zugehalten und sie mit einem Stein erschlagen. Ihren Leichnam versteckte ich im Wald.«

»Wie war es mit Luise Berger?«

»Luise!« Entrückt schloss er die Augen.

»Abbé, bitte!«

»Entschuldigen Sie, aber Luise ist einfach hinreißend, etwas ganz Besonderes. Zart und dennoch kraftvoll. Sie strahlt unbewusst eine unwiderstehliche Sinnlichkeit aus. Mit ihren blonden Haaren und dem aparten Gesicht gleicht sie einer Madonna. Ich traf sie ebenfalls nach der Abendmesse und sprach sie an. Als wir auf ein Glas Wein in meine Wohnung kamen, hatte ich diesmal vorgesorgt, denn aus meinen Fehlern habe ich gelernt. Ich wollte verhindern, dass sie auf mich losgeht oder mir davonläuft, bevor ich ihr alles erklären konnte. Im Wein war ein Schlafmittel, das bald zu wirken begann. Als sie das Bewusstsein verloren hatte, habe ich sie in meinem Wagen zu der Hütte gefahren und sie dort eingeschlossen. Am nächsten Tag wollte ich in aller Ruhe mit ihr reden, ihr klarmachen, dass wir wie füreinander geschaffen sind.« In seinen Augen lag nun ein irres Leuchten.

»Wem gehört das Haus?«, wollte Louis wissen.

»Es ist seit Langem im Besitz meiner Familie. Die meisten Leute wissen nichts von seiner Existenz. Hin und wieder ziehe ich mich dorthin zurück, wenn ich Ruhe brauche und meditieren möchte. Es ist mein Refugium.«

»Wie haben Sie es geschafft, Luise Berger zu Ihrem Auto zu bringen? Sie konnten sie doch schlecht über die große Treppe und durch das ganze Dorf tragen. Dort ist es nicht so ruhig wie auf dem Weg zur Hochebene. Irgendjemand hätte Sie garantiert gesehen.«

»Es gibt einen Aufzug, der durch einen Tunnel im Berg vom Parkplatz zur zweiten Ebene führt. Er ist für behinderte Pilger und Rollstuhlfahrer gedacht. Ich habe einen Schlüssel dafür. Es war ganz einfach.«

Pauline sah ihn forschend an. »Ich verstehe Sie nicht, Abbé. Was hat Sie nur zu solchen Taten getrieben?«

»Ich werde versuchen, es Ihnen zu erklären. Wissen Sie, ich habe miterlebt, wie glücklich meine Schwester Isabelle mit Raymond Aubrac war. Die Liebe, die sie füreinander empfanden, war wunderschön. Ich wollte endlich auch so glücklich sein wie sie.« Er sah Pauline eindringlich an. »Ich bin ein einsamer Mann, *Madame le Commissaire*. Ich will nicht mehr im Zölibat leben.«

»War Ihnen nicht bewusst, dass Sie so ein Glück nicht mit Gewalt erzwingen können?«

»Ich wollte keine Gewalt. Die Situationen sind eskaliert, sind außer Kontrolle geraten. Das war nicht meine Absicht, das müssen Sie mir glauben. Ich bin einfach vom rechten Weg abgekommen.«

Mélanie und Frédéric wechselten einen kurzen Blick. Pierre-Marie neigte wohl zu Untertreibungen.

»Wir haben keine Fragen mehr an Sie, Abbé«, sagte Pauline. »Sie werden jetzt in Ihre Zelle zurückgebracht.« Sie gab den Polizisten ein Zeichen.

Louis atmete tief durch und fuhr sich durch die Locken. »Ich hätte es nicht für möglich gehalten, dass ein Geistlicher so etwas tun könnte.«

Mélanie nickte, zutiefst erschüttert.

»Wenigstens konnten wir Luise retten«, meinte Frédéric.

»Mir tut Isabelle Bétancour leid«, sinnierte Pauline. »Sie hat innerhalb von wenigen Tagen ihren Geliebten *und* ihren Bruder verloren.«

Luise und Ferdinand saßen im Garten der Pilgerherberge unter der alten Kastanie. Die ausladenden Äste beschatteten den festlich gedeckten Tisch. Auf einer Porzellanplatte waren auf zerstoßenem Eis Austern und Zitronenscheiben angerichtet. Champagner perlte in Kristallflöten.

Sie hoben ihre Gläser und stießen an. Dabei sahen sie sich tief in die Augen.

»Liebe Luise«, begann Ferdinand, »Ich bin so froh, dass dir nichts passiert ist. Ich war ganz krank vor Sorge um dich. *A ta santé.*«

»*A ta santé.*«

Sie tranken einen Schluck. Luise lächelte ihn liebevoll an.

»Wie fühlst du dich?«, wollte Ferdinand wissen.

»Viel besser als gestern.«

»Das ist schön. Worauf hast du Lust? Was würde dir guttun?«

Sie überlegte kurz. »Ich möchte mit dir wandern gehen und in einem Fluss schwimmen.«

Er strahlte sie an. »Dein Wunsch ist mir Befehl.«

Nachdem die Ermittler das Untersuchungsgefängnis verlassen hatten, fuhren sie auf die Wache. Als Pauline gerade den Dienstwagen parkte, traf eine E-Mail auf Frédérics Handy ein. Sie kam von Jean, einem Bekannten von Frédéric, dessen Frau vor vier Jahren bei einem Spaziergang am Strand in der Nähe von Andernos-les-Bains verschwunden und nie mehr aufgetaucht war. Dieser Mann und der Hauptkommissar tauschten sich hin und wieder über den Stand ihrer Suche aus. Sie machten sich auch gegenseitig Mut und hatten einander geschworen, niemals aufzugeben. Frédéric las die E-Mail und traute seinen Augen nicht. Er stöhnte und rieb sich die Stirn. »Nicht schon wieder! Ich halte das nicht mehr aus!«

Pauline sah ihn an. »Was ist denn?«

»Hört zu!« Er las die Nachricht laut vor: »*Salut*, Frédéric. Du wirst es nicht glauben, aber ich habe gerade Emma gesehen. Sie ist auf einem blauen Boot im Hafen von Noirmoutier-en-l'Île. Viel Glück! Dein Jean.«

»Du hast Angst, dass es wieder ein falscher Alarm ist?«

»Ja. Ich weiß nicht, wie lange ich das alles noch aushalte. Vor ein paar Tagen sollte ich ihre mögliche Leiche identifizieren, verdammt nochmal.«

»Ich fahre dich hin, ja?«

Frédéric nickte. Zu mehr Kommunikation war er nicht mehr imstande.

Nachdem Mélanie und Louis ausgestiegen waren, um den Bericht für den Präfekten zu schreiben, fuhr Pauline über den Stadtring auf die Autobahn Richtung Nantes und gab Gas.

Sie erreichten die kleine Atlantikinsel Noirmoutier nach gut vier Stunden. Sie lag teilweise unter dem Meeresspiegel und war ein pittoreskes Kleinod, das sogar einen Erdbeerwald vorweisen konnte. Die Einheimischen lebten vom Tourismus, der Fischerei und dem Meersalzabbau, den früher schon die Mönche lukrativ betrieben hatten.

Nachdem sie die Brücke überquert hatten, folgten sie der Straße bis zum Hauptort der Insel. Pauline fand einen Parkplatz vor dem weißen Schloss, auf dessen Türmen bleierne Kegel thronten, und zog einen Parkschein. Dann gingen sie an Cafés und Restaurants vorbei zum Hafen, wo sich auf beiden Seiten des Wasserlaufes Fischerboote, Segler und Motoryachten aneinanderreihten. Dahinter lagen Werften, Lagerhallen und der Fischmarkt. Kleine taubenblaue Wellen klatschten an die Hafenmauer, und der Atlantik glitzerte friedlich in der Sonne.

Frédérics Augen irrten unstet hin und her. Pauline konnte seine Angespanntheit spüren. Auf einmal blieb er ruckartig stehen und starrte eine schlanke Frau im Bikini an, die auf einem Motorboot stand und ihm den Rücken zukehrte. Lange braune Haare fielen über ihren Rücken. Eilig lief er in ihre Richtung, bis er direkt am Kai stand. In dem Moment drehte sie sich um. Aus der Nähe sah sie älter aus, mindesten vierzig Jahre alt, mit einer unförmigen Nase und schmalen Lippen. Enttäuscht ließ Frédéric sich auf einen Poller sinken. Pauline legte ihm die Hand auf die Schulter. »Das Boot ist weiß, Frédéric. Nicht blau. Lass uns weiter vorne schauen. Da habe ich, glaube ich, ein blaues Fischerboot gesehen.«

An Deck saß eine junge Frau mit kurzen dunklen Haaren und las in einem Buch. Als sie den Kopf drehte und Frédéric ihr Profil sah, blieb ihm fast das Herz stehen. »Emma!«, rief er und rannte über den Steg auf das Boot. Die Frau sah überrascht auf, dann breitete sich ein Strahlen auf ihrem Gesicht aus. »Papa!« Sie sprang auf und fiel ihm um den Hals. »Papa, es tut mir so leid.«

Ihr Vater hielt sie fest und wollte sie nicht mehr loslassen. »Emma, endlich habe ich dich gefunden.«

Sie wollten sich gerade um den Tisch setzen, als ein schlanker junger Mann in Jeans und T-Shirt auftauchte, der sich offenbar unter Deck aufgehalten hatte. »Das ist Serge, mein Freund«, stellte Emma ihn vor. »Setze dich bitte zu uns. Wir müssen reden.«

Frédéric strahlte seine Tochter an und fand keine Worte. Pauline drückte sie fest und gab ihr einen Kuss auf die Wange. Sie hatte den Eindruck, dass das Mädchen schmaler geworden war.

»Würdest du uns bitte erklären, was passiert ist? Wo warst du die ganze Zeit?«, fragte sie.

Emma nickte energisch. »Natürlich.« Sie nahm die Hand ihres Vaters. »Papa, es ist alles meine Schuld. Ich habe Serge zufällig in Bordeaux kennengelernt. Ich hatte die Schule geschwänzt, weil ich keinen Bock mehr darauf hatte. Dann war noch der Streit mit *maman*, die verlangte, dass ich abends um zweiundzwanzig Uhr zu Hause sein sollte. Mit siebzehn! Serge und ich, wir waren uns total sympathisch und haben spontan den ganzen Tag zusammen verbracht. Es war wunderschön. Auf dem Pont de Pierre haben wir uns im Schein der Laternen geküsst. Ich glaube, da war ich schon in ihn verliebt.«

»Und ich in sie«, erklärte Serge und strich sich eine blonde Strähne aus der Stirn.

Emma sah ihren Vater an und fuhr fort. »Serge hat mich gefragt, ob ich mitkomme nach Noirmoutier, und ich habe Ja gesagt. Nach wenigen Tagen habe ich ein schlechtes Gewissen bekommen und wollte mich bei euch melden.«

»Warum hast du es nicht getan?«, fragte Frédéric.

»Ich habe mich nicht getraut, und so verging Woche um Woche.«

Plötzlich packte ihn die Wut. »Hast du überhaupt eine Vorstellung, welche Qualen wir gelitten haben?«, fuhr er sie an. »Wir hatten Angst, dass du tot bist. Dein Bruder ist nur noch ein Schatten seiner selbst.«

Ihre Augen füllten sich mit Tränen. »Ich weiß, Papa. Es tut mir unendlich leid.«

Ihr Vater beruhigte sich etwas.

»Bist du denn glücklich hier?«

Verlegen sah sie Serge an. Er nickte ihr lächelnd zu.

»Sei ruhig ehrlich, Emma, ich weiß, dass dieses Leben nicht deinen Vorstellungen entspricht.«

»Das stimmt. Wir verdienen ein bisschen was, indem wir den Fischern helfen oder im Bistro kellnern. Das Geld reicht hinten und vorne nicht.« Sie sah auf ihre ausgefransten Leinenschuhe. »Nicht einmal für neue Schuhe.«

»Emma will zurück nach Hause«, erklärte Serge. »Das kann ich inzwischen gut verstehen. Ich hätte sie nicht so sehr unter Druck setzen dürfen. Das tut mir leid. Nicht jeder mag so ein Leben, wie ich es führe. Dabei kann die Liebe verloren gehen.«

Emma wandte sich an ihren Vater. »Ich möchte zurück zu meiner Familie. Bitte verzeihe mir.« Dann stand sie auf, legte die Arme um ihren Freund und sah ihm fest in die Augen. »Ich hatte schon lange vor zu gehen, aber ich wollte dich nicht verletzen. Es war wunderschön mit dir, doch jetzt ist es vorbei. *Adieu*, Serge!«

Er streichelte ihr ein letztes Mal über den Kopf und küsste sie zärtlich auf die Stirn. »Ja, es war wunderschön. *Adieu*, Emma!«

Sie drehte sich um, verschwand in der Kajüte und kam kurz darauf mit einer Umhängetasche zurück. Dann ging sie langsam über den Steg an Land. Pauline und Frédéric verabschiedeten sich von dem jungen Mann und folgten ihr.

Serge sah ihr nach. Der Verlust tat weh, sehr weh. Als Emma sich noch einmal nach ihm umdrehte, um ihm zum Abschied zu winken, war er schon unter Deck verschwunden.

Auf der Heimfahrt saßen Vater und Tochter zusammen auf dem Rücksitz. Er hatte den Arm um sie gelegt, und sie kuschelte sich an ihn. Tränen liefen über ihr Gesicht. Frédéric drückte sie fest an sich und flüsterte tröstende, beruhigende Worte. Er konnte es kaum fassen, dass er sie endlich gefunden hatte. Es war, als würde ihm ein Stein von der Größe des Massif central vom Herzen fallen.

3. MAI

Über den Garten der Familie Rocard senkte sich langsam die Dämmerung. In den Apfelbäumen hingen rote und weiße Lampions. Agnès hatte den Tisch festlich eindeckt. Pierre-Paul stand am Grill und wendete die Steaks. Seit seine Schwester wieder zu Hause war, hatte er sich in den freundlichen Jungen zurückverwandelt, der er vor ihrem Verschwinden gewesen war. Seit zwei Tagen ging er wieder regelmäßig zur Schule und versuchte zu retten, was zu retten war. Agnès strahlte ununterbrochen und sah zehn Jahre jünger aus. Die Gäste – Pauline, Sarah, Dominic, Mélanie und Louis – saßen um den Tisch, unterhielten sich lebhaft und lachten viel. Sie alle hatten sich für die Grillparty schick gemacht. Besonders Sarah sah mit ihrer komplizierten Zöpfchen-Frisur und dem hübschen Kleid entzückend aus.

Frédéric war gerade dabei, eine Flasche Champagner zu öffnen. Emma stand neben ihm und stellte die Kristallgläser auf das weiße Damasttischtuch. Dann schenkte er ein, und sie stießen an.

»Auf unsere Emma«, sagte er feierlich. Dann wandte er sich an seine Tochter. »Wir sind überglücklich, dass du wieder bei uns bist.«

Nachdem sie den Aperitif genossen hatten, servierte Agnès den ersten Gang: Crevettensalat auf Avocado. Kurz bevor die Steaks gar waren, verschwand Emma im Haus. Als sie nach zehn Minuten noch nicht zurückgekehrt war, wechselten Frédéric und Pauline einen Blick. »Soll ich nach ihr schauen?«, fragte sie.

»Ich gehe schon«, verkündete Sarah, hüpfte fröhlich in den Salon und machte sich auf die Suche nach Emma.

Im Bad war sie nicht. Sie wusste, dass sich das Zimmer des älteren Mädchens im ersten Stock befand, und stieg die Treppe hinauf. An der Tür angelangt klopfte sie.

»Emma, bist du da drin?«

Ein leises Schluchzen war zu hören. »Lass mich in Ruhe, ich will allein sein.«

Sarah öffnete die Tür. Emma saß mit angezogenen

Knien auf dem Fensterbrett und starrte in den sich verdunkelnden Himmel. Die Kleine ging zu ihr und sah sie fragend an. »Was ist los?«

»Ich schäme mich, Sarah. Ich habe meinen Eltern und Pierre-Paul so großen Kummer bereitet. Das kann ich nie mehr gutmachen.«

Sarah lächelte sie aufmunternd an. »Natürlich kannst du das. Sie haben dich doch lieb, und sie warten unten auf dich.« Sie streckte ihr die Hand entgegen. »Komm mit.«

Nach kurzem Zögern ergriff Emma die kleine Hand und stieg vom Sims. Dann gingen sie zusammen zurück in den Garten, zu ihren Familien.